NF文庫
ノンフィクション

太平洋戦争の決定的瞬間

指揮官と参謀の運と戦術

佐藤和正

潮書房光人社

太平洋戦争の決定的瞬間——目次

1　指揮官の「運」

2 参謀の「戦術」

樺太
幌筵島
占守島
単冠湾
東京
木更津
アッツ島
キスカ島
ダッチハーバー
アリューシャン列島
ミッドウェー島
父島
硫黄島
南鳥島
オアフ島
ハワイ諸島
ハワイ島
マリアナ諸島
サイパン
テニアン
ロタ
グアム
ウエーク
南 洋 諸 島
マーシャル諸島
クエゼリン
トラック
ポナペ
マキン
東カロリン諸島
ギルバート諸島
ホーランジア
ナウル
タラワ
オーシャン
カビエン
ウエワク
ラバウル
マダン
ラエ
ソロモン群島
ポートモレスビー
ヌデニ島
ガダルカナル島
サモア諸島
フィジー諸島

太平洋戦争時の太平洋要図

太平洋戦争の決定的瞬間

指揮官と参謀の運と戦術

1

指揮官の「運」

淵田美津雄中佐
――真珠湾攻撃、総指揮官の運

「運」というもの

この世の中には、「運」のある人、ない人がいる。何をやってもうまくいく人。その反対に、やることなすことがすべて裏目に出てしまう人もいる。

「運」というものは目に見えない無形のもので、得ようとしても得られるものではない。作り出そうとして作れるものでもなく、とらえどころのない不明のものである。

しかし、人間の世界にも確かに「運」というものが存在していて、それが人を左右しているところがある。

それなら、運のないものはどうあがいてもどうにもならないかというと、決してそうでもないようだ。少々の逆境にあっても、行動力をもって対応していけば、一度失われた運がふたたび戻ってくることがある。

それとは対照的に、少しばかりの打撃に打ちしおれて立ち上がる気力がなければ、多少なりともひっかかっていた運を、自分から捨ててしまうことにもなりかねない。

「運」というものは確かにあるが、それはかならずしも絶対的なものではない。むしろその人の努力の量や、気持ちの持ち方で、ある程度コントロールできるものであろう。つまり運とは、天から降ってくるのを漫然と待っているのではなく、めぐってきた運を、積極的に自分からつかみ取っていくものなのである。

運、不運が比較的はっきり現われるのは戦争である。「運の分かれ目」という言葉があるが、戦争中に、これほど使われた言葉もないだろう。それは、まさに「生死の分かれ目」「勝敗の分かれ目」と同義語だからである。

かつて日露開戦の前年、時の海軍大臣山本権兵衛は、連合艦隊司令長官に東郷平八郎中将を任命したが、この人事について明治天皇から御下問があったとき、

「東郷は運のよい男でございますから」

と答えている。

人間には本来、宿命的な吉凶運がある。とくに戦いの勝敗には人知を超えた不思議な運がつきまとうものである。東郷の人生にはこれまでいつも強運がついてまわっており、何度も身を滅ぼすような窮地に陥りながら、そのたびに無事に乗りこえ、むしろ禍をもって福となす大成功に導いている。山本権兵衛はこの東郷の強運ぶりを買ったのであった。

運は決して偶発的に生ずるものではない。学術、兵術などの原理原則を卒業して心中白紙となり、時の状況にもっとも即応した最良の判断が啓示的に浮かび上がったとき、それが「運」となって作用するものである。つまり、その人間の人格に由来するものなのである。

太平洋戦争においても、運の強い指揮官、運の悪い指揮官がいた。とくに海軍では運のあるなしに敏感であった。

艦艇においては特別にその風潮が強く、運のよい指揮官が着任すると、乗員の士気はとみに上がったものである。運の悪い指揮官がくると、もろとも海の藻屑となるおそれがあるから、乗員はことさら敏感になった。したがって指揮官たるもの、強運を誇示する態度をとることも、部下を統率するうえで必要なものだったのである。

太平洋戦争の開戦初頭、連合艦隊は真珠湾奇襲作戦を実施して、世界中をアッと驚かせたが、このときの航空攻撃隊の総指揮官が、淵田美津雄中佐であった。

当時、真珠湾奇襲攻撃の総指揮官として、これほど適切で有能な指揮官はなかったといえよう。また運の強い男でもある。

淵田は大正十三年七月に海軍兵学校を卒業した。第五十二期生である。同期に源田実、猪口力平がいた。いずれも航空畑を歩んだ逸材である。

昭和十三年九月に海大を卒業。十四年十一月に「赤城」の飛行隊長となり、十五年十一月に第三航空戦隊の参謀となったが、十六年四月、第一航空艦隊が編成されて航空甲参謀となった源田中佐の強い要請により、淵田は十六年八月二十五日、ふたたび第一航空戦隊の「赤城」の飛行隊長にカムバックした。

兵学校のクラスメートに源田がいたことが淵田の運のよさである。このため真珠湾攻撃という未曾有の大作戦の指揮をとる栄誉を得ることができた。

淵田を総指揮官に起用するにあたって、源田は次のように述べている。

「人選に当たって、私が条件として考えたことは次の諸項目である。

一、優れた統率者であると同時に、十分な戦術眼をもっていること。

二、できるかぎり偵察者であること。これは数百機の大編隊を指揮し、これを作戦上の要求に合するごとく動かすのであるから、操縦を自分でやりながらでは十分なことができないであろう。だから偵察者を希望したわけである。

三、できるかぎり私と兵学校の同期生であること。というのは、この作戦は同志的結合がなければうまく運ばない。作戦というものは、形式的な命令一本で行くものではない。命令を出すものと、それを受けるものとの間に、ツーといえばカーと響くような緊密な気脈が通じていなければならない。

私が担当幕僚として、第一航空艦隊の航空作戦を起案し、それを南雲長官に進言しているのであるから、私の考えていることが、別に翻訳されなくても空中攻撃隊総指揮官に、ただちにわかるような間柄が望ましいのである。命令には現われていないようなことでも、お互いの事前打ち合わせで処理することがある。このような人物は、そもそも海軍兵学校にはいった時から苦労を共にした同級生の中の親友に求めるのが一番やさしいし、確実な方法である」（源田実『真珠湾作戦回顧録』）

このような理由から源田は、同期の淵田に白羽の矢を立て、南雲忠一長官と草鹿龍之介参謀長の同意を得たうえで、海軍省人事局に折衝したのであった。このとき、とくに名指しで配員を要求したなかに、雷撃のエースである村田重治（兵学校五十八期）があった。真珠湾攻撃の死命を制するのは、じつに雷撃の成否にかかっていたからである。

出撃準備完了！

昭和十六年十一月二十六日、択捉島《えとろふ》の単冠湾《ひとかっぷ》を出撃した空母六、戦艦二、重巡二、軽巡一、駆逐艦九、潜水艦三からなる機動部隊は、十二月八日午前零時三十分（ハワイ時間午前五時）、ハワイの北方約二百五十カイリ（四百六十三キロメートル）の地点に達すると、総員を戦闘配置につけて速力二十二ノットの高速で南下を開始した。

このころ淵田中佐はベッドから起き出してきた。ぐっすり熟睡したせいか気分は爽快であった。外はまだ暗く、「赤城」はかなり上下左右に動揺していた。

身仕度をして士官室へ行くと、飛行服を着た村田重治少佐が赤飯をパクついていた。淵田に気がついた村田は、

「お早うございます、隊長。ホノルルはまだ眠っていますよ」

と、いたずらっぽく笑いながら言った。淵田は椅子を引き寄せながら、

「フーン、どうしてわかるんだ？」

と聞くと、村田は箸をオーケストラの指揮棒のように振りながら、

「ホノルルのラジオはスイート・ミュージックをやっていますよ。まだ夢のうちですな」

にこにこと嬉しそうに答えた。これから死地に飛び出すという気負いなど微塵《みじん》もない。

午前一時、艦隊の先頭を行く、「利根」「筑摩」から、直前偵察のため零式水上偵察機が各一機、射出発艦された。一機は真珠湾に、一機はラハイナ泊地を偵察するためである。淵田はすばやく朝食を終えると、艦橋の作戦室へ行って南雲長官に出撃の挨拶をした。

「長官、それでは行って参ります」

南雲は椅子から腰を浮かしながら、

「たのむ」

と一言、淵田の手を堅く握った。そして淵田のあとについて搭乗員待機室に降りていった。

飛行甲板下の待機室には、艦長の長谷川喜一大佐をはじめ、飛行服に身をかためた搭乗員がぎっしりと集まっていた。待機室に入りきれない搭乗員が、外の通路にあふれていた。待機室の電灯は淡かった。正面の黒板には、午前一時半（ハワイ時間午前六時）における旗艦の現在位置が書かれてあった。オアフ島の真北、二百三十カイリである。

「気をつけッ！」

淵田は搭乗員に号令し、長谷川艦長に敬礼した。艦長は緊張した顔で激励の訓示をしたあと、一段と声を張り上げて、

「所定命令に従って出発！」

と一言、簡単に命令を下した。同時に搭乗員はいっせいに待機室を出ると、それぞれの搭乗機の方へ散っていく。

淵田が一番あとから待機室を出て行くと、ポンと肩を叩くものがいた。振り返ると源田だった。二人は顔を見合わせると、思わずニヤッと笑った。源田は声をかけた。

「おい、淵、たのむぜ」

「おう、じゃ、ちょっと行ってくるよ」

この淵田の返事を、源田は、『まるで、隣にタバコか酒でも買いに行くような格好であった』と述懐している。

しかし、それだけで二人は通じ合っていた。淵田の旺盛な攻撃精神、またいかなる情況にあっても、すみやかに対応できる能力を源田は信じていたし、確信をもっていた。

淵田はひとまず艦橋の発着艦指揮所に足を運んだ。飛行甲板には戦闘機、攻撃機の順に並んで、いっせいにウォーミングアップのエンジン始動を行なっていた。

この朝、東北東の風は風速十三メートルで海面はシケていた。艦の動揺は最大十五度に達していた。飛行長の増田正吾中佐が、

「隊長、動揺がひどいが発艦はどうだろう」

と心配そうに聞いた。

艦橋を切る風がひょうひょうとうなり、しぶきがときどき飛行甲板にもあがっている。空は墨を流したように真っ黒である。まだ水平線もはっきり見えない。じっと見つめていた淵

田は、明るい笑顔をみせて言った。

「ローリングよりピッチングがひどいようですね。しかし、なあに大丈夫ですよ。ピッチングの周期を見はからいながら、一機一機とチョークをはずして出して下さい。では……」

そう言うと、人びとの激励の声を背に搭乗機の方に歩いていった。

淵田の乗機には、総指揮官機を示す識別が尾翼一杯に黄と赤とで彩られてあった。乗機のそばには飛行隊の先任整備兵曹が待っていて、白布の鉢巻きを淵田に手渡して言った。

「隊長、これは整備員たちから、自分たちも真珠湾にお伴したい気持ちをこめた贈りものです。どうか持っていって下さい」

淵田は大きくうなずいて受け取ると、即座に飛行帽の上からキュッと鉢巻きした。全乗員の願いがひしひしと淵田の身に滲みた。


日本の夜明けだ！


東の水平線上が明るくなりかかった午前一時二十分、各母艦はいっせいに取り舵に転舵して風に立った。風は北方から吹いている。マストにはZ旗とならんで戦闘旗があげられた。

飛行甲板では、ウォーミングアップの終わった飛行機がつぎつぎと航空灯を点灯する。その小さな灯が、エンジンの震動で小刻みに震えている。準備はととのった。

一時三十分、発着艦指揮所から、発進を指示する青ランプが大きく弧を画いて振られた。

「飛行機隊、発進せよ」

の合図である。最前列にいた零戦隊指揮官の板谷茂少佐機が、ひときわ爆音を高めてすべり出した。艦の動揺はあいかわらず激しい。飛行甲板がグラッと傾く。ハッと息をのむ瞬間、機は甲板を蹴って離艦した。つづいて次の機がすぐあとを追う。

制空隊の零戦が発進すると、水平爆撃隊の九七艦攻が発進を開始した。艦攻は三座なので、操縦者、偵察員、通信員の三人が搭乗している。おまけに戦艦を攻撃するため八百キロ爆弾一個を吊下《ちょうか》しているので機体は重い。

エンジンの回転数をぐんぐん上げて、尾翼が水平に持ち上がったとき車輪をおさえているチョークを一気に放す。機はグンと加速をつけて甲板を突っ走る。離艦と同時に機は重みでスーッと落下し、水面上数メートルまで落ちてから上昇に転ずるのであった。

爆撃隊のあとは雷撃隊の発進である。八百三十八キロの航空魚雷を抱いた九七艦攻がつぎつぎとみごとに離艦していく。

発進のさいに、母艦の動揺が十度を越すと飛行機の発進は不可能とされていた。それにもかかわらず各母艦からは、全機が無事に飛び立っていた。いかに操縦者の技量が優秀であったかの証拠である。ここにも淵田の運がついて回っていた。

こうして第一波、戦雷爆連合の百八十三機が六隻の空母から飛び立った。約十五分という短時間で、全機が空中集合を終わり編隊をととのえた。これはまた発艦時間の新記録でもあった。

淵田は先頭に立つと、全機を誘導しつつ艦隊の上空を大きく一旋回し、旗艦「赤城」の真上からオアフ島に機首を向けて南進を開始した。時に午前一時四十五分（ハワイ時間午前六時十五分）であった。

総指揮官機の直後には、淵田の直率する水平爆撃隊四十八機がつづいた。そしてその右方、五百メートル離れ、高度差二百メートル下げて村田重治少佐の指揮する雷撃隊四十機が位置していた。また左方には同じく五百メートル離れ、高度差を逆に二百メートル上げて高橋赫一少佐の指揮する急降下爆撃隊（九九艦爆）五十一機が随伴していた。

これら三群の編隊の上空五百メートルを、板谷茂少佐の指揮する零戦制空隊四十三機が四周を警戒しながら護衛していた。

高度二千メートルあたりは密雲がたれこめていた。編隊はしだいに高度を上げて密雲を抜けると、高度三千メートルの雲上飛行に移った。これにより編隊は、その姿を海上から遮蔽することができたのである。

やがて三十分ほど飛んだとき、東の空がほのぼのと明けてきた。眼下の黒雲がしだいに白味を帯びてくる。間もなく空がコバルト色に光りはじめたと思ううちに、燃えるような太陽が東の空に昇ってきた。

「日本の夜明けだ！」

淵田は、真紅の太陽を見て誇らかな晴れがましい気持ちにひたった。風防ガラスを開き、立ち上がって後ろにつづく編隊群を眺めた。総指揮官機の直後にしたがう小隊長の岩井健太郎大尉が手をあげて笑った。列機のどの銀翼も、朝日をいっぱいにうけて燦然と輝いていた。

それは感動的な眺めだった。

敵の放送に案内される

このころ機動部隊では第二次攻撃隊の発艦準備を終えていた。午前二時三十五分、ふたたび空母群は風に向首し、発艦速力を得ると二時四十五分に第二次攻撃隊百七十機を発進させた。

しかし、このうち「蒼龍」の九九艦爆一機と「飛龍」の九九艦爆一機、同じく「飛龍」の零戦一機がエンジン不調のため引き返し、三機が不参加となった。

これにより第二次攻撃隊は、嶋崎重和少佐の指揮する水平爆撃隊五十四機、江草隆繁少佐の指揮する急降下爆撃隊七十八機、進藤三郎大尉の指揮する制空隊零戦三十五機の合計百六十七機が進撃した。

この間、ホノルルのラジオはあいかわらず音楽の放送をつづけており、敵の通信には何らの変化もみられなかった。米軍はまったく日本軍の接近に気づいていないことは確実であり、機動部隊では奇襲は成功するものと判断していた。

一方、先行する第一次攻撃隊は、速度百二十五ノット（時速約二百三十一キロ）で飛行していた。

淵田は正確な航法をやろうと思うのだが、眼下の雲海のために海面が見えないので偏流の測定ができない。オアフ島に向けて飛んでいるつもりでも、風でどう流されているかわからない。

たまたま総指揮官機にだけ、クルシーと呼ぶアメリカ製のラジオ方向探知機が装備してあった。淵田はレシーバーを耳にあて、ホノルル放送局のＫＧＭＢ局に受信機のダイヤルを合わせた。

「くるしいときに使えというわけか」

洒落を呟きながら淵田はニヤリとした。間もなく軽快なジャズが高い感度ではいってきた。彼はクルシーの枠型空中線をぐるぐる回して電波の方位をピタリと測った。

「松崎大尉」

淵田は伝声管に口を当てて、前部の操縦員の松崎三男大尉を呼んだ。

「ホノルル放送の電波をキャッチしたぞ。今から無線航法で行く」

「はーい」

「操縦席のクルシーの指示計は作動しているか？」

「はい、指針は五度左を指しています」

「よし、その通りだ。それに乗せて行け」

淵田はホッとした。こうしておけば、間違ってもホノルル放送局のアンテナの真上に到達するはずである。敵から航路を案内されているようなものであった。

しかし、オアフ島の天候が問題である。真珠湾の上空が雲におおわれていると、水平爆撃は困難になる。淵田は戦闘指導をどうするか考えながら、何の気なしにダイヤルをいじって放送の感度を調整した。

　すると感度の低くなったジャズの奥で、気象放送らしいささやきが聞こえた。さらにダイヤルを回しながら声を追った。ホノルルの航空気象放送らしい。息を飲んですばやく鉛筆を握るとメモに書きつけた。

「……おおむね半晴、山には雲がかかり雲低三千五百フィート、視界良好、北の風十ノット……」

「占《し》めたッ！」

　思わずニッコリした。偶然とはいえ、欲しい時機に欲しい情報がピタリと入手できたのである。まさに最大の「運」であった。

米軍レーダー部隊のミス

　淵田美津雄は明治三十五年、奈良県橿原市に生まれた。幼時から体がひよわで蒲柳の質であった。

　色が白く、ほっそりとした、いかにもよわよわしい体つきで、そのせいか内気ではにかみ屋だった。〝この子はどこまで育つやら〟と両親は内心、案じていたものである。

　満三歳のとき、日露戦争が終わって凱旋してきた東郷平八郎大将の姿を見て、幼な心のうちに〝ぼくは海軍大将になりたい〟と海軍志望を決意したという。

　このころの少年はみなそう思ったものだが、幼児期からの決意を貫いたのは、直情的な気風が生まれながらにして備わっていたからであろう。この時期、中学生だった山口多聞（ミッドウェー海戦で空母「飛龍」とともに海没した二航戦司令官）も、同様に海軍に進む決意を固めている。

畝傍《うねび》中学時代の淵田は、人に何か言われるとすぐに顔が真っ赤になるので「タコ」とあだ名された。いかにも純情で大人しい目立たない少年であった。しかし、外見とは異なってこういうタイプに、芯の強い剛毅鬱勃たる勇者が多いものである。

さて、ホノルル放送に誘導されて進撃する淵田は、不敵な笑みを浮かべながら考えた。

〝ホノルルが半晴だとすれば、オアフ島は雲が切れているとみてよいだろう。しかし、山に雲がかかっていて、雲底が約一千メートルだとすると、予定のように島の東側の山脈を越えて北東から接敵するのは危ない。風向は北だというし、これはむしろ島の西側をまわって南のほうから北に向かって入ってやろう。視界がよいというのは何よりだ〟

淵田の腕時計は午前三時（ハワイ時間午前七時三十分）を示していた。母艦を発進してから一時間半である。もうそろそろオアフ島が見えてもよいころだ。だが、前方は相かわらず漠々たる雲海である。

これより少し前、ハワイ時間の七時六分、オアフ島北端カフク岬のオパナにある米陸軍第五一五対空警戒信号隊では、陸軍航空隊から転属してきたばかりのジョージ・エリオット一等兵が、レーダーのスクリーン上に大きな映像を捕えていた。エリオットはこの映像を地図で照合してみたところ、北から東寄り三度、二百二十キロの距離だと算定した。彼は同僚と相談して情報センターに電話した。

　電話口に出た当直のパイロットは、スクリーン上の映像がどんどん大きくなり、飛行機の大群がいまやオアフ島から百四十四キロの地点にまで接近してきているというエリオット一等兵の話を聞くと、

「心配するなよ、それは本土から来ることになっている〝空の要塞〟（B－17）の編隊か、味方の空母から飛び立った飛行機だよ」

　と言って電話を切った。

　この日の早朝、カリフォルニアから十二機のボーイングB－17が到着することになっていたし、また、ハルゼー中将の率いる空母「エンタープライズ」が、ウエーク島に防衛用の戦闘機輸送から帰投中であり、艦載機の先発隊が夜明けとともにオアフ島に向けて発艦することになっていることを、この当直パイロットは知っていたからである。

　淵田の率いる攻撃隊は、米軍のレーダーによって事前に発見されていたのだが、まったく偶然、ほぼ同時刻に回航されてくる米軍機とかさなったため、何の不審も抱かれずにレーダーの監視網をくぐり抜けることができた。このB－17は後刻、撃墜破された。

　これは淵田にとっても攻撃隊にとっても、計算外のツキであり、信じられないほどの幸運であった。日本ではこれを「天佑」というが、アメリカ側にしてみれば最大のエラーということになる。

　淵田は大きな「運」を背負っていた。彼自身、敵に先手をとられて先制攻撃を受ける気が

していなかった。動物的本能とでもいうのか、人間には〝そういう気がしない〟という予感めいたものがよくあるものだが、いまの淵田がそれであった。

やがて、眼下をおおいつくしていた雲がしだいに切れてきた。ときどき雲の薄い切れ目から白く泡立つ海面がのぞき見えた。淵田は目をこらしてじっと前方を見つめていた。

オアフ島にはかなり高い山があるのに、まだその片影も見えない。すこし不安がきざしてきたとき、突然、眼下の雲の切れ目から、白くつづく一線の帯が目にはいった。

〝海岸線だ！〟

淵田はすばやくオアフ島の航空図を対照してみた。間違いなくオアフ島の北端、カフク岬の海岸線である。

「松崎大尉、ここはオアフ島の北端、カフク岬だ、今から右に変針して海岸に沿いながら島の西側を回れ」

「ハーイ、右に変針します」

淵田機は大きく左右に翼を振ってバンクすると、グーッと右に変針した。変針すると指揮官機から後続の編隊群がよく見える。淵田は風防を開き、座席から立ち上がって編隊の列機をかぞえてみた。総数百八十三機、一機の落伍機もない。淵田は安心した。

やがて、突撃準備隊形を下令する時機となった。だがこのとき、総指揮官は奇襲で行くか、強襲をかけるかを判断して麾下に示さねばならない。それは一に、敵の出方にかかっている。

淵田は伝声管で操縦者に言った。

「松崎大尉、左のオアフ島上空をよく見張ってくれ、敵の戦闘機が現われるかもしれん」

そして淵田も目を据えてオアフ島上空を注視した。点々としたケシ粒のようなものが現われたら万事休すである。

奇襲か、強襲か

攻撃隊が目的地に近づいて、いままでの進撃隊形から攻撃開始のための突撃準備隊形に移ることを〝展開〟という。

つまり進撃途中は全軍が一団となり、高度三千メートルを基準として総指揮官機のあとについて飛んでいるが、いざ攻撃となると、それぞれの隊はみな攻撃法が異なる。そこで各隊は攻撃開始に先だって、それぞれの攻撃法でいちばん便利な位置につかなくてはならない。

雷撃隊の場合は、しだいに高度を下げて魚雷発射に便利な態勢をとらなくてはならないし、急降下爆撃隊は逆に、四千メートルくらいの高度に上がっていなければならない。

占位する方向にしても、急降下爆撃隊は追い風で突入するのがよいので、風上に回らねばならないし、水平爆撃隊は風に向かって爆撃するのが照準しやすいので、風下に回っていなくてはならない。

総指揮官が展開を下令すると、各攻撃隊は航行隊形を解いて突撃準備位置につき、つづいて総指揮官から突撃命令が下ると、各攻撃隊は定められた攻撃順序にしたがって突撃にうつってゆく。

この突撃順序は、ハワイ作戦では奇襲の場合と、強襲の場合との二つに区別して計画が立てられていた。

まず「奇襲」の場合は、最初に雷撃隊が突っ込むことになっていた。これは敵の対空砲火がまだ開かれないうちに、敵のふところ深く飛び込まねばならぬ雷撃隊に先陣をやらせ、奇襲の効果を十分に収めさせ、ついで水平爆撃隊、最後に急降下爆撃隊が突っ込むという順序になっていた。

急降下爆撃隊の任務は、航空基地を抑えることにあったが、ヒッカムやフォードの飛行場は、艦船の泊地のすぐそばにあるので、これに対する攻撃が先行すると、立ちのぼる爆煙のために雷撃隊や水平爆撃隊の攻撃がしにくくなる。そのために急降下爆撃隊は、最後に突っ込むことにしたのであった。

もう一つの「強襲」の場合は趣きがちがってくる。敵がこちらの攻撃を事前に察知して準備している場合にとる戦術である。

まず、まっ先に急降下爆撃隊が敵飛行場に殺到して飛行機の離陸ができないように攻撃し、敵に混乱を起こさせると同時に対空砲火を牽制吸収する。これにつづき水平爆撃隊が突入して敵の対空砲火陣地を制圧する。敵がこれらの攻撃に応接しているドサクサの虚を衝いて、雷撃隊が殺到して敵艦船を攻撃するという順序になっていた。

この奇襲か強襲かを決めるのは、展開下令のときに総指揮官が判断して指示することになっていた。

その示し方は、企図秘匿のために電波を使用せず、信号拳銃による発煙弾の号龍の数で区別することにしていた。つまり、奇襲の場合は号龍一発、強襲の場合は号龍二発と定めてあった。

制空戦闘機隊だけは、奇襲、強襲のいずれの場合でも、展開下令と同時にいち早く敵上空に進入して、在空の敵戦闘機を撃墜するという計画であった。

運命の「トラ」連送

前方を注視しているうち、雲はしだいに薄らぎ、切れ間が多くなった。だが、海岸線のほかはまだ地上が見えない。しかし、敵戦闘機が待ちかまえている気配はない。

「松崎大尉、偵察機からまだ何とも言ってこないが、どうやら奇襲で行けそうだな」

「ハイ、奇襲ができそうに思えます」

「ヨーシ、では展開を下令するぞ、俺たち水平爆撃隊はこのままの高度で、海岸に沿って西側を回って行けばいいんだ」

「ハーイ」

淵田は信号拳銃をとりあげると、一発、機外に向けて発砲した。号龍が黒い煙の尾を引いて流れる。展開下令、奇襲の合図である。

各攻撃隊はただちに了解して展開行動を起こしはじめた。しかし、ちょうどそのとき、断雲が流れて、高空を飛んでいた戦闘機隊はこの号龍を見逃したのである。

淵田は展開を下令したあと、全軍の行動を注視していたが、制空戦闘機隊がいっこうに行動を起こしそうにないのに気がついた。

〝ははあ、信号がわからなかったな〟

そう判断した淵田は、戦闘機隊のほうに向けてもう一発、号龍を発射した。こんどは制空隊もすぐ了解して速度をあげると、オアフ島の上空に向かって進出していった。

ところが、ここに一つの錯誤が起こった。急降下爆撃隊の指揮官、高橋赫一少佐が、発射間隔が開いていたが二発目の号龍を見て、〝さては強襲〟と判断したのである。

強襲なら、自分の隊が攻撃の先陣をうけたまわってまっ先に突撃しなければならない。彼は突撃準備の位置につくのを急いだ。

そのとき、偵察に先行していた「筑摩」機から敵情報告が入電した。

「真珠湾在泊艦は戦艦十、甲巡一、乙巡十、真珠湾の天候、風向八十度、風速十四メートル、雲高千七百メートル、雲量七」

との報告である。この発信時刻は三時八分であった。一方、モロカイ島方面のラハイナ泊地に向かった「利根」の偵察機からも、

「敵艦隊はラハイナ泊地にあらず」

と通報してきた。これで敵艦隊はすべて真珠湾に集結していることがわかった。しかし、肝心の航空母艦がいないのが気にかかる。

〝こうなると、真珠湾在泊の戦艦全部に攻撃を集中するしかないな〟

と淵田は考えた。やがて、オアフ島北西の谷を通して真珠湾の全景が見えてきた。淵田は双眼鏡をとって真珠湾の方向にレンズを合わせた。見える。篭マストの戦艦が視野に入った。三脚マストの戦艦もいる。一つ、二つと目で追いながらかぞえた。全部で八隻の戦艦だ。アメリカ太平洋艦隊の主力艦全力がいまここにいる。淵田は目がしらが熱くなるのを覚えた。

時計は午前三時十九分（ハワイ時間午前七時四十九分）であった。いまから突撃を下令すれば、先頭隊は三時半（ハワイ時間八時）かっきりに攻撃の火蓋を切るだろう。淵田は後部座席の電信員を振り返った。

「水木兵曹、総飛行機あてに発信、全軍突撃せよ」

水木徳信一飛曹の指が電鍵をたたく。

「トトトト……」（突撃せよの略語）

いわゆる〝ト連送〟である。

全機いっせいに突撃態勢に入った。淵田は直率の水平爆撃隊を誘導して、攻撃の間合いをとるため、そのままオアフ島の西側を迂回して西南角のバーバース岬上空にさしかかった。この岬を左に迂回して北上すると、目指す真珠湾に突っ込むことになる。

淵田は左手に見える真珠湾の動きを注視していた。そこにはうっすらと朝もやが立ちこめている。静かな景色であった。湾内の在泊艦が、まるで目刺しのように整然と並んで、まだ眠っているように見えた。

上空には空中戦闘が起こっている気配がない。淵田はふたたび電信員を振り返った。

「水木兵曹、甲種電波で艦隊あてに発信、われ奇襲に成功せり」

水木兵曹は、力強く電鍵をたたいた。

「トラ、トラ、トラ」（奇襲成功の略語）

ときに午前三時二十二分（ハワイ時間、午前七時五十二分）であった。

この「トラ」連送は、旗艦「赤城」はもとより、三千カイリも離れた内海柱島沖の連合艦隊旗艦「長門」にも達したのであった。これは短波とはいえ、当時の小型航空機用電信機の能力では予期されなかったことである。

この電波は、時を移さずフィリピンへ、マレーへ、香港、グアム、ウエーキへと、作戦を開始している南方攻略部隊に転送されたのであった。

積み重なる「運」

淵田以下の水平爆撃隊が真珠湾に向けて南側から進入を開始したとき、突然、真珠湾口にあるヒッカム飛行場に黒煙が上がった。と思う間もなく、湾内のフォード島にも爆煙が上がった。

「あれッ！　降下隊がやりだしたな？」

淵田はこのとき、急降下爆撃隊が号龍合図を誤判断したことに気がついた。一方は奇襲のつもりなのに、他方が強襲に転じたので、攻撃計画がめちゃめちゃになってしまった。降下隊と雷撃隊は高度を異にするとはいえ、狭い真珠湾上空では互いに衝突する危険性がある。

〝しまった！〟

と思う間もなく、戦艦群の位置に魚雷命中の真っ白い水柱が立ち昇った。一本と見る間に、つづいて二本、三本、四本、しだいにその数を増していく。いまや降下隊と雷撃隊が先陣争いでもしているように同時攻撃となっていた。

もはや戦闘指導をする暇はない。淵田は観念すると、搭乗員たちの技量を信じて目をつぶるしかなかった。彼は即座に、飛行場攻撃の爆煙があまり上空にみなぎらないうちに、迅速に水平爆撃をやらねばならないと決心した。

「水木兵曹、水平爆撃隊へ、ツ連送！」

ツ連送とはトツゲキのツである。ト連送は全軍突撃の下令で、ツ連送は各攻撃隊の自前の突撃下令である。

淵田機は、「ツ、ツ、ツ」と打電すると同時に、念のために視覚信号として翼を大きく左右に振るバンクを行なって、直率部隊に突撃を下令した。

ここで各隊の攻撃開始時刻をみると、ハワイ時間でつぎのとおりである。

急降下爆撃隊　〇七五五　ヒッカム、フォード飛行場

雷撃隊　〇七五七　戦艦群

制空隊　〇八〇〇　ヒッカム飛行場

水平爆撃隊　〇八〇五　戦艦群

午前四時（ハワイ時間午前八時三十分）ころ、攻撃を終えた爆撃隊は帰途についたが、淵

田機のみは真珠湾の上空にとどまって戦果を確認していた。

このあと、第二次攻撃隊百六十七機が入れちがいにオアフ島に殺到、午前四時三十二分（ハワイ時間午前九時二分）から攻撃を開始した。

嶋崎重和少佐の直率する水平爆撃隊五十四機は、カネオヘ、フォード、ヒッカムなどの飛行場を爆撃。また江草隆繁少佐指揮の急降下爆撃隊七十八機は、真珠湾在泊の艦船を爆撃した。

このころ真珠湾付近は爆煙や火焔におおわれ、目標の確認が困難になっていた。そのため水平爆撃隊は高度を予定の三千メートルより下げて千五百ないし千八百メートルで爆撃を行ない、艦船攻撃の急降下爆撃隊の中には、やむをえず雲や煙を縫って撃ち上げる敵の対空砲火の集束弾の弾道を逆にたどり、急降下して目標を確認したうえで攻撃したものさえあった。

こうして敵戦艦のすべてを撃沈破し、合計十八隻の艦艇に損害をあたえ、二百三十一機の飛行機を撃墜破したのである。

旗艦「赤城」に帰投した淵田に、源田がねぎらいの言葉をかけた。

「おい、淵、ご苦労だったなあ」

「うん、ざまあ見やがれといったところだ。敵艦が出てきやがったら、またひねってやるよ」

源田は、そのときの淵田の様子を、まるで草野球でもやった後のようだったと述懐している。

真珠湾奇襲の大成功は、たちまち全世界に伝えられたが、その成功の原因はじつに単純な〝幸運〟に支えられている。

攻撃隊が進撃している途中、米軍の哨戒機に発見されなかったこともその一つだが、これは攻撃日に日曜日を選んだことが大きく幸いした。それに米軍は日曜日になると、艦隊すべてが真珠湾に停泊して休暇をとるという慣例があった。その虚を衝くことができたところに最大の幸運がある。

さらに淵田機がホノルル放送の電波に乗って、正確に航路をたどることができたのは淵田の運の強さである。運というものは連鎖的に生ずるもので、米軍のレーダーが攻撃隊を発見していながら見逃したのもその一つ。

また真珠湾上空に達したとき、ここだけが雲が切れて晴れていたこと。号龍の誤判断にもかかわらず、混乱なく攻撃できたのは、搭乗員の優れた技量によるもので、淵田の運をさらに増幅させたのであった。

佐藤康夫大佐
――「ツキ」を呼ぶ挺身精神

司令官の消極的戦法

戦闘の場面では、率先突撃するものには弾丸は当たらないものだと言われている。その反対に、へっぴり腰で、後方に縮こまっているものにかぎって戦死するものが多いとも言われている。

敵にもっとも近づくものに弾丸が当たらず、遠いものに弾丸が当たりやすいというのは矛盾した言い方だが、それが案外、正当性が備わっているのである。

攻撃が開始されたとき、敵は攻撃開始の地点に向けて発砲してくる。そこへ弾丸が集中してくるから、なるべく早く攻撃開始地点から飛び出して前進したほうが、弾丸に当たりにくくなる。

　また前進が早ければ早いほど、敵側に恐怖感をあたえ、あわてて発砲するので命中率が悪くなるということもある。

　したがって攻撃精神の旺盛なるものは、敵の弾雨をよく凌駕して戦捷を収めることができるというわけである。

　そんなところから「大和魂」とか「敢闘精神」といった標語がうまれてきたのだろうが、敵の意表を衝いた突撃は、思わぬツキを呼ぶものである。

その典型的な例が、スラバヤ沖海戦でみせた、佐藤康夫大佐の独断突撃である。

　昭和十七年二月二十七日、ジャワ攻略作戦に基づいて、陸軍の第十六軍東部ジャワ攻略部隊を搭載した三十八隻の船団が、ジャワ海の中央部を南下していた。

船団の護衛には、西村祥治少将を指揮官とする第四水雷戦隊の軽巡「那珂」と駆逐艦八隻、その他哨戒艇、駆潜艇、掃海艇などが随伴していた。

　さらに北方海面には、高木武男少将の率いる第五戦隊重巡「那智」「羽黒」と、第二水雷戦隊の軽巡「神通」、駆逐艦八隻が支援隊として警戒していた。

　佐藤大佐は、第九駆逐隊（「朝雲」「峯雲」「夏雲」）の司令として「朝雲」に乗艦し、四水戦の子隊《ねたい》として船団護衛の任についていた。

　この日の昼ごろ、味方哨戒機からスラバヤ港の北西六十三カイリ（約百十七キロ）に、敵の巡洋艦五隻、駆逐艦九隻が行動していることを報じてきた。西村司令官はこの報告を聞くと、麾下の四水戦に対し、

「魚雷戦用意を完成せよ」

と下令。船団を西方へ避退させるとともに、護衛隊の中から第二駆逐隊の四隻と、第九駆逐隊の二隻（「朝雲」「峯雲」）を抽出して敵方に向かった。一方、支援隊もこの敵を迎え撃つべく、急速南下を開始し、西村隊と合同して共同攻撃を展開すべく戦場に急いだ。

この間、敵艦隊はいったんスラバヤ港に向かっていたが、間もなく反転すると北進してきた。明らかに日本軍を邀撃《ようげき》するための行動である。

午後四時五十分ごろ、高木部隊と西村部隊はスラバヤの北方海面で合同すると、各隊はおおむね並行して敵方に向かった。その九分後、先頭を行く「神通」は、

「敵らしきマスト見ゆ、われよりの方位百五十度、距離二十九キロ」

と報じ、観測機を射出した。

このときの敵艦隊は、蘭海軍のドールマン少将を指揮官とする蘭軽巡「デロイテル」「ジャワ」、英重巡「エクゼター」、米重巡「ヒューストン」、豪軽巡「パース」、そして駆逐艦は蘭二隻、英三隻、米四隻の合計十四隻からなる混成部隊であった。

いよいよ決戦である。この日はカラリと晴れて視界はよい。両軍はともに相手を視認しながら砲雷撃のチャンスを狙っていた。

二水戦と四水戦は、それぞれ軽巡を先頭に増速すると、ぐんぐん敵方に肉薄した。

「那智」「羽黒」は、敵との距離が二万五千メートルに達したとき、二十センチ主砲による遠距離砲撃を開始した。高木司令官は、敵艦隊には巡洋艦が多いので、近接砲戦は不利だと

考えたからである。戦術としては理にかなってはいるが、消極的戦法である。

案の定、両重巡はさかんに砲撃するが、敵の各艦はジグザグ航法で避弾運動を行なうため射撃効果があがらず、いたずらに射弾を消耗するばかりだった。

敵艦隊は逐次、西方に針路をとった。これに肉薄した二水戦は、距離約一万七千メートルで同航態勢をとり、先頭の敵駆逐艦に対して砲戦を開始した。敵艦隊はいっせいに二水戦に砲弾の雨を降らせた。至近弾がさかんに落下する。二水戦の司令官田中頼三少将は、あまりに激しい敵弾の落下に不安を感じ、射撃を中止して煙幕を展張、北西方向に避退行動をとった。これもまた消極的な行動といわねばならない。

二水戦が敵から離れつつあるとき、北方から西村司令官の率いる四水戦が現われ、まっすぐに敵に向かって三十ノットで南下し、二水戦の鼻先を突っ切って敵艦隊に近迫していった。突撃に移った四水戦は、敵との距離が一万五千メートルに達したとき、敵巡洋艦戦隊に対して遠達高雷速の九三式酸素魚雷二十七本を統制発射すると、煙幕を展張しながら高速避退した。

これを見て二水戦旗艦「神通」も、四本の魚雷を発射した。つづいて遠方から「羽黒」も八本の魚雷を発射した。

ところが、四水戦と「神通」が発射した魚雷は、それが到達する前に敵艦隊が大きく変針したので空振りとなってしまった。そのうえ不思議なことが起こった。駛《し》走《そう》中の魚雷の約三分の一が、途中でつぎつぎと自爆したのである。原因は、魚雷頭部の爆発尖があまりに鋭敏に調整されていたため、波の衝撃で爆発してしまったのであった。

効を奏した爆弾突撃

魚雷を発射して反転したとき、佐藤大佐は、艦橋でひとりごとを言っていた。

「こんなのは攻撃じゃない。月の光で日向ぼっこをしているようなもんだ」

役に立たないことの比喩だが、それにしても、酸素魚雷の遠達力を過信したアウトレンジ戦法の失敗であった。世界の海軍の魚雷は、せいぜい七千メートル程度の駛走力である。それにくらべて日本海軍が秘密裏に開発した液体酸素を燃料とした九三式魚雷は、じつに四万メートルもの射程距離をもっていたのである。

敵が、魚雷発射の距離に達していないと考えて安心しているときに、隠密裏に魚雷を発射して先制攻撃をかけようという、奇襲用の魚雷である。敵が針路を変えなければともかく、海上を激しく行動しているときの遠距離発射は効果が薄い。

元来、駆逐艦の魚雷戦は、敵との距離五千メートル以内に突入して、一艦八〜九本の魚雷を扇形に発射し、敵艦がどう回避してもそのうちの一本は命中するという攻撃法をとるのが基本である。かりに五千メートルに近迫して雷速四十ノットで発射しても、敵艦に到達するまで約四分もかかる計算である。この間に回避されることすらある。そこで、できるだけ近迫して発射しなければ効果は得られない。

近迫すれば、当然のことながら集中射撃の的となる。しかし、皮を切らせて骨を断つのが水雷戦隊の使命なのである。佐藤大佐の怒りはそこにあった。しかし、この間に、英重巡「エクゼター」の機械室に、五戦隊の二十センチ砲弾が命中した。このため同艦は急速に速力が落ちたため、後続艦が衝突を避けて右往左往した。

この混乱の中で、「羽黒」が放った魚雷の一本が、偶然、蘭駆逐艦「コルテノール」の艦腹に命中、一瞬のうちに轟沈した。敵艦隊はますます混乱した。これを遠望していた高木司令官は、〝戦機逸すべからず〟とばかり、

「全軍突撃せよ」

と下令した。敵艦隊に並行して西進していた各隊は、いっせいに左回頭した。先頭を切って突撃に移ったのは四水戦である。戦闘序列は右から四水戦、二水戦、五戦隊の順で追撃に移った。

このときドールマン提督は、味方に被害艦が出て隊形が乱れたので、陣形を立て直すために煙幕を展張しながら、いったん南東方向に避退態勢に入ったところだった。

四水戦旗艦「那珂」は、一万二千メートルで四本の魚雷を発射した。子隊の第二、第九駆逐隊はさらに敵方に突っ込んだ。

つづいて二水戦旗艦「神通」が、一万八千メートルで魚雷を発射した。子隊の第七、第十六駆逐隊がさらに突っ込んで九千メートルまで近づき、魚雷を発射した。しかし、敵はまた煙幕を張りながら大回頭を行なったので、ふたたび雷撃は空振りとなった。

いちばん南側を突っ込んだ四水戦の第二駆逐隊は、七千五百メートルまで近接して魚雷を

発射すると、反転していった。しかし、第九駆逐隊の「朝雲」と「峯雲」はなおも突っ込んでいく。「朝雲」の艦橋では、水雷長が気が気でないといった様子で、

「司令、もう撃ちましょう」

と、何度も催促した。そのたびに佐藤大佐は、身を乗り出して前方を見つめながら、

「もうちっと、もうちっと」

と言って発射の号令を下さない。さすがにたまりかねた艦長の岩橋透中佐が、

「司令、他の隊は反転しました。当隊も反転したらどうですか」

と進言すると、

「艦長、うしろを見るなッ！　前へ！」

と大声で叫んだ。ついに五千メートルまで近接したとき、佐藤大佐は、初めて「発射はじめ」を下令した。そのとき突然、煙幕帯から敵駆逐艦二隻が躍り出てきた。両艦の進撃を妨害するための捨て身の反撃である。

高速の両隊は、たちまち三千メートルの至近距離となり、二対二の砲戦がはじまった。激しい発砲に、最初に飛び出してきた敵艦は、くるりと反転すると煙幕の中に逃げ込んだ。この敵艦は英駆逐艦「エンカウンター」であった。もう一隻残された敵艦の艦首に「H－27」の識別番号が白く見えた。英駆逐艦の「エレクトラ」である。この英艦は基準排水量千三百七十五トンで備砲は十二センチ主砲四門、十センチ高角砲一門という護衛駆逐艦であった。

これに対する「朝雲」「峯雲」は、排水量が千九百六十一トンで、十二・七センチ連装砲

三基六門と、はるかに強力である。

両艦の集中砲撃で、「エレクトラ」はたちまち航行不能となった。しかし敵弾の一発が「朝雲」の機械室に命中、同艦は機械が停止し、電源も故障した。電気が止まると主砲が動かない。

「砲は人力で操作せよ、砲撃を続行せよ」

佐藤大佐は厳然と下令した。重い砲を人力で動かすのは大変である。どうにか撃ちつづけ、「峯雲」と協力してついにこの英艦を撃沈した。

水雷科を選んだブルドッグ

佐藤大佐の強引ともいえる挺身攻撃が効を奏して、敵艦隊は態勢を立てなおす暇もなく混乱したまま退却していった。

このことは、日本軍側に有利に作用した。ひと合戦終わったところで、ちょうど日没となったので、高木司令官は今後の夜戦に備えるべく、全軍を付近海面に集結させ、船団と敵との中間に位置して、戦備の回復を急いだ。

このとき、もし敵側が急速に態勢を立てなおして反撃に転じてきたなら、ほぼ魚雷を撃ちつくしていた日本軍は、逆に混乱に陥り、苦戦をまぬがれなかったであろう。独断猛進した佐藤大佐の第九駆逐隊が、味方部隊を有利に導いたといってもよい。ここに大きなツキが日本軍側にころがり込んだのである。

損傷した「朝雲」は、やがて自力航行できるようになり、「峯雲」に護衛されて修理のためにボルネオ東岸のバリクパパンに回航していった。

このあと各隊は魚雷の次発装塡を急ぎ、夜戦の準備を完了して敵を待ちうけていた。

一方、連合軍は損傷した英巡と駆逐艦五隻をスラバヤに避退させ、巡洋艦四隻、駆逐艦二隻で夜戦をいどんできた。ところが、英駆「ジュピター」が、オランダ側の敷設した機雷に触れて沈没、他の一隻は遭難者を収容してスラバヤへ向かった。このため「デロイテル」「パース」「ヒューストン」「ジャワ」の四巡洋艦が夜戦を展開、「デロイテル」と「ジャワ」は魚雷が命中して沈没、他の二艦はバタビア方面へ遁走したのであった。

こうして、スラバヤ沖海戦は日本軍の大勝利となったが、そのキッカケは佐藤大佐の果断な突撃があったからとされ、連合艦隊司令長官山本五十六大将から、第九駆逐隊に対して感状が授与された。この一戦で、にわかに佐藤大佐の評判が全海軍に轟いたが、本人は、

「虎穴に入らずんば虎児を得ずだよ」

と言ってケロリとしていた。

佐藤康夫は、明治二十七年三月三十一日、神奈川県津久井郡牧野村に生まれた。父は医師であった。

その後、静岡市に移り、静岡城址の二の丸にあった城内小学校に通った。このときの同級生に、後年、ガダルカナル島で総攻撃の指揮をとった川口清健陸軍少将がいた。二人は大の仲良しで、ベイ独楽《ごま》を戦わせたり、戦争ごっこをやって少年時代を過ごしていた。ガ島戦が

困難をきわめているとき、佐藤は駆逐艦輸送で川口を救援するという奇縁をもつことになる。

静岡中学を経て大正二年九月、佐藤は海軍兵学校に入校。第四十四期生である。同期生に連合艦隊主席参謀の黒島亀人、「大和」艦長の松田千秋、「瑞鶴」艦長の野元為輝、二水戦司令官の早川幹夫、「最上」艦長の曽爾章といった錚々たる俊英がいた。

大正五年十一月に兵学校を卒業。九十五人中の八十五番という成績だった。上位者は砲術科を専攻してエリートコースに乗るのだが、彼は水雷科を選んだ。

兵学校時代から佐藤は無口だった。腕っ節が滅法強く、柔道は六段まで進んだ。棒倒しの競技になると、真っ先に突貫していく気魄がものすごかったという。

格闘技を得意とするだけあって、佐藤の体軀は横幅が広く、歩く姿はガニ股であった。容貌は四角張って色は黒く、襟章が傾くほど太い頸《くび》である。そんなところから〝ブルドッグ〟というあだ名がつけられた。

そのころから佐藤は同期生の中で異彩を放っていた。青春の血に湧く議論が戦わされていても、ムッツリと押し黙って聞いているだけだった。それだけで何となく存在を明らかにしていた。当時から佐藤は、

「俺は理屈は嫌いだ、やるだけだ」

というのが口癖だった。

男冥加と突入す

兵学校時代から休暇になると鎌倉の円覚寺に参禅し、士官になってからもよく坐禅を組んでいた。名誉や富にはまったく無欲で、

「俺は、バカだからね」

と言って呵々大笑していた。このように自我を放棄する人間こそ、徹底して一つの道に入りやすく、その奥儀をきわめていくタイプが多い。

佐藤は水雷長、駆逐艦長、駆逐隊司令と、一貫して水雷畑を歩んできた。戦闘における駆逐艦は、挺身ということを除外しては水雷戦は考えられないものである。佐藤は永い水雷屋生活の中で、挺身精神を徹底的に植えつけていた。

「何ごとも中途半端はいかん、徹底しなければ駄目だ」

というのも彼の口癖の一つである。

酒にしても徹底していた。斗酒なお辞さなかった。しかし酒癖は悪かった。気に入らないことを言うと、兵だろうと士官だろうと、

「このバカタレ！」

と怒鳴りつけてなぐりかかった。ある若い士官などはマストの上まで逃げ出したほどである。それだけに部下から怖れられていたが、得てしてこういうタイプは腹の中がきれいなものである。台風一過すると、怒ったことなどケロリと忘れ、「おい、将棋をやろう」と春風駘蕩だったという。だから恐いことは恐いが、恨みを抱く部下はいなかった。

佐藤大佐にガダルカナル島の駆逐艦輸送が下令されたのは、十七年九月二十日であった。

船団輸送は敵機に狙われるので、夜陰に乗じて駆逐艦による高速輸送を行なおうというものだった。このとき佐藤は日記にこう記した。

「難局に男冥加《みようが》と突入す、なるもならぬも神に任《まか》せて」

歌など詠んだことのない佐藤が、珍しく歌を詠んだということは、死を覚悟しての辞世のつもりだったのだろう。この日、佐藤の率いる「朝雲」「夏雲」「峯雲」の第九駆逐隊は、ショートランドに向けてトラックを出港した。

最初の出撃が下令されたのは十月二日である。佐藤の指揮のもと、第九駆逐隊と「村雨」「春雨」の五隻によって陸兵と糧食を輸送することになった。

幸いなことにこの日は、進撃途中で豪雨にみまわれ、敵機に襲撃されることなく予定どおりガ島西岸のカミンボに揚陸を完了。翌三日、日出ごろから零式水上観測機三機の上空直衛をうけて無事にショートランドに帰投した。まずはさい先のよいスタートであった。

つづいて第二回は十月五日に行なわれた。第九駆逐隊の三隻、第二駆逐隊（「村雨」「春雨」「夕立」）の三隻を指揮して、野砲二門、陸兵六百五十名を搭載して出撃した。

上空直衛がないまま中央航路を走っていると、午後二時ころ数機の敵機が現われた。駆逐隊は全速で回避運動にはいる。しかし、敵機は四、五機ずつ三回にわたって延べ十七機が攻撃してきた。

激しい対空戦闘の中で、ついに「峯雲」が至近弾によって艦首両舷の外板が大破、上甲板線以下が満水となって最大速力十四ノットに低下した。

「『峯雲』は、『夏雲』の護衛のもとショートランドに帰投せよ」

と佐藤は指示した。なおも敵機は執拗に攻撃してきた。こんどは「村雨」が至近弾三発をうけて前部左舷に多数の破口を生じ、揚錨機室、糧食庫などに浸水、速力も二十一ノットに減じた。やむなく佐藤は「村雨」にも反転帰投を命じた。

このときの米機の攻撃は、ダグラスSBDドーントレス急降下爆撃機九機による反復攻撃であった。爆弾を投下するとガ島基地に舞いもどり、ふたたび爆弾を積んでピストン攻撃をくり返したのである。空襲は午後四時ころまでつづけられた。

司令駆逐艦「朝雲」は無事だった。佐藤は艦橋の天井の円蓋を開けて顔を出し、敵機の行動をにらんでは操艦指示を下していた。いささかも動ずることなく、ふだんの訓練時そのままの指揮ぶりである。

「うちの司令は怒るとおっかないが、戦争のしかたはうまいぞ」

部下たちは落ち着いて戦闘指揮をとる佐藤に、全幅の信頼をおいたのであった。

無傷だった「朝雲」「春雨」「夕立」の三隻を率いて、佐藤は予定どおりカミンボに進入、人員物件の揚陸を完了した。帰路は六日の日の出と同時に飛来した三機の零観の上空直衛をうけ、無事ショートランドに帰投した。

一日おいて第三回目の輸送任務が八日に行なわれた。

佐藤は九駆（「朝雲」「夏雲」）と二駆（「春雨」「夕立」）の四隻を指揮して早朝五時四十四分にショートランドを出撃した。搭載物件は陸兵五百六十名、迫撃砲十八門、舞鶴特別第四陸戦隊の通信工作隊である。

両駆逐隊は、同時に出撃した「日進」(人員百八十名、高射砲六門、十センチ榴弾砲二門、牽引車一両、糧食、弾薬を搭載)と、護衛駆逐艦「秋月」に合流して進撃した。三時間ほど航行すると、上空に一機のB-17が接触してきた。

「ははん、昼過ぎに敵さん、やってくるぞ」

佐藤は麾下部隊に警戒を厳重にするよう下令した。予想どおり午後一時三十分、敵艦爆六機が姿を現わした。これに対して上空警戒中の零戦十五機が追撃に移った。たちまち三機を撃墜する。他の敵機はかなわないと見てか、爆弾を捨てて雲の中に逃げこんだ。

輸送隊に被害はなかった。なおも進むと午後四時五分、ふたたび敵機が現われた。こんどは艦爆七機、戦闘機九機、雷撃機四機と勢力を増しての襲撃である。

このとき上空を警戒していたのは、零戦と交代した零式観測機八機であった。零観は複葉機でフロートを装着しており、一見ひよわな旧式機に見えるが、非常に進歩した構造で世界でも珍しい高性能の水上機である。その空戦ぶりは零戦に匹敵した。

多勢に無勢であったが、八機の零観は敵機群めがけて果敢に突入していった。激しい空戦が展開され、敵戦闘機二機、艦爆五機の撃墜を報じた。

この間、零観の攻撃を回避した敵艦爆が急降下爆撃し、雷撃機は魚雷を発射した。だが、輸送隊はこれらの攻撃のすべてを回避した。一隻の損傷もなく、輸送隊は午後八時ころ、タサファロングに無事到着、十時半ころまでに揚陸を完了して帰途についた。空戦を展開した零観は、未帰還一機を出しただけであった。

ガダルカナル島に二、三回往復すると、たいていの指揮官はノイローゼ気味になった。司令や艦長は艦が動いている間は艦橋に立ちつづけで、肉体的疲労は極度に高まる。そのうえ精神的苦労はなみたいていのものではない。

基地に帰っても休む間がなかった。次の輸送物件の指揮や、作戦会議でいっそう多忙となる。入浴はおろか食事も不規則で、ほとんど艦橋で立ち食いである。睡眠時間はきわめて短く、椅子にもたれてまどろむ程度であった。

そのため指揮官のほとんどが眼はくぼみ、頰がとがって顔色も悪く、体重は減り血尿が出てきた。ところが、佐藤だけは顔色ひとつ変わらず、むしろ以前より肥ったのではないかと思われるほど健康そうだった。

「あいつは化け物だ」

同僚司令たちは、佐藤の頑健ぶりに舌を巻いて言ったものである。搭載物件が多いと、だれもが苦情を言ったが、佐藤だけは違っていた。

「おい、もっと積むものはないか」

と催促するほどだった。

ガ島への出撃は往復二日、なか一日おいてまた出撃というピストン輸送のスケジュールである。佐藤は十一日、四回目の輸送作戦に従事した。その後つづいて十四日、十七日と連続出撃。さらに十一月一日、五日、八日と駆逐艦輸送にとり組んだ。

この輸送作戦にあたって増援部隊指揮官の橋本信太郎少将は、毎回、出撃艦を指名するのをためらい、司令と駆逐艦長を集めて志望者を募った。だれもがうつむいて口を閉ざしていた。無理もないことである。出撃すればかならず敵機が来襲する。指揮官たちはほとんど全員がノイローゼ寸前の状態である。そんなとき、

「私が参ります」

きっぱりと佐藤がまっ先に名乗り出るのだった。

「だれもが嫌がる任務を、佐藤は率先して行こうと言ってくれた。あのときほどありがたかったことはなかった」

翌年、水雷学校長となった橋本は、高等科学生にしみじみと述懐したという。

ガ島をめぐる苛烈な戦いは、日を追って日本軍に不利になる一方だった。大本営は十二月末、ついにガ島放棄を決定した。

連合艦隊は、駆逐艦二十隻による高速夜間撤収輸送を計画した。十八年二月一日から連続三回でガ島の全兵員を撤収することにした。「朝雲」は二月四日の第二次、七日の第三次撤収作戦に参加する。作戦はみごとに成功して、陸軍一万二千百九十八名、海軍八百三十二名の合計一万三千三十名が無事救出された。それは奇蹟的な成功だった。ガ島撤収作戦の終了は、同時に佐藤のソロモンでの戦いの終わりでもあった。

死生、命あり

ソロモンの危機とともに、ニューギニア方面でもブナ地区が敵手に陥ち、ラエ方面に存亡の危機が迫っていた。陸軍ではラエを確保するために第五十一師団の兵力を送り込む必要を叫んでいた。

連合艦隊ではこの輸送を重視し、第八十一号作戦と呼称して二月二十八日、ラバウルから船団輸送を実施した。輸送船は陸軍の「神愛丸」「帝洋丸」「愛洋丸」「旭盛丸」「大井川丸」「太明丸」「建武丸」の七隻に、海軍運送艦「野島」が参加した。

これを護衛するのは第三水雷戦隊司令官木村昌福少将指揮の駆逐艦「白雲」「敷波」「浦波」「時津風」「雪風」「朝潮」「荒潮」「朝雲」の八隻である。

これより少し前の二月十五日、佐藤は、第八駆逐隊の司令に転出して「朝潮」に乗艦していた。前任の司令が病気になって内地送還になったあとを引き受けたのである。このときかならずしも後任につかなくてもよかったようである。しかし、佐藤の性格からいって、頼まれると嫌とは言えない。「よし、俺がやる」と応諾したのであった。

出撃の直前、佐藤はラバウルで「野島」の艦長松本亀太郎大佐と酒を汲みかわした。松本は兵学校で佐藤の一期下である。佐藤は言った。

「こんどの作戦は危ないかもしれん。貴様の艦がやられたら、すぐに飛んでいって助けてやるから安心しろ」

「それはお互いさま、そっちがやられたときは私が救助しますよ」

二人は笑いながら約束した。

船団は第五十一師団の主力約六千九百名と重火器、弾薬、車両などを満載してビスマルク海を西進した。三月一日は敵哨戒機に発見されたが、攻撃はされなかった。翌二日朝、B－17二十八機が飛来、上空直衛機が迎撃したが、「旭盛丸」が被弾、一時間後に沈没した。

三日の朝、空は快晴だった。午前五時十五分には早くもB－25が超低空で銃撃してきた。さらに七時半ころ中爆、重爆約十機が雷撃してきたが、被害はなかった。

ところが、八時ころ、南の空から戦爆連合の約百機が来襲した。敵はA－20、B－25を低空に、B－17を中高度に、その上空には戦闘機を配し、同時に異高度、異方向から、いっせいに攻撃してきた。約二十五分にわたって激闘を交えたが、最初の十分間で全輸送船と「白雪」「荒潮」「時津風」が被弾、大火災となって、いずれも沈没の運命にあった。

「朝潮」は健在だった。佐藤は松本艦長との約束を思い出したが、「野島」はまだ沈みそうにないと見て、「荒潮」の乗員を先に収容し、そのあとで「野島」の救助に回った。松本艦長は無事であった。

「朝潮」は遭難者を満載して北上避退した。しかし午後になって、またもや敵は襲撃してきた。このとき「朝潮」は二回にわたって敵機約四十機に攻撃され、回避もむなしくついに被弾した。この戦闘で「朝潮」の艦長吉井五郎中佐、同乗していた「荒潮」の艦長久保木英雄中佐はいずれも戦死した。

佐藤は、損害が致命的であるとみて総員退去を下令した。艦の沈みかたは早い。乗員は争って海面に飛びこんだ。

「おい、早く退艦しないか」

とどまっている松本大佐に佐藤は声をかけた。

「そういう司令こそ、退艦してください」

という松本に、佐藤は寂しく笑って、

「いや、俺はもう疲れたよ。このへんでゆっくり休ませてもらうよ。さ、貴様は早く退艦したまえ」

と言って、沈みゆく「朝潮」の艦首の双繋柱にゆっくりと腰をかけた。松本はとっさに佐藤の決意を悟った。

そのとき急に艦の傾斜がひどくなった。松本は意を決して海面に飛び込んだ。波間から顔をあげてみると、艦尾から沈みつつある「朝潮」の前甲板に、腕を組み、足を交えて悠然と大空を見上げている佐藤の姿があった。

佐藤は自ら艦とともに沈んだ。海軍軍人としての生命を燃焼しつくしたことを悟ったからであろうが、惜しい指揮官を失ってしまったといえよう。戦死後、佐藤はその功績により中将に二階級特進した。

大西瀧治郎中将

――特攻に賭けた最後の運

揺籃期の海軍航空

『特攻隊の英霊に曰《もう》す。善く戦ひたり、深謝す。最後の勝利を信じつつ肉弾として散華せり、然れども其の信念は遂に達成し得ざるに至れり。吾死を以て旧部下の英霊と其の遺族に謝せんとす』

特攻の創始者といわれている大西瀧治郎中将が、終戦の翌日の二十年八月十六日未明に自刃したとき、枕頭に残した遺言の冒頭である。

大西は渋谷南平台の軍令部次長官舎の二階で、畳の部屋の中央に白いシーツを敷き、その上で古武士の作法どおり日本刀で腹を十文字に掻き切り、心臓を突き、返す刀で頸動脈を切った。自刃から絶命するまで十四、五時間かかった。その間、駆けつけた軍医をもの凄い形

相でにらみつけ、

「死ぬときはできるだけ長く苦しんで死ぬんだ、生きるようにはしてくれるな」

と頼んだ。言われるまでもなく、駆けつけたときはすでに手遅れだった。手当てをしながら軍医は耳元でささやいた。

「どうやら、次長のご満足いくような結果になりそうです」

大西は安心したのか、表情をやわらげると、

「それじゃあ、そろそろ葬式の用意にとりかかったらどうだ」

と指図した。まれに見る生命力であり、壮絶な自決であった。

大西は終生を海軍航空と運命をともにしてきたが、彼の航空に対する信念は、旧部下の福元秀盛大佐に送った私信の中で、

『海軍航空は小生の生命にして、之が健全なる建設発展の為には、小生個人の名誉等は何等問題に無之《これなく》、又小生の信じて行はんとする所は、御聖旨に合致しありとの信念を有し、何物も恐れず候』

と言っているように、その経歴は海軍航空隊の歩みそのものであった。

大西が海軍兵学校に入校した明治四十二年は、当時、海軍大学校を卒業したばかりの軍令部参謀山本英輔少佐（のち大将）によって、画期的な「飛行器に関する意見書」が提出された記念すべき年であった。

このころはまだ航空機とか飛行機といった用語はなく、飛ぶものはすべて「飛行器」とい

っていた。ライト兄弟が史上初の飛行に成功したのが一九〇三年（明治三十六年）で、それからまだ六年しかたっていない揺籃期であった。

欧米の先進国でも、実用に供されていたのは気球のみで、一九〇〇年に初めてドイツで建造された飛行船「ツェッペリン伯号」がようやく実用化されつつあったときである。したがって「機」というより「器」といったほうがふさわしく、気球をふくめて航空機全般が「飛行器」と表現されていた。

山本参謀の意見書が提出されて四ヵ月後の同年六月三十日、海軍、陸軍、文部の三省が協力して「臨時軍用気球研究会」が生まれたのであった。

そして三年後の明治四十五年六月二十六日に、海軍は独立した「海軍航空術研究委員会」を創設したのである。この年の七月十七日、大西は江田島の兵学校を卒業した。

大西が候補生として「宗谷」に乗り組み、内地巡航中の七月三十日、明治天皇が崩御し、大正と改元された。十一月十二日、新帝をお迎えして横浜沖で特別観艦式が行なわれ、「宗谷」も参列した。

このとき「研究委員会」から操縦術習得のためフランスに派遣されて留学していた金子養三大尉と、アメリカ留学の河野三吉大尉の両人が、それぞれモーリス・ファルマン式水上機と、カーチス式水上機を操縦して空からの観艦式に参加したのである。

日本海軍最初の飛行機の飛翔ぶりを見て、大西候補生は胸をとどろかせた。これが大西にとって飛行機に接した初めであった。

大正三年八月、第一次世界大戦が勃発、日本はドイツに宣戦布告した。海軍では運送船「若宮」を応急改造して水上機母艦とし青島《チンタオ》戦に参加した。わが国海軍航空の初陣である。

強運の持ち主

大西は大正四年十二月一日、中尉に進級すると同時に航空術研究委員を命ぜられ、第六期練習将校として「若宮」に乗り組み、操縦術を習得することになった。

このころの飛行機はきわめて幼稚な構造で脆弱だった。ちょっとの天候の変化にも影響され、事故も多かった。飛行機が飛び出すと帰ってくるまで、指揮官はじめ各級関係者はハラハラしながら待っていたものである。しかし、大西は危険をものともしなかった。およそ恐怖という感覚を知らぬ男のようであった。彼はよく、生まれ故郷の丹波の山奥の方言でこう言った。

「おれはやネー、別に宗教を信じているわけでもないが、人間はどんな危険に遭遇しても、その人がこの世に存在する必要のある間は決して死ぬことはない。必要のある人は神が殺さないのだ。だから、自分の要不要は危険にその身をさらしてみれば一番よくわかる。存在価値がなくなれば、生きようともがいたとて必ず死ぬのだ。だから、おれはやネー、死ぬとか生きるとか少しも気にしないのだ」

これは大西の終生かわらぬ死生観だった。運命論者といおうか、また一種の諦観ともいえようが、もって生まれた度胸のよさに加えて、そう言わせるだけの〝強運〟の持ち主であった。その〝運の強さ〟を、大西のエピソードの中からいくつか紹介してみよう。

大正五年四月一日、これまでの航空術研究委員会が発展的に解消して、新たに横須賀海軍航空隊が開設された。大西は改めて横須賀海軍航空隊付を命ぜられ、いよいよ一本立ちの操縦者になった。これ以後、大西は三十年近くを海軍航空一筋に生きることになる。

このころ航空機を艦隊に付属させて、水上艦艇との共同作戦を演練研究すべしとの意見が起こり、これが実現して大正五年九月一日に第一艦隊付属の艦隊航空隊が初めて編成された。母艦は「若宮」である。ファルマン式水上偵察機四機を搭載し、訓練の主目標は洋上偵察と対潜哨戒であった。とくに対潜水艦戦術訓練が重視され、このほか夜間飛行訓練、洋上離着水法の研究も実施された。

この訓練は、死線を越えるような危険がつきものであった。大西は夜間着水訓練のさい、水面標示灯の光に眩惑されて、飛行機もろとも水中に突っ込んだが、不思議にかすり傷もなく命びろいした。

また同年十一月末、駿河湾江の浦で飛行訓練が行なわれたが、ある月明の夜、同僚の山口三郎中尉（兵三十九期）操縦、大西中尉同乗で三保の松原灯台の照明度の調査を行なっていた。

船舶航海用の灯台の灯りは、真上を飛ぶ飛行機からは見えないものである。どの程度の角度から見えるかというのが調査の目的であった。ところが飛行中、突然、エンジンが故障して、機は清水湾に不時着した。海上のうねりが高くてたちまち転覆、二人は飛行機につかまって漂流をはじめた。

飛行機の不時着を知って、海岸では付近住民が大勢集まっていた。「舟をもってきてくれェ！」

大西は大声で怒鳴ったが、なかなか舟がこない。ワイワイ騒いでいるのが見えるだけ。なにしろ初冬の十一月末だから、飛行服を着ていてもずぶ濡れとなって寒くてたまらない。大西はデカンショを大声で唱っていたが、しだいに沖のほうに流されていく。

心細い思いをしているうち、うまい具合に横転した機の翼が帆の作用をして三保の松原の突端近くに流れていった。二人は海中に飛び込むと、泳いで浜辺に這い上がった。

当時のファルマン機は、木製布張りの複葉軽量機だったので浮力があり、大西らはおかげで助かった。

四度目の不時着水

ついで大正六年十月のこと、第三艦隊に付属した「若宮」は、九州西方海面の東シナ海での演習に参加した。

大西と、同期の荒木保中尉（のち大佐）の同乗偵察機は、縦横に飛行して偵察威力を発揮していた。ところが、任務飛行中にまたもエンジン故障となり、艦隊の視界外の海面に不時着水した。しかも海上の波浪は高く、着水のさい機体は大破し、両中尉は破片にすがって洋上を漂っていた。

当時、飛行機にはまだ無線が装備されていなかったから、母艦も艦隊司令部も、大西機の遭難は知るよしもなかった。

数時間の漂流がつづいた。そろそろ太陽が西に傾き、日没が近づいてきた。大西はさすがに死を覚悟した。

ところがたまたま、練習艦隊の「磐手」と「八雲」が、司令官鈴木貫太郎中将の指揮で、この海面を航行中であった。太陽がまさに没せんとするはるか水平線上に、鈴木司令官は黒一点の何ものかが浮動しているのを発見した。司令官はただちに艦隊の針路変更を命じて、黒点の方向に向かったのである。

こうして遭難した両中尉は、幸運にも無事救助されたのであった。そのときの両中尉の態度には、死に直面した悲壮感はまったく見られず、とくに大西の沈着冷静、平然たる報告ぶりに鈴木司令官はいたく感動した。司令官はその直後、練習艦隊乗組の候補生を集めて、青年将校の活模範として激賞したのであった。

偶然とはいえ、練習艦隊に遭遇したのはまさに奇蹟的である。広大な海上では、二隻の編隊と遭難者とは、ミクロに近い点と点である。近づいたとしても、見逃されてしまうものだ。さすがに鍛え抜かれた鈴木司令官の細心な見張術をほめるべきであろうが、鈴木に発見されたというのが、大西のもっている強運であろう。これにより、大西瀧治郎の名は鈴木の脳裏に焼きつけられた。

この遭難事件があったころ、十月上旬にシンガポールを出港して南アフリカ迂回航路をとってイギリスに向かった日本郵船の「常陸丸」が、航海途中で消息を絶った。

まだ第一次大戦中のことであり、ドイツは交通破壊のために仮装巡洋艦をインド洋に派遣しているとの噂もあって、それにやられたか、あるいは暗礁にのり上げて沈没したのかもしれないということで、郵船では捜索船を仕立て派遣することになった。

「常陸丸」の予定航路は、マルジブ諸島付近を通ることになっており、この付近は暗礁海域でもあるので、もし生存者があるとすれば、どれかの無人島に上陸しているかもしれないとの推測もあった。

そこで郵船側では海軍に、水上飛行機による捜索協力を願い出たのである。海軍ではこの依頼を承諾し、捜索船「筑前丸」に飛行捜索隊十五名と、ファルマン偵察機一機を搭載することとした。この捜索隊の中に、大西、荒木、坂本宗隆（四十期、昭和九年没）の三中尉が搭乗員に選ばれ、大西が先任であるところから捜索隊長を命ぜられた。

「筑前丸」は十二月、「常陸丸」の生存者が上陸している可能性の高い、マルジブ諸島の海域に達し、飛行機隊は連日、これらの島を空中捜索していた。

十二月三十一日の大晦日のこと、大西、坂本の両中尉が同乗して捜索に飛び立った。つぎつぎと島の上空を飛び回っているうち、突然、エンジンの故障である。やむなく付近海面に不時着した。

大西にとって四度目の不時着水である。またもや着水した飛行機とともに洋上の漂流がはじまったが、運よく通りかかった日本駆逐艦に救助された。第一次大戦に参加して、インド洋方面に出撃していた駆逐艦が、「常陸丸」の捜索に協力中だったのである。その後、「常陸丸」はドイツの仮装巡洋艦「ウルフ」によって、インド洋で撃沈されたことがわかった。同船は対潜水艦攻撃砲をもって応戦し、多数の戦死者を出した。沈没により海に投げ出された生存者は、ことごとく「ウルフ」に救助されて拉致されたのであった。このことが判明して翌七年一月二十一日、捜索は打ち切られた。

大正初期の飛行機は事故が多く、大西の同僚や先輩、後輩に殉職者が多かった。その中で大西もまた何回も事故に遭っていながら、彼だけはいつも不思議に助かっていた。事故にあっても、つねに沈着冷静さを失わなかったことが〝運〟を呼んでいたのであろう。

飛行船操縦のパイオニア

沈着冷静、そして豪胆であることが大西に運やツキをもたらしてきたが、これ以後にも大西に〝運〟がつきまとっている。

大正七年十一月、大西は坂本宗隆とともに高等飛行術の修業のためイギリスに派遣された。出張の途中の船中で二人は大尉に昇進し、翌八年一月、ロンドンに到着した。

ロンドン滞在中の大西は、山高帽にフロックコート、銀把手《とって》のステッキという英国紳士のいでたちであった。この大西の山高帽は、その後、横須賀、つづいて霞ヶ浦航空隊のマスコットにされ、飛行士官のなかの独身最年長者が引きついで、その室内に掛けることになり、長く保存されて名物となった。

両人はオックスフォード付近の航空隊で、陸上戦闘機および中型偵察機の操縦を約三ヵ月習得した。そのころ大西は本国海軍省からの新たな訓令で、航空船(飛行船)の操縦を習得することになった。

しかし英国では、航空船の操縦に入る前に、まず自由気球の操縦資格を取ることが義務づけられていた。自由気球というのは、ガスでふくらませた気球の下にゴンドラをつるし、人や荷物をのせて空中を風や気流に乗って漂流するものである。ヨーロッパでは、この自由気球を短距離の輸送用に使っていた。

大西は気球製造会社スペンサーの社長の紹介で、自由気球の教官兼査定官の資格をもっている英人を雇い、最低条件とされている一時間以上の飛行三回を実施して、首尾よく資格を授与された。

しかし、この英人教官というのは案外の食わせ者であったらしい。三回目の長時間飛行練習のときである。離陸してしばらく飛んでいるうち、突然、突風が吹き出し、気球は海の方向に吹き飛ばされはじめた。危険とみて英人教官は、ロンドン郊外のアルバート船渠付近の広場に不時着しようとしたまではよかったが、驚きあわてたとみえて、応急操作がうまくいかない。オロオロしながら操作するので、かえってますます危険になった。そのとき大西は大声で、

「おれがやるから君は手を出すな」

と言って、いっさい大西が操作して着陸した。そのとき気球がジャンプしたので錨索が切

れ、強風に吹き流されて危うく一命にかかわるところだった。

なんとか無事に脱出して不時着の後始末をしていると、付近の住民が大勢駆けつけて手伝ってくれた。

大西が彼らに丁重に謝意を述べていると、その中の一人の紳士が大西に、ぜひとも自分の家に宿泊してゆけと親切に言ってくれた。あまり熱心にすすめるので、それではと一泊の厄介になったのだが、この紳士はフリーメーソンの会員だった。大西が住民の援助に対して礼を述べているときのジェスチュアが、フリーメーソン会員のサインそっくりだったので、てっきり大西を会員仲間だと思い込んだということである。とはいえこれも〝運〟の一つであろう。その後、大西はハウデン航空船隊に入隊が許され、もっぱら硬式航空船の操縦術を学んだ。

翌九年一月二十六日付で、大西は造兵監督官に専任することを命じられた。当時、海軍がビッカース社に注文していた小型軟式航空船の監督業務である。

この航空船は大正九年九月に完成した。最初の試験飛行は英人船長が行ない、ついで大西が操縦した。試験飛行の当日は、朝のうちは風が弱く、絶好の飛行日和であった。ところが、大西が操縦する段になって風が出てきた。ことに飛行場付近の風向《ふうこう》がくるくる変化する。これでは着陸が困難だ。地上で見まもっている関係者は、不安をかくしきれなかった。

大西は、数回の往復試験飛行を行なうと、船首を風に向け、高度三百メートルでゆっくりと飛行場に滑り込んできた。

地上からは風向、風力などの信号を送る。それを見ながら大西は、船体の釣合いとエンジンの調整を行ないつつガスを排出し、着陸地点にピタリと鮮やかな着陸を行なった。

参列者はいっせいに拍手をもってこれを迎え、大西のみごとな操縦ぶりを絶賛した。着陸後、大西の説明を聞いて関係者はさらに感服した。

「あらかじめ地表と上空の大気の情況、船体浮力、前後空気房内の空気量、釣合い、ガス量、地上作業員の練度、着陸索の長さとその重量、船体の慣性、エンジンの出力など、およそ考えられるデータについてすべて検討を加えたうえで、もっとも安全と思われる操作を計画しておいたのです。とくにもっとも重要な着陸操作については、地表での突風的傾向なども考慮に入れて、三段構えの方策を考えておいたので、何ら不安はありませんでした」

この周到な準備と計画があって、初めて大胆な操縦ができるのである。単純な豪胆さだけではなく、緻密な計画性があって初めてツキを呼ぶ好例といえよう。

無事に航空船の引き渡しを完了した大西は、九年十月五日に帰朝命令を受領し、約二年間の英国出張を終えて帰国した。

翌大正十年九月、大西の監督下に造られた小型軟式航空船が横須賀航空隊に到着した。しかし、格納庫など施設準備に手間どり、進空式が延びのびになってしまった。

大正十一年三月二十日、大西はわが国最初の海軍飛行船隊長に任ぜられ、五月十一日、晴れて大西船長の操縦によって進空式が行なわれ、朝野に賛嘆を博した。

「指揮官先頭」の気風

日中戦争が勃発した昭和十二年当時、大西は大佐で、海軍省の海軍航空本部教育部長だった。開戦初頭、鹿屋航空隊、木更津航空隊などの陸上攻撃隊は、九州の大村、台湾の台北、朝鮮の済州島に進出して、中支方面の広徳、杭州、南京、南昌などの要地を渡洋爆撃していた。

しかし、出撃するたびに二機、四機と撃墜され、予想以上に陸攻の損害が大きい。これに驚いた航空本部では、大西大佐を実情調査のため済州島に派遣した。

八月二十一日、済州島に着いた大西は、その日、六機の九六式陸上攻撃機が南京方面に出撃することを知って、一番機に便乗して視察することにした。

着いて間もなくのことでもあり、大西は大急ぎで基地の指揮所と打ち合わせすると、搭乗前に飛行場の草むらでながながと立ち小便をした。

その間に、搭乗予定の一番機が発進を開始したのである。やむなく大西は、二番機に駆け寄って大急ぎでもぐり込んだ。

南京上空での敵高射砲による対空射撃はすさまじいものがあった。至近で炸裂する高射砲弾に、乗機はぐらりぐらりと揺れる。

命がけの爆撃行を体験した大西は、無事に帰還してはきたものの、大西が乗る予定だった一番機と、ほかに三機が未帰還となった。帰ってきたのは二機だけだったのである。

飛行場で悠々と立ち小便をしていたおかげで、大西は戦死しないですんだ。まさに紙一重の別れ目であった。このような「運」の強さは、その後の大西にしばしば起こっている。

昭和十四年の後半になると、日中戦争はいよいよ泥沼化して作戦にも困難な様相が表われてきた。中国軍の主力は、次第に奥地に移動して戦力の回復をはかっては、しばしば必死の反撃を加えてきた。

戦局の推移にともなって、このころとくに期待がかけられたのは航空作戦である。漢口を基地とする攻撃隊は、重慶、成都、蘭州などの長距離奥地を指向するようになった。

これに対して中国空軍も反撃してきた。十月三日にはSB軽爆撃機が隙を衝いて漢口に来襲、奇襲爆撃を敢行した。この空襲で木更津航空隊の副長、石河淡中佐と、鹿屋航空隊の副長、小川弘中佐ほか数名が戦死した。

さらにこのとき第一連合航空隊司令官の塚原二《に》四《し》三《ぞう》少将、鹿屋航空隊司令の大林末雄大佐なども負傷した。

高級指揮官クラスに死傷者が出たことは、航空部隊全体の士気にかかわる重大事であった。そのうえ出撃すれば、目標地の上空には敵戦闘機が待ちかまえて迎撃戦を展開してくるなど、敵機による被害もますます深刻さを増して、ややもすると搭乗員たちの士気は低下しがちであった。

このような時期の十月十九日、大西は選ばれて航空本部教育部長から第二連合航空隊司令官に任命された。大西は大佐のまま、ただちに漢口に飛んだ。司令官の地位は本来、少将である。大西は現地に着任してから後の十一月十五日に少将に任ぜられた。

十一月早々、二連空司令官に着任した大西は、間髪を入れず成都攻撃の作戦を起案してただちに実施した。

この作戦は中国空軍爆撃隊の反攻企図をくじくのが目的で、一連空（木更津航空隊、鹿屋航空隊）と二連空（第十二航空隊、第十三航空隊）の中攻隊全力七十二機を動員し、成都の鳳凰山飛行場を昼間爆撃し、一気に敵爆撃機を粉砕しようというものであった。

十一月四日、連合空襲部隊はいよいよ出撃することになった。その前日、飛行長がもってきた二連空の編成表を見た大西は、指揮官機に司令の名がないのを見て、

「この大攻撃に司令が行かないのなら俺が行こう」

と言って、自分の名を記入しようとした。それをそばで見ていた十三空司令の奥田喜久司大佐があわてて止めた。

「こんどの作戦は生還が期し難いでしょう。もし万一、司令官が戦死されたのでは、爾後の作戦に重大な影響が生じます。出撃はお止めいただきたい。そのかわり私が指揮をとりましょう」

と言って、みずから攻撃隊の指揮官を買って出た。

攻撃隊は編隊を組んで一路、成都の上空に進撃した。午後一時十分、攻撃は開始され、鳳凰山飛行場に爆弾の雨を降らせた。地上には約十数機の爆撃機が並んでいた。それが片端から爆破炎上する。

さらに地上施設を破壊した攻撃隊が、まさに帰途につこうとしたとき、敵戦闘機約四機に

襲撃された。

攻撃隊はがっちりと編隊を組むと、来襲する敵機に機銃の弾幕を張った。しかし、敵機はくり返し、くり返し先頭の指揮官機めがけて殺到してくる。

奥田司令の搭乗する指揮官機は、猛烈な十字砲火を発射しつつ奮闘をつづけたが、間もなく敵弾が命中して炎上、火達磨となって編隊から脱落すると、弧を描いて墜落していった。

大西はここでは、はからずも奥田大佐の身代わりによって戦死をまぬがれた。これを、「運」と言うのは別問題としても、大西は死を回避する宿命的なめぐりあわせを持っている男だった。

おれもゆく、若殿輩のあと追いて

一方、奥田大佐は出撃にさいして、ひそかに大西に宛てて、つぎのような遺書を残していた。

『　　小官

君国の為め、海軍伝統精神継承の為め、今日愈々決死の途に上るに際し、心中既に光風の如く何物も残るなし。

謹而《つつしみて》、海軍出身以来特別の御厚誼《こうぎ》を深謝し尚小官亡き後と雖《いえど》も、必ずや本精神をして永久に生かし得る様、特に御厚配を願上候。

従来御厚誼を賜りし、先輩同僚諸氏に一々御挨拶の閑《いとま》無く、何卒御序《おついで》の節、奥田は喜んで海軍航空伝統の精神を奉じて死せる旨、茲《ここ》に従来の御厚誼を感謝しつつ、殉国の旨、御物語り下され度く候。

帝国海軍航空隊永遠の生命を祝福しつつ

奥田大佐拝上』

遺書を書くのは戦場の常とはいえ、この遺書は明らかに死を予感してのもので、十分覚悟の上の出撃であったことがわかる。奥田司令の戦死後、大西はこの遺書を受けとった。しかし、大西は多くを語らず、眉一つ動かさなかった。そして部下一同に、

「いったん、出撃に臨んで初めて死を決するのはすでに遅い、武人の死は平素から充分覚悟されているはず」

と訓示したのである。これを聞いて部下の多くは、大西瀧治郎という人は、果たして血あり涙ある人なのだろうかと疑った。あまりにも冷血無残な訓示と受けとったのである。

十四日の夜、二連空では灯火管制の中で、奥田司令以下戦死者の告別式を執行した。そのとき大西は弔辞を読んだ。一語、一語、力のこもった声で読みつづけていったが、その半ばほどで、

「余の掌裡いまなお司令の脈絡を感じ、卿らの勇姿いまなお眼底に彷彿たるに、卿らとその愛機とはふたたびあい見《まみ》ゆるに由なし……」

と語るところから声は次第に低くなり、とつとつとして哀調を帯びてきた。

「……戦局の打開、戦果の拡充、ともにわが航空部隊の健闘にまつところ大なるものあるを

思わしむる秋《とき》、忽焉《こつえん》として忠勇の士を失う愛惜いずくんぞ堪えん……」

と言ったあと、言葉がしばらく途切れた。そしてつぎの一句、

「とくに思いを卿らの遺族に致すとき……」

と言うにおよんでついに声はつづかず、堰を切ったように号泣し、よろよろと崩れかかった。参謀福元秀盛大佐が駆け寄って、かろうじて倒れかかる大西を抱きとめたのである。これを見た将兵は、大西の部下を思う心情の深刻さに心を打たれたのであった。

「このことがあって以来、二連空の士気は毫も衰えることなくいよいよ高揚した」

と福元参謀は語っている。

これ以後、連合空襲部隊は西安をはじめ、蘭州に連続攻撃を行なった。大西はこの作戦については、初めから自分で偵察機に同乗して偵察し、攻撃にも同行した。司令官のたびたびの出撃を案じた福元参謀は、大西に何度も自重するよう進言した。しかし、大西は笑いながら、

「俺が死んでも、後を継ぐ者はいくらでもいるよ」

と言って取り合わなかった。

日本海軍には「指揮官先頭」のモットーがある。最高指揮官が、決戦主力の陣頭に立って指揮をとるのは、海上戦闘の特質から生まれたものであり、海軍の伝統であった。

しかし、それは水上部隊のことで、航空隊は例外であった。機上からの戦闘指揮は、強靱な体力と緻密かつ反射的な判断力を要求されるものである。つまり指揮官はロートル（年寄

り）ではつとまらない苛酷な任務なのである。

したがって攻撃隊の指揮官は中佐どまりで、大佐以上は飛ばないのが普通であった。そのような不文律のなかで、大西が奥田司令を指揮官として出撃させたことは批判されてもしかたのないものであった。

しかし、大西にはそれなりの目的があった。士気の高揚である。

しだいに損害が増加する中で、搭乗員たちの士気は低調にならざるを得なかった。士気の低下は同時に損害を増大させる重大な因子である。これを断ち切るために、大西はあえて指揮官先頭を実行したのであった。

不幸にして奥田司令は戦死したが、大西のもくろみどおり士気はかえって鼓舞された。奥田司令の犠牲に報いるためにも、大西は率先して陣頭に立たねばならなかった。

蘭州攻撃は、十一月二十八日から連日四日間つづけられ、ついで十二月二十六日から三日間行なわれた。

このすべてに大西は同行した。しかし、大西には搭乗配置がないので、だれかの機に割り込んで乗らなくてはならない。大西は先頭の指揮官機ではなく、つねに編隊最後尾の後方三角点に占位する機を選んで乗り組んでいた。

この位置の機は、一般に最下級の搭乗員が操縦することになっており、したがって練度も低かった。しかも最後尾なので敵戦闘機に狙われやすく、敵機に食いつかれたら百年目と思わなければならない。友軍機からの掩護射撃もなく、自己機だけで応射するのみで、防御砲火の一番手薄な位置である。

危険度からいえば、先頭にいる指揮官機以上である。事実、この位置の損害が一番多かった。大西はそれを十分承知していた。

「一番危険でかわいそうなのは、後方両角の飛行機に乗った三等航空兵だよ、食い下がられたら最後、防ぐ手がないのだから」

と福元参謀にしみじみ語っている。

大西が、わざわざ求めて一番危険な飛行機に乗ったのは、部下に号令する前に、まずその部下とともにあり、部下とともに死地に飛び込み、そして部下を庇護し掩護するのが目的であった。

彼はみずから死を求めていた。大西は部下を持つようになった少佐のころから、俺の心境だといってよく口にもし、書にもしたためたものに、

『おれもゆく、若殿輩《わかとんばら》のあと追いて』

というのがある。西郷南洲の心事である。

大西は、その心のほどを如実に実行したのであった。ところが、大西が乗るとその機は不思議に無事で、他の機がやられた。

死を怖れず、むしろ積極的に死を求める大西を、死神も避けているかのようであった。しかし、大西は単なる勇猛、豪胆だけの士ではない。緻密かつ慎重な性格の持ち主である。航空作戦でも、実行不可能なことは決して採用しなかった。むしろ一つ一つ、こつこつと確実

に要地を攻略していく用兵術は、航空戦略に新機軸を開くものであった。

わが声価は棺を覆うて定まらず

大西を語るとき、「特攻」を除いて語ることができないほど大西と特攻は切っても切れない関係にある。今日でも大西を特攻の創始者と見ている人が多いが、昭和三十二年に刊行された『大西瀧治郎』（故大西瀧治郎海軍中将伝刊行会）によると、大西と特攻の関係を次のように述べている。

「特攻というあの前代未聞の大事が、特定の一人二人の思いつきでできるわけのものではないのであって、測り知れない深い歴史的な背景と、全作戦軍の澎湃たる祖国愛、なかんずく、若き戦士達の不屈の闘魂こそ、真の生みの親というべきで、特攻生みの親などと称せられることは、だれよりも大西自身のよろこばぬところであるにちがいない。事実、潜水艦にあっては航空に先んじて、黒木大尉、仁科中尉ら若き特殊潜航艇員の救国の熱血によって十九年九月にはすでに特攻（人間魚雷「回天」）が決定せられ、大津島で体当たり攻撃訓練が開始せられていたのだし、航空機にあっても特攻的攻撃はしばしば敢行されていたのであった。彼はかかる大勢の焦点に立っていたので、いわば生まれ出ずべくして生まれた飛行機特攻を、正式組織化し、計画化した産婆役に任じたと見るべきであろう。彼こそは最適の産婆役たり、類いなきすぐれた号令者であったのである」

大西がいつごろから体当たり特攻を考え出したのかはっきりしないが、昭和十八年四月に山本五十六長官が実施したソロモン方面航空撃滅戦の「い」号作戦以後、航空消耗戦で熟練搭乗員の多数を失い、その術力が一挙に低下して航空戦力がガタ落ちになったころから、思いをめぐらしていたようである。

当時、南東方面を視察した侍従武官の城英一郎大佐が六月に帰京して、もはや正攻法の航空戦では練度のうえから無理であるとして、肉弾攻撃の採用と、自分をその指揮官にしてほしいむねを航空本部の首脳に直訴した。

ふだんはもの静かで地味な城大佐の烈々たる闘志を耳にした大西はいたく感動し、その必要性をいっそう強く感じたようである。

十九年六月、米軍はサイパンに上陸してマリアナ決戦が叫ばれた。このとき大西は軍需省航空兵器総局総務局長であった。総局の長官は遠藤三郎陸軍中将である。

サイパン陥落目前の六月二十七日、大西と遠藤は長官室で今後の対策を協議していた。この日のことを遠藤は、日記につぎのように記している。

『午前、大西中将と国を救うものは神兵の出現にあり、即ち若人等の身命を捨て敵航空母艦と刺し違えることに依り敵機動部隊を撃滅し勝利に導くの外なかるべきを語り居りしに、偶然に午後二時頃、館山航空隊司令、岡村基春大佐及び舟木中佐、これに任ぜんことを申込み来る。嗚呼、神兵現わる……』

岡村大佐は、すでに海軍部内で特攻の必要性を説いていたから、これは大西があらかじめ呼んでおいて遠藤に海軍将校たちの危機意識を伝えさせた可能性がある。

七月七日、サイパンは玉砕し、戦局はますます悪化し、最後の段階に追いつめられてきた。ところが、戦局転換の主役である海軍航空部隊は、搭乗員の術力低下はますますはなはだしく、また器材の補充難から兵力もととのわず、この戦力ではとうてい戦局の転換は期待できないとみられた。

技量未熟な搭乗員と不十分な兵力では、あたら優秀な青年をたいした戦果もあげられずに、ただ犬死をさせるようなものであった。

大西はこの難局を打開するのには、今こそ戦果の期待できる特攻を採用するよりほかに方法はない、搭乗員にも、どうせ戦死させるのならば、犬死でなく赫々たる戦果をあげさせたいものだと考えた。

このころ海軍では、万一の場合は特攻採用もやむなしと考えて、秘密裏に回天、桜花、震洋など必死の特攻兵器を開発していた。このような風潮の中で、大西はひそかに航空機による特攻戦策を海軍部に上申した。

十月に入ると、戦局はさらに重大段階に突入した。ここにおいて海軍部は、大西を主作戦正面を担任する一航艦の司令長官に起用、この難局に対応させることとした。この人選の裏には、戦況によっては特攻の採用もやむなしと考え、これを実施できるのは航空関係者に信望の厚い大西をおいてほかにないとの考慮が働いていたようである。

マニラに飛んだ大西は、志願者を募って神風《しんぷう》特別攻撃隊を編成した。必死攻撃なので、大西はこれを作戦とは呼ばなかった。彼は見送る特攻隊員に、

「諸君だけ殺しはせぬ、俺もかならずあとから行く。ただ俺は指揮官だから、最後でなければ死なない」

と青年たちとともに死を誓ったのである。

日本の敗色が濃い中で、大西はこの特攻をどう見ていたのか、当時、従軍記者であった作家の戸川幸夫氏は、大西にこう聞いた。

「特攻によって日本はアメリカに勝てるのですか?」

大西は即座に答えた。

「負けない、ということだ。日本の危機を救う者は大臣でも大将でもない。安危は一に三十歳以下の青年の双肩にかかっている。この人たちの体当たり精神とその実行、これが日本を救う原動力なのです」

大西は他の記者にも、こう語っている。

「ここで青年が起たなければ日本は滅びますよ。しかし、青年たちが国難に殉じていかに戦ったかという歴史を記憶するかぎり、日本と日本人は滅びないのですよ」

そう語る大西の胸の内には、会津藩の白虎隊の精神が去来していた。しかし、日本国民が特攻を理解できるかどうか危惧があった。

「わが声価は棺を覆うて定まらず、百年ののち、また知己なからんとす」

と大西は呟いた。終戦の翌日、大西は自らの命を自らの手で断絶した。

吉川潔中佐

——敵前横断でつかんだ「戦運」

運はつかみとるもの

「運」とは、偶然に与えられるものではなく、自分からつかみとるものだという例に、駆逐艦長の吉川《きっかわ》潔中佐の好例がある。

海軍士官のなかで駆逐艦長という配置は下級指揮官である。会社の組織でいえば、さしずめ係長クラスと考えてよいだろう。海軍の階級では少佐か中佐がこの任につく。

決してエリートとはいえない。エリートと呼ばれるのは海軍大学校を卒業し、戦艦の艦長をつとめ、艦隊の参謀長や戦隊の司令官を経験し、司令長官となって艦隊を指揮するコースを歩む人たちである。

駆逐艦長はふつう、水雷学校高等科学生を最終教育とした人たちで、実戦派ではあるが前途の見えた配置ともいえる。そのせいでもあるまいが、駆逐艦長にはおおらかで闊達、直情径行で勇猛果敢な人が多い。ときには奇行癖があり、変人といわれる人もいた。それだけに人間としてユニークな快男児が集まっている集団でもある。

駆逐艦は、その運用上、一隻だけで行動することはない。ふつうは四隻一隊の駆逐隊で行動したり、二〜四個駆逐隊で一個水雷戦隊を編成して集団行動をとるものである。つねに数隻が集まって共同歩調をとるので、一隻だけがずば抜けて活躍するということはあまりない。潜水艦も駆逐艦とほぼ同様の編成をとっているが、一艦よく敵の大艦を葬るという離れ業を演ずることがある。しかし、駆逐艦にはそのようなチャンスはほとんどないといってよい。

したがって駆逐艦長は、よほどの運がないかぎり、頭角をあらわすことはないといってよい。それだけに地味で、走り使いのように駆け回るのが駆逐艦の任務でもあった。そうしたなかで吉川中佐は、全海軍がアッと驚くようなことをやってのけたのである。それはまさに、自ら戦運を選択し、チャンスに乗じて日本軍に大きな勝運をもたらしたのであった。

その戦勝運が到来したのは昭和十七年十一月十二日の夜半、ガダルカナル島沖で起こった第三次ソロモン海戦でのことである。

当時、ガ島での攻防戦は日本軍に不利であった。ガ島奪還のため、これまで一木支隊、川口支隊が攻撃したが、いずれも失敗に終わった。さらに十月二十五日、第二師団を主力とする兵力約一万五千名による総攻撃が行なわれたが、結果は惨たんたる敗北戦であった。しかし、あくまでガ島奪還をめざす日本軍は、大輸送船団を編成して重火器と大兵力をガ島に送り込んで、この泥沼の戦場にケリをつけようと企図した。

これに呼応して連合艦隊司令部は、船団を送り込む直前に航空撃滅戦を強化するとともに、戦艦を投入して大口径砲による艦砲射撃により、ガ島の飛行場を制圧しておく作戦を立てた。これは十月十三日に実施した戦艦「金剛」「榛名」によるガ島飛行場艦砲射撃の大成功の前例にならったものである。

ガ島に殴り込みをかける挺身攻撃隊は、高速戦艦「比叡」「霧島」の二隻と、軽巡一、駆逐艦十四によって編成された。この攻撃隊に吉川中佐の指揮する白露型駆逐艦「夕立」が参加することとなった。

十一月十二日の夜、阿部弘毅少将の指揮する挺身攻撃隊は、月のない暗夜のなかをガ島へと接近していった。

ガ島にさしかかる手前に、小さな無人島のサボ島が浮かんでいる。このサボ島とガ島との間の水路を通って、敵飛行場のあるルンガ岬沖へと針路をとった。このとき、艦隊の前路掃討のため、「夕立」と「春雨」の二隻の駆逐艦が増速して、本隊の右前方を先頭切って前進していった。他の艦は二隻の戦艦を中心に傘型の陣形をとって続航していた。

先行する「夕立」は、ガ島の陸岸に味方が点灯した灯火を発見した。砲撃のために必要な目標位置決定用の灯火である。

「比叡」座乗の阿部司令官も、この灯火を認めて「砲戦目標、飛行場」を下令。両戦艦は三十六センチ主砲に焼夷榴散弾の三式弾を装塡して射撃開始の命令を待っていた。

挺身攻撃隊がいよいよルンガ沖に達しようとした午後十一時四十二分、「夕立」は突然、暗闇の前方に艦影を発見、吉川艦長はこれを敵と判断して「敵発見」を報じた。その一分後、「比叡」でも約九キロ前方に敵巡洋艦らしい艦影四隻を認めた。

海面にはやや濛気があったが、星明かりで視界はおおむね良好だった。だが、この敵部隊は「夕立」が発見する十二分前に、レーダーで日本艦隊を探知していたのである。

待ち伏せていた米艦隊

米艦隊は、ノーマンスコット少将の率いる軽巡一、駆逐艦四と、キャラガン少将の率いる重巡二、軽巡二、駆逐艦四からなる合同部隊で、キャラガン少将が全部隊の総指揮官であった。

この日、米軍の哨戒機は、早くから日本艦隊の動静を偵知して情報を打電していた。これによって米軍は、今夜、日本艦隊がガ島飛行場と付近の米軍基地の砲撃を企図しているのではないかと判断した。

そこで昼間、ルンガ泊地に船団護衛で進出していた水上部隊に、日本艦隊攻撃の命令が下り、キャラガン提督指揮のもと、ルンガ沖で待ち伏せていたのである。

米艦隊の戦闘隊形は単縦陣であった。前衛に駆逐艦四隻、そのあとに軽巡一、重巡二、軽巡二の巡洋艦戦隊がつづき、後衛に駆逐艦四隻を配した一本棒である。巡洋艦戦隊の一番艦「アトランタ」にはノーマンスコット少将が座乗し、二番艦「サンフランシスコ」にキャラガン提督が座乗してそれぞれ将旗を掲げていた。

キャラガン提督は、レーダーで日本艦隊を発見すると、艦隊を右に転舵させた。彼はT字戦法を考えていたのである。かつて日本海海戦で東郷平八郎司令長官が、このT字戦法によって大勝利を博しているが、爾来、世界の海軍士官にとってこのT字戦法は、一度はやってみたい夢の戦術となっていた。

しかも一ヵ月前の十月十一日に起きたサボ島沖海戦（米側呼称・エスペランス岬海戦）で、ノーマンスコット少将の率いる重巡二、軽巡二、駆逐艦五の部隊が、折からソロモン中央水路を南下してきた日本艦隊（重巡三、駆逐艦二）をT字戦法で迎え撃ち、みごとにこれを撃破している。このとき重巡「古鷹」と駆逐艦「吹雪」が撃沈され、重巡「青葉」が大破した。いま、キャラガン提督にとっては、T字戦法を実施する絶好の情況であった。彼の脳裏には大勝利の栄光がかすめていた。

一方、旗艦「比叡」では、敵発見と同時に阿部司令官は、戦艦戦隊に対して射撃目標の転換を下令していた。突然の会敵だったので、陸上砲撃隊形を水上戦闘隊形に変更する余裕がなかった。傘型陣形のままでは、旋回行動が制約されるのではなはだ不利である。しかし、敵は目前に迫っている。そんなことにかまってはおれない。

両軍は急速に接近していった。このとき、先行していた「夕立」が意表をつく行動に出たのである。敵も味方も、「夕立」の行動があまりにも非常識、非戦術的であるために驚愕した。

しかしそれは、戦史に残る海戦術の極意ともいえるものであり、戦運を呼び込む積極的な行動でもあった。

捨て身の敵前横断

「夕立」が敵艦隊を発見したときは距離六千メートルであった。

吉川艦長は、敵発見と同時に二十四ノットに増速すると、敵方に向かってまっすぐ突進した。すぐうしろを続航する「春雨」も、これにならって速力を上げた。敵とは互いに反航態勢なので、たちまち距離がちぢまっていく。「夕立」の艦橋では息づまるような圧迫感がみなぎり、重苦しい沈黙がつづいた。

吉川艦長は、五尺一寸（約百五十五センチ）そこそこの小柄な体軀である。そのため彼は、艦橋正面の窓の下に踏み台にする木の箱を置いていた。その台上に足をふんばって、仁王立ちとなり、前方から迫ってくる敵艦隊の黒い影をにらみつけていた。

キャラガン提督は、レーダーに現われた正面遠方の二つの大きな目標に気をとられて、オシログラフに現われている左前方至近の小さな目標を見逃していた。

吉川艦長は、敵艦隊が一千メートルの至近距離に近づいたとき、

「とーりかーじ！」

と号令した。「夕立」は急速に艦首を左へめぐらすと、九十度転回して敵艦隊の前面を横切るかたちで航進した。三百メートル後方を続航する「春雨」の艦長神山昌雄中佐は仰天したが、何はともあれ「夕立」のあとにつづいた。

戦術常識では、敵の前衛駆逐艦四隻が一本棒となって阻止態勢をとっているのだから、ここは極力脱過しなければならない。脱過の方法は、面舵《おもかじ》をとって右へ回り、敵艦隊の左舷を反航しながら砲雷撃しつつ、急速避退することである。それがこの場合の常識なのである。

ところが、吉川艦長はその逆をやった。まさに意表を衝いた決断である。この決断が〝運〟を呼んだのである。

このとき、敵艦隊に大混乱が起こった。先頭を行く駆逐艦「カッシン」は、前方千メートルを左から右に横切る二隻の日本駆逐艦を発見すると、大あわてで衝突を避けるため取舵をとった。緊急左回頭する先頭艦を見た二番艦の「ラフェイ」も、ただちにこれにならって取舵をとったが、突然の転舵だったので、三番艦、四番艦の駆逐艦はこれに対応することができず、転舵角度もまちまちで艦列を乱してしまった。

つづく軽巡「アトランタ」は、前方の四駆逐艦が算を乱してしまったので、これらとの衝突を避けるために大角度の取舵いっぱいで大きく左に転舵した。

このうしろにつづく旗艦の重巡「サンフランシスコ」の艦橋では、キャラガン提督が、なぜ前衛部隊が突然、変針したのか理由がわからず、艦内電話をとると、

「『アトランタ』は何をしているのかッ！」

と怒鳴った。即座に前続艦から、

「味方駆逐艦との衝突を避けつつあり」

との返事が返ってきたが、この応答を聞いていた後続の各艦は動転した。

キャラガン提督は、情況がよくのみこめないので、敏速な対応策を下せなかった。このため、後続艦の混乱がひろがった。取舵をとるもの、面舵をとるものなど、各艦は勝手に転舵した。一本棒だった艦列は総崩れとなった。

「夕立」にとっても、距離一キロでの敵前横断は決死的な行動だった。海上での一キロは目と鼻の先である。敵速二十四ノットとすれば、約一分二十秒後には衝突することになる。かりに衝突せずに航過したとしても、数十メートルの至近距離を航行することになり、なぶり殺しの砲撃をうけることとなる。

いずれにしても、ここで取舵をとって敵前横断することは自殺行為だったのである。

吉川艦長のとった行動は、水上戦闘における非理論的な行動であり、これが平時での演習であったなら落第点はおろか、叱責はまぬがれない。いわば狂人の戦法であり、艦長としての資質を問われかねないものである。

しかし、水上戦闘というものは、何が起こるかわからないものである。

敵艦隊の鼻づらをかすめて通り過ぎた「夕立」は、暗闇の海面でぐるりと円を描いて反転すると、混乱中の敵艦隊列に向かって突進していった。第二の意表をつく決断である。

この反転は、さすがに「春雨」にもはかり知ることができなかった。折から視界が狭くて「夕立」の姿を見失ったこともあり、続航しきれずにそのまま直進、「夕立」と分離して敵から離脱していった。

この「春雨」の行動は、この場合、正解といえる。

日本海軍には、『海戦要務令』というマル秘のトラの巻があった。その第百三条に、「襲撃ヲ終リタル駆逐艦ハ、友軍ノ襲撃ヲ妨害セザル限り、其ノ成果ヲ監視シツツ、敵ト触接ヲ失ハザル如ク行動シ、極力再挙ヲ計ルベシ……」とある。つまり敵と不即不離の位置にあって、敵情を逐一、友軍本隊に連絡し、本隊の攻撃が円滑に進捗するよう哨戒行動をとれというのである。

この『海戦要務令』にしたがえば「春雨」の行動は満点であった。だが、吉川艦長はこの項を無視した。

どんどん撃て！

単艦となって再突入をはかった「夕立」は、前方の大きな敵艦に魚雷発射のねらいをつけていた。

そのとき急接近してきた「比叡」が、探照燈を照射して「アトランタ」を闇の中に浮かび上がらせると、陸上砲撃のためにこめていた三式弾をそのまま発砲した。

この一撃は「アトランタ」の艦橋に命中して爆発、ノーマンスコット少将をはじめ幕僚のほとんど全員を即死させたのである。

わずか千六百メートルの至近距離で発砲した「比叡」の三式弾は、「アトランタ」の艦橋をめちゃめちゃに破壊したが、焼夷榴散弾なので撃沈することができなかった。かえって探照燈を照射したので位置を露呈し、敵艦隊の中・小口径砲、および機銃までが「比叡」に砲火を集中した。

敵の集中射撃はすさまじく、「比叡」の上甲板以上は砲弾、機銃弾で薙ぎ払われ、高角砲はすべて破壊され、前檣楼では火災が生じた。主砲関係の電路や副砲指揮所も破壊されて、一時、砲戦能力を失い、通信も無線、信号ともに不能となったほどである。

このときキャラガン提督は、前方の日本艦隊が突撃してくるのを見て、とっさに、「奇数番号艦は右砲戦撃ち方はじめ、偶数番号艦は左砲戦撃ち方はじめ」と不思議な号令をかけた。これは一見、妙手のように思える。しかし、単縦陣形がきちんと成形されているならともかく、いまは隊列がばらばらに乱れているときである。奇数番号艦の右舷に敵がいなかったり、左舷の絶好の射距離にいる日本艦に対して砲撃を禁止するような命令となってしまった。このために米艦隊は、射撃目標の選定にまごつき、さらに混乱の度を深めていったのである。

一方、この間になおも突進した「夕立」は、敵艦に千五百メートルまで近づき、魚雷八本をつぎつぎと発射、二隻の巡洋艦に魚雷を命中させた。

海戦の戦術からすれば、ここまでやったなら、この時点で「夕立」は戦場から遠く避退して、予備魚雷の装塡をしたうえで再突入をはかるべきところである。ところが、吉川艦長はそうはしなかった。

「このまま突撃せよ」

と第三の決断を下すと、速力を三十ノットに上げて猛然と敵艦隊の隊列のなかに突入していったのである。

吉川艦長は、前方から突撃を開始した本隊の砲撃に対して気をとられている敵艦隊を、後方から攻撃する絶好のチャンスだと考えたのである。発射する魚雷はないが、たとえ豆鉄砲の十二・七センチ主砲でも、命中すればかなりの損害をあたえることができる。

「砲術長、どんどん撃て！」

左右の敵艦をさして吉川艦長は大声で号令した。

海軍には〝どんどん撃て〟という号令はない。しかしこの場合、これほど適切な号令はなかった。

砲術長は目の前の敵を無照準で撃ちまくった。距離が近いので砲身を水平にしたまま連続発砲する。全弾が命中し、敵艦はつぎつぎに燃え上がっていく。敵の隊列を突っ切ったころには、味方部隊も猛砲撃を開始しており、乱戦模様となっていた。

「比叡」「霧島」の三式弾は、敵艦を薙ぎ倒す勢いであった。旗艦「サンフランシスコ」の艦橋に三式弾が炸裂、ついに総指揮官のキャラガン提督をはじめ、艦長、幕僚たちが一瞬のうちに戦死した。一つの戦闘で、二人の最高指揮官が戦死するということはきわめて珍しいことである。

そのころ「夕立」もようやく敵艦に発見されて砲撃をうけはじめた。ただちに煤煙幕を展張しながら味方部隊に合流すべく避退行動をとった。

ところが、敵の艦列から飛び出してきたせいか、「夕立」は敵艦と誤認されて味方から砲撃されだした。ただちに味方識別の青ランプをマストに点灯したが、逆上しているのか、射撃はいっこうに止まない。ふたたび煙幕を展張して味方の砲撃を回避していたが、煙幕をやめるとまた撃ってくる。

味方砲撃は駆逐艦だった。さすがに狙いは正確で命中弾をうけだした。しかし、被弾は水線上だったので沈没はまぬがれたが、死傷者が続出した。

ついに一弾が機械室に命中して「夕立」は航行不能となる。これ以後、味方撃ちに気がついて砲撃は止んだが、乗員たちの憤激は大きかった。

「まあ、しようがないよ、戦争とはこんなものだよ」

吉川艦長は救助に駆けつけた「五月雨」の艦長中村昇少佐に恬淡として言った。このときの「夕立」の戦死者は三十九名だった。

この戦闘で米艦隊の損害は、沈没したもの軽巡二、駆逐艦四。大破が重巡二、駆逐艦一。中破が駆逐艦二。小破が軽巡一で、無傷だったのは駆逐艦一隻だけであった。

これに対して日本軍側は、「比叡」が行動不能となって自沈、駆逐艦「暁」が沈没、そして「夕立」は処分され、計三隻を失ったほか、駆逐艦二隻が小破した。

結果的にみると、「夕立」は吉川艦長の判断によって、その戦術は反教科書的、非理論的行動であったが、戦運を呼び込んで大戦果をあげることができたのであった。けだし吉川艦長の戦法は、「桶狭間戦法」の極致で、しかもみごとに生還できたことは、「攻撃に転ずるところ戦運われにあり」との戦術の鉄則を如実に具現したものであった。

田辺弥八少佐
——ミッドウェーの不運と幸運

この艦長なら沈まないぞ！

山本五十六連合艦隊司令長官が計画したミッドウェー作戦案は、ハワイに近いミッドウェー島を攻略占領することで米軍を刺激し、開戦時に撃ちもらした米空母部隊を同島方面におびき出して、これを一挙に殲滅しようというのが主たる目的であった。

昭和十七年六月五日、南雲忠一中将の率いる第一航空艦隊はミッドウェー島に襲いかかったが、周知のとおり、日米両軍の機動部隊の激突となり、日本軍はトラの子空母「赤城」「加賀」「蒼龍」「飛龍」の四隻すべてが、逆に撃沈されるという大損害をこうむったのであった。

このときから、強運だった山本長官の運にもかげりが生じて、これ以後の作戦はやることなすこと、ほとんどすべてに敗運がつきまとうようになっていくのである。

しかし、大失敗のミッドウェー作戦のなかで、運に恵まれた幸運な人もいた。米空母「ヨークタウン」を撃沈した「伊号第一六八潜水艦」の艦長・田辺弥八少佐の場合がそれである。

潜水艦が、航空母艦という大艦を撃沈するということは、よくよく幸運に恵まれなければできることではない。と同時に、潜水艦を指揮する艦長がもっている「運」の良し悪しが大きく作用するものである。

田辺少佐の指揮する「伊一六八潜」は、作戦開始の当日、ミッドウェー島の近海に潜伏して、同島の偵察および天候の通報という任務についていた。

田辺少佐にとってこれは、開戦以来はじめての出撃であった。田辺は十六年十月に潜水学校甲種学生を卒業して、練習潜水艦の「呂五九潜」の艦長に着任、もっぱら瀬戸内海で潜水艦長としての技量訓練につとめていたのである。

新米艦長の田辺が実戦部隊に配属されている「伊一六八潜」に、ピッカピッカの新艦長として着任したのは十七年一月三十一日である。

これまで同艦は、開戦時の真珠湾攻撃に参加して、ハワイ沖の散開線で網を張っていたが、敵艦を捕捉することができず、むなしく呉軍港に帰投していた。

田辺新艦長は、着任と同時に同艦の再訓練を実施してみた。幸い乗員たちは出撃経験があるので度胸はいい。とりわけ先任将校の水雷長富田理吉大尉は、真面目で豪放、乗員の信頼と尊敬を集めている人格者で、上下の絆がことのほか申し分なかった。

指揮官にとって、戦闘がうまくいくかどうかは、それを補佐する次席者の人物いかんにかかわることが多い。田辺艦長は、富田大尉と兵隊たちとの間の雰囲気を尊重した。

新艦長というものは、とかく自己流の方針を押しつけがちである。すでにひとつにまとまっている乗員たちにとっては迷惑千万なことである。しかし、田辺艦長は温厚かつ洞察力の豊かな人である。ことに人間関係においては明敏で、決して無理をしない度量の持ち主であった。

兵というものは敏感なものである。新艦長の顔を見た瞬間、彼らは田辺艦長の人柄を察知していた。

「この艦長なら沈まないぞ！」

乗員は自分たちの艦の運命を、艦長の顔で判断する特殊能力を備えているものである。とくに潜水艦という特殊なフネにあっては、乗員の艦長に対する信頼と安心感がなければどんな作戦もうまくいかない。上下の心の一致がなければ、全員が海の藻屑となってしまうからである。それだけに艦長の人格が全乗員の生死を左右する重大な要点となるのである。

艦長の決意

六月五日の朝、田辺艦長はミッドウェー島沖で潜望鏡を同島に向けていた。やがて午前三時三十五分（現地時間午前六時三十五分）、機動部隊の戦爆連合が殺到してきた。天に吹き上げる火焔と黒煙が潜望鏡のレンズ一杯にひろがった。

「これで勝ったぞ」

田辺艦長は思わず口走った。

ところが、第一撃の航空攻撃が終わったあと当然おこなわれると思っていた第二次攻撃隊が来ない。不審に思っているところへ、味方空母被爆の情報がアンテナに飛び込んできた。啞然としていると、突然、第六艦隊司令長官から同艦に、『ミッドウェー島を砲撃せよ』との命令電がきた。

田辺艦長は困惑した。潜水艦に砲撃を命ずるとは、司令部は何を血迷っているのか、との思いが頭をかすめた。しかし命令である。同艦は夜になるのを待ってから、ミッドウェー島に近づいていった。

この島は、海兵隊の兵舎や通信施設、水上機格納庫、オイルタンクなどがあるサンド島と、三本の滑走路からなるイースタン島の二つの島から成っており、そのぐるりをリーフがとり巻いていた。

「伊一六八潜」は、リーフの外側四千メートルの距離から、イースタン島の敵飛行場めがけて十センチ砲を発砲した。しかし、暗いうえに島が平坦で小さいので、砲弾は目標をとびこえて向こう側の礁湖の中に落下し、いたずらに水柱を立てるばかりである。たちまち島かげから哨戒艇が飛び出して突進してくるのが見えた。同艦は砲撃を中止すると、急速潜航して避退した。

哨戒艇の爆雷攻撃から逃げ回り、数時間たったところで潜望鏡を出し、敵影のないのを確かめて浮上したときである。暗号長が艦橋に駆け上がってきて緊急電報を田辺艦長に渡した。見ると次のような電令である。

『わが海軍航空隊の攻撃により、ヨークタウン型空母一隻、地点トスヲ一八《いちはち》に大破漂流しつつあり、伊一六八はただちにこれを追撃撃沈すべし』

第三潜水戦隊司令官からのこの電令は、六日午前七時五十五分の発信であったが、敵哨戒艇に追いかけられていたので受信できず、かなりの時間が経過していた。地点「トスヲ一八」とは潜水艦用の海図の一区画をさしたもので、ミッドウェー島の北々東、約百五十カイリ（約二百八十キロ）の地点である。

田辺艦長は発令所に降りると、富田水雷長と渡辺二郎航海長を呼んで協議した。航海長は手ぎわよくチャートに線を引き、距離を出した。

「本艦から百三十六カイリの位置です」

艦長は腕時計を見た。午後四時半だった。すばやく頭の中で計算する。

「十六ノットの浮上航走で行こう」

艦長の指示に航海長の顔が輝いた。

「そうですね、〇一〇〇には着きます。日出が〇一五二ですから黎明攻撃が可能です」

ただちに返電が打たれた。

『本日、終始、敵哨戒艇の制圧を受けしため、機密第三四六番電の受信遅れたり、ただちに指定地点トスヲ一八に向かう。七日〇一〇〇着の予定』

〇一〇〇は日本時間である。現地時間では夜明け前の午前四時ということになる。田辺艦長は艦内マイクで新しい任務を放送すると、士官室に准士官以上を集めてこう言った。

「敵を撃沈さえすれば、こっちはどうなってもかまわん。その決意で突撃する」

艦長の決意に、皆は深くうなずいた。彼らの顔には爽快な笑みが浮かんでいた。

「ヨークタウン」を狙え

「伊一六八潜」は、北々東に針路を向けると、十六ノットで水上航走に移った。

司令塔に上がって椅子に腰掛けた田辺艦長は、これから起こるであろういろいろな戦況や、どうやれば一撃必殺の雷撃ができるか、思いをめぐらしていた。

会敵のときは自艦が有利な態勢で、しかも時間的にも絶好の時でなければならない。それには午前一時に到着することが絶対の条件である。夜明けの薄明の空を背景に敵艦を置き、こっちはまだ暗い西空をバックにするという有利な攻撃態勢を演出しなければならない。

この広い大海原で、はたして運よくそのような態勢で敵空母を捕捉できるだろうか。明くなると敵機の哨戒があるだろう。敵は傷ついているから、護衛の艦艇がとりまいているにちがいない。その警戒網をどうやって突破すればよいのか。攻撃する前に発見され、爆雷攻撃をされたら、どうやって危地を脱出するか。そのさい再度の攻撃は可能だろうか。

考えだすとキリがなかった。不安材料はいくらでも出てくる。だが、その一つ一つを想定し、対応策を丹念に考えておかなければならない。

　空には月がなく、海面は暗かった。艦首が切る波の音だけが司令塔に響いていた。

　一方、米空母「ヨークタウン」は、艦首をやや沈下させ、左舷に約二十五度傾斜した姿で漂泊していた。

　六日の午後、米機の襲撃から唯一まぬがれた「飛龍」は、艦爆十八機、零戦六機からなる第一次攻撃隊を発進、米機動部隊を攻撃した。同攻撃隊は艦爆十三機、零戦三機が撃墜されるという損害を出しながらも、「ヨークタウン」に爆弾三発の直撃弾をあたえたのであった。一発は飛行甲板に落下して艦内に火災を起こし、もう一発は煙突の内部で爆発して汽罐を破壊、ついで三発目は第四甲板の上で爆発して大火災を起こした。同艦は一時、速力ゼロになったほどの損害だったが、罐の応急修理で二十ノットにまで復旧した。

　しかし、つづいて「飛龍」の艦攻十機、零戦六機からなる第二次攻撃隊が戦場に到着。ふたたび「ヨークタウン」を目標に攻撃。こんどは二本の魚雷を左舷側に命中させた。これにより左舷の燃料タンクの大半が破裂し、舵が破壊され、さらにあらゆる動力系統がズタズタに分断され、艦は左に大傾斜して航行不能となったのである。

　その後、「飛龍」は「エンタープライズ」の急降下爆撃機に奇襲され、被弾炎上したため日本軍の攻撃はこれで終わりとなったが、「ヨークタウン」は自力航行は無理で、ハワイまで曳航されることとなり、六隻の駆逐艦が護衛と救助用に派遣されたのであった。

　米空母のこのような情況は、田辺艦長にはまったく分かっておらず、大破しているらしいとの情報だけで、これからの戦策を考えていかなければならない。

潜望鏡を上げよ!

司令塔で一睡もせずに戦策に没頭していた艦長は、ふと乗員たちの様子が気になった。立ち上がると発令所に降りて行き、足音を忍ばせて艦内を一巡した。

もし、武運つたなく海没するようなことになると、全乗員九十七人の家族、約五百人に悲しい思いをさせることになる。この一艦だけでなく、さらに五百人の運命を自分は握っているのだ、との想いが田辺艦長の胸を重く締めつけた。

艦内はしずまり返っていた。殺気立った気配はない。

見ると、白鉢巻をしている者、ひそひそ語りあっている者、ぐっすり寝込んでいる者など、すべてが日ごろの訓練時のように落ち着きはらっている。そこここに冗談さえ聞こえる。これから死地におもむくのだという気負った空気は微塵もみられなかった。

「よし、これならやれるぞ!」

田辺艦長は、腹の中で大きく叫んだ。決戦を前にリラックスしているこの部下たちが、ことさらにたのもしく感じられるのだった。

暗夜の海上も、やがて黎明となった。七日の午前一時(現地時間午前四時)である。ようやく水平線上がほのかに白みはじめてきた。そのとき艦外デッキの見張員が、

「前方に黒点ッ!」

と大声で報告した。

艦橋の外に飛び出した田辺艦長は、双眼鏡で注視した。まさしく目標の敵空母である。嬉しさで胸がいっぱいになった。

念じていた時刻に、しかも、理想的な相対位置である。距離は約一万三千メートル。敵空母は、明るさを増す東の空を背景にして、その巨体をだんだんと明確に浮き上がらせてくる。空母の付近には、警戒艦らしい小さな黒い艦影が数点、見えだした。

「両舷停止、潜航！」

艦外の見張員は、号令とともに一気に艦内に滑り降りる。機関員はジーゼルエンジンを急停止すると電動機推進に切りかえ、通風筒を閉鎖する。

艦長が艦内に入り、最後の信号員がハッチを閉めて、「ハッチよし」と報ずる声が聞こえると同時に、

「ベント開け、深さ一八」

との艦長の号令。頭の上でザザーンと波の音がかぶさる。「伊一六八潜」は海中に姿を没した。

いよいよ食うか食われるかの戦いの始まりである。潜望鏡で見た海面は油を流したように、さざ波一つ立っていない。

この静かさでは潜望鏡の露出に一段と苦労がいる。しかし、目的達成のためには冷静沈着に、いかなる苦しみにも耐え抜くことが潜水艦乗りの基本的な心構えである。艦長は大きく

息を吸い込んだ。

十分ごとに艦長は潜望鏡を上げた。三秒間露出すると、

「降ろせ！」

と号令する。何回か観測したところで、

「敵速二ノット、ハワイへ向かっているらしい。敵空母はやや左傾している。千メートルないし千五百メートルの距離に警戒駆逐艦七隻を配している」

と艦長は敵情を伝えた。

このとき「ヨークタウン」は掃海艇「ヴィレオ」に曳航されてのろのろと牛の歩みをつづけていた。そこへ駆逐艦「ハマン」が近づき、「ヨークタウン」の右舷側に横付けすると作業員を添乗させ、動力ポンプの援助で「ヨークタウン」の右舷に注水、傾斜の復原作業をはじめたのである。

この間に五隻の駆逐艦は、水中聴音器を使用しながら「ヨークタウン」の周囲約二千メートル付近を旋回しながら警戒にあたっていた。対潜警戒としては万全の処置である。しかし、聴音の状態は、「ヨークタウン」から流れ出る油や漂流物のために不良だった。

「伊一六八潜」は、スクリュー音を感知されないように、水中速力三ノットの微速で進んでいた。やがて敵駆逐艦が発するソーナー音が聞こえはじめた。不気味な海中の反響音に乗員たちは固唾を飲んだ

「爆雷防御、防水扉閉め」

田辺艦長は落ち着いた声で下令した。いざという場合に備えて、深度計や応急電灯の準備をととのえさせる。潜望鏡の昇降口に立ったまま、艦長は攻撃方法を思案した。

まず、左傾している敵空母の左舷から襲撃すれば、より効果的である。しかし、現在の自艦の位置と速力では、敵空母の左舷方向に回り込むのは時間がかかるし困難だと判断、右舷からの襲撃を決意したのだった。

かなり敵艦に接近してきたので、たびたび潜望鏡を上げるのは危険である。これまでの航跡の作図と、敵艦の発する作業音をたよりに無観測進出をとることにする。

「深度四十五メートル」

艦長は静かに命じた。艦はゆっくりと下降していく。航海長は真剣な表情でデバイダーと定規を操りながら、自艦の位置を刻々と記入している。

やがて敵の警戒圏に突入していった。頭上を駆逐艦が騒々しい機関音をたてながら航過していく。あちらからもこちらからもソーナー音が聞こえてくる。いまや敵陣形のまっただ中である。

息をひそめ、緊張でじっとりと額に汗が浮かぶ。身動きせずに計器をにらんでいる者、レバーを握りしめている者など、みんな目だけが異様にギラギラと輝いていた。

降りそそぐような敵駆逐艦からのソーナー音を聞きながら、「伊一六八潜」は長時間、無観測で海中を進んだ。

黎明時に敵空母を発見してからすでに九時間半が経過していた。乗員たちの顔にも疲労の色が浮かんでいる。航海長の計算によれば、艦は敵空母の直前に位置しているはずだと言う。

「深度一八」

艦長のささやくような小さな声が、意外に大きく艦内に響いた。ピーンと空気が張りつめた。深度十八メートルは潜望鏡深度である。まさにそれは生死を賭けた運だめしである。ここで発見されるかもしれない。午前九時三十七分、神に念じながら、

「潜望鏡、上げ」

艦長は手ぶりを加えながら小声で命じた。するすると上がる潜望鏡にとびついた艦長は、レンズに目を当てると同時に、

「降ろせッ」

早わざである。観測は一秒とかからなかった。艦長の顔は無表情だった。だが、つぎの号令に航海長はギョッとなった。

「面舵いっぱい、そのまま回頭……」

え？　という顔の航海長に、

「近すぎる」

呟くように言うと艦長は腕を組んだ。艦はのろのろと右回りに旋回をはじめた。

潜望鏡を上げたとき、レンズいっぱいに山のような敵空母がのしかかってきたのだ。距離は五百メートル、空母の甲板に立っている米兵の顔がはっきりと見えた。これでは近すぎて魚雷を発射しても艦底を通過してしまう。失敗は絶対に許されないし、やり直しはできない。

魚雷攻撃を成功させるには、距離を少なくとも八百メートル以上、千二百メートルの間合いにしなければならない。田辺艦長は一瞬の判断で、艦を三百六十度回頭することにしたのであった。

敵を目の前にしての直前回頭は自殺行為である。たとえ、運よく魚雷を発射することに成功しても、結局は捕捉されて爆雷攻撃を集中されるであろう。田辺艦長の号令に、全乗員がハッとして顔を上げた。俺たちの運もこれまでか、との想念が一瞬、艦内を電光のように突っ走った。

三百六十度の直前回頭

敵艦を目の前にしながらの直前回頭は、世界の潜水艦戦でも例のないことである。

もしこれを訓練でやったとしたら、田辺艦長には落第点があたえられたであろう。だが、これは訓練ではない。直前回頭の決断は、判断というより、敵空母「ヨークタウン」に対する〝必殺のひらめき〟であった。

「伊一六八潜」は、円を描きながら敵空母から離れていった。スクリュー音を感知されないように、最微速の二ノットでプロペラを回しているので、艦はなかなか回頭しない。コンパスの針だけがゆっくり回っている。両手でねじ回したいほど動きがのろい。これが潜水艦の悲しい特性である。

五百メートル前方の「ヨークタウン」から、修理中のさまざまな騒音が伝わってきた。ハンマーでたたく、カーン、カーンという音が突き抜けるようによく聞こえてくる。

ぐるりと三百六十度の回頭をするまで約一時間かかった。それはおそろしい長い緊張の時間であった。のろのろと一回りして、ふたたび艦を襲撃の基準針路にもどしたとき、どういうわけか周りをとり巻いている警戒駆逐艦からの騒々しいソーナー音がぴたりと止んだ。潜水艦にとってはもっけの幸いである。

〝いまこそ襲撃のチャンスだ〟

田辺艦長の目が光った。時計を見ると十時三十分（現地時間午後一時三十分）になるところだった。

「敵さん、昼めしどきかな？　奴らにいいものを御馳走してやろう」

艦長は不敵な笑みを浮かべて呟いた。しかし、この冗談に、だれも笑わなかった。

潜望鏡を上げた艦長は、敵情いかにと観測した。こんどは申し分なかった。敵空母との距離は約千メートル。しかもこちらの注文どおりの位置に横腹を向けている。

艦長は、すばやく発射諸元を発令所に伝えると下令した。

「発射はじめ」

低い声がピーンと艦内に響いた。艦長は潜望鏡を出したままのぞき込んでいる。いつ敵に発見されるかわからない。

「用意……撃て！」

号令一下、圧搾空気の発射音を残して、魚雷がつぎつぎに飛び出してゆく。

田辺艦長は、魚雷発射を二度に分けて行なった。最初は開角二度で二本発射、その三秒後に同じく開角二度で二本発射した。

通常の魚雷発射は、全射線に少しずつ開角をあたえて扇形に発射し、命中確率を高めるために散布帯をつくるものである。しかし田辺艦長は、それでは効果が薄いと判断した。

本艦の魚雷は旧式の八九式魚雷で、直径五十三・三センチ、全長七・一五メートル、炸薬量は二百九十五キロである。旧式とはいえ、英米海軍の新型魚雷にくらべてはるかに優れていた。問題は炸薬量である。

空母のような重装甲の巨艦には、一本の魚雷の破壊力では不十分である。そこで二本ずつの散布を二つ重ねた形の〝かさね撃ち〟をとることにした。

こうすると、最初の魚雷が命中して開けた破孔のなかに後続の魚雷がとびこんで、傷口をさらに大きく深く開けることになる。

攻撃法としては異例だが、確実に撃沈するには、四本の魚雷を同一個所に集中して命中させる必要がある。しかも、ほとんど停止同様の目標である。はずれっこない、と田辺艦長は考えた。

艦内の空気は極度に緊張した。重い沈黙が艦内に満ち、乗員たちは硬直した。

一秒、二秒、三秒と、刻みつづける時計の秒針に、全員の熱い視線が注がれた。田辺艦長は潜望鏡を下ろさなかった。下ろしても同じことだと思ったからである。間もなく雷跡が発見されるだろう。そうすれば潜望鏡が見えなくても、発射源はただちに推測される。敵の反撃をうけて撃沈されるのは時間の問題である。それならせめて発射した魚雷の命中をみとどけて死のう、と艦長は考えた。

三十秒……四十秒――そのとき「キーン、ガガーン」と、耳を射抜くような金属音が起きた。つづいて海を裂く大爆発音とともに、激しい波動が襲って艦をぐらぐらと揺すぶった。

「やったッ、やったぞッ！」

「命中だ、命中だッ！」

乗員たちは狂喜した。歓喜のほとばしりが爆発音とともに狭い艦内を突き抜けた。海鳴りのような誘爆の連続音をここちよく聞きながら、彼らは大口を開けて笑った。長時間、抑えに抑えつけていた抑圧感が一瞬のうちに解放され、彼らはとどまるところを知らない幸福感の絶頂にあった。

このとき発射した魚雷は、最大雷速四十五ノットに調定されていた。秒速に換算すると、二十三・一五メートルの速力である。発射後、四十秒で命中したので、「伊一六八潜」は、「ヨークタウン」の右舷側、九百二十六メートルの位置にいたことになる。

乗員の喜びは束の間であった。

「静かにッ！　両舷全速、深さ七十」

艦長の号令で、艦内は一瞬のうちに静寂にもどった。爆発音がつづいているうちに、スクリューを全開して速やかに移動し、位置をくらまさねばならぬ。艦は八ノットの水中速力で直進しつつぐんぐん潜航していった。これからは長く苦しい避退戦がはじまるのだ。

一撃よく二艦を刺す

「伊一六八潜」が魚雷を発射したとき、「ヨークタウン」の右舷に駆逐艦「ハマン」がなおも横着けしたままであった。

このとき、田辺艦長が言った冗談のとおり、米艦では昼食時間であった。「ヨークタウン」では昼食のため、サルベージ班は作業を中止して格納庫甲板に集まり、サンドウイッチにコカコーラとトマトジュースをとっていた。

飛行甲板の右舷寄り、第一エレベーター付近で同僚たちと弁当を食べていた一兵曹が、横着けしている「ハマン」の船体ごしに海を眺めていたが、突然、指をさして、

「おい、見ろよ、鯨みたいなのがこっちに泳いでくるぜ」

と叫んだ。みんなが海面を見たとたん、そのうちの一人が悲鳴をあげた。

「ありゃあ魚雷だーッ！」

そのとき「ハマン」でも突進してくる雷跡を発見した。乗員の一人が二十ミリ機銃にとびついて、魚雷めがけて射撃を開始した。魚雷頭部の爆発尖に命中させようと連射するのだが、銃弾はいたずらに海面に小さなしぶきを上げるだけだった。

「ヨークタウン」の艦橋にいたハールバート大尉は、機銃の射撃音で魚雷が迫ってくるのを発見した。

「その雷跡は、サンフランシスコのマーケット街の情景を思い出させた。それはまるで二組

の市街電車の軌道みたいに見えた」

と彼は後に語っている。

発射した四本の魚雷のうち、最初の一本は舵翼が安定していなかったらしく、偏斜して「ヨークタウン」の艦首前方を通過し、そのまま流れて駆逐艦「バルク」の艦尾をかすめて走り去った。もう一本は浅深度を航走して「ハマン」の中央部に命中、二番罐室で爆発した。

後続の二本は「ハマン」の艦底をくぐって「ヨークタウン」の右舷中腹に命中した。同艦は左舷にひどく傾いていたため、魚雷は非装甲の艦底部で爆発、致命的な破孔を開けたのである。

「ハマン」はキールを折損し、中部から真っ二つに折れ、わずか四分で沈没した。そのさい「ヨークタウン」は二度の大爆発にゆさぶられた。一つは沈没時の「ハマン」の熱したボイラーが、海水につかって爆発したものであり、もう一つは「ハマン」が搭載していた爆雷のうちの一個が、安全装置がはずれて爆発したものであった。

初めの魚雷の爆発で洋上に投げ出されたものたちは、つづく「ハマン」の水中爆発と爆雷の爆発で惨憺たるものだった。

水面に浮き上がった死体は、ある者は口から内臓を出しており、ある者は腕がちぎれ、目がとび出していた。

「ハマン」の乗員二百五十一人のうち八十一人が死亡、八十五人が負傷した。その負傷者も救助されてから二十六人が死亡した。

田辺艦長は、一撃よく二艦を刺したのだが、このとき空母の舷側に駆逐艦が接舷していたことは知らなかった。潜望鏡を上げるのは一瞬のことでもあり、目標は空母だけとの先入観念もあり、空母の巨体と重なっている小さな駆逐艦まで区別して視認できなかったのである。海中に潜っている潜水艦乗りにとっては、伝わってくる命中音だけが戦果を知る唯一の手がかりである。潜望鏡で沈没を確認できるのは一人歩きの商船を撃沈したときぐらいである。

ことに戦闘艦を目標としたとき、潜ったまま爆発音を聞いて、目標を撃沈したと思うのである。たとえ相手が損傷しただけで生き残っていたとしても、乗員たちは敵が沈没したものと疑わない。

それがこのときばかりは空母一隻を仕留めたのである。命中音三発、誘爆音二発を聞いた以上、敵空母は明らかに撃沈である。その思いで、彼らは踊り出したいほど気分が高揚していた。

もし、もう一隻、駆逐艦を道づれにしたことを知ったなら、彼らは本当に艦内で踊り出したであろう。乗員たちは、突き上げてくる笑いを嚙み殺しながら配置についていた。

「両舷微速……針路そのまま、無音潜航」

深度七十メートルに達したとき、田辺艦長は落ち着いた声で言った。

敵の艦底下に潜り込む

「伊一六八潜」はそのまま直進すると、被雷した空母の艦底の下に潜り込んでいった。

空母のような大艦になると、魚雷が四本ぜんぶ命中したとしても、すぐに沈むものではない。とはいえ断末魔の状態であろうから、空母の乗員たちは海中に飛び込むであろう。そこへ潜水艦を制圧するために爆雷を落とすわけにはいかないから、艦底下に潜り込むのが一番安全な避退法だと、田辺艦長は考えたのである。

この避退法も、田辺艦長のひらめきの発想であった。訓練でこのようなことをやると、上から沈んでくる艦の下に潜るやつがあるかとばかり、間違いなく落第点である。

右舷に魚雷二本をたたき込まれた「ヨークタウン」は、浸水のために左傾斜は直ったものの、徐々に沈みはじめていた。

駆逐艦「バルク」は「ヨークタウン」の周囲の警戒につき、「ベンハム」と掃海艇「ヴィレオ」は海上に投げ出された乗員の救助に当たっていた。

駆逐艦「グウィン」「モナガン」「ヒューズ」の三隻は、ただちに捜索陣を張って「伊一六八潜」の捜索を開始したが、生存者の救助が終わるまで、「ヨークタウン」の周辺に対して一時間ばかり、爆雷投射などの制圧行動はとらなかった。

田辺艦長はその間に現場から一歩でも離れようと、「ヨークタウン」の艦底を通り抜けて避退をつづけていた。しかし速力三ノットでは、一時間走っても五キロ程度しか離脱できない。人間が早足で歩く程度のスピードである。

やがて、三隻の駆逐艦がいっせいに行動を起こし、付近一帯に爆雷投射をはじめた。刻一刻と敵駆逐艦が頭上に迫ってくる。

このとき田辺艦長は、追跡してくる駆逐艦の方向に針路を向けた。この方法は追手を惑わせるのに効果があったが、すさまじい爆雷攻撃の洗礼を一度は受けることになる。敵艦のスクリュー音を聞きながら方位を推測し、右に左に舵をとって避退するのだが、わずか三ノットである。たちまち敵艦は頭上に迫ってくる。

敵が近づくとスクリューを止めて惰力で進む。爆雷が投下され爆発音が起きはじめると、その音に紛れて全力エンジンをかける。止まったり動いたり、恐怖と駆け引きの神経戦である。

「シュル、シュル、シュル……」

至近の海面を駆逐艦が走り去る。そのとき爆雷を投下するドボンという音が聞こえた。

「これが六十発目ですよ」

水雷長の富田大尉が言った直後、その爆雷が艦首直前で炸裂した。と同時に、グワッと艦が飛び上がり、全艦の電灯が消えた。

「応急灯をつけろッ！」

「艦内損傷を調べろ！」

鋭い号令が飛ぶ。いままでの爆雷攻撃の中で一番ものすごい衝撃であった。

前部発射管室と後部舵機室に浸水があったが、必死の防水作業でなんとか食い止めることができた。ところが、もっと悪いことが起こった。前部電池室で二次電池が壊れて硫酸が流出し、漏水した水と反応して塩素ガスが発生しはじめたのである。この死のガスは、潜水艦乗りにとって最大の脅威である。乗員たちは激しく咳こんだ。だんだん息苦しくなる。

電池がやられたので、艦は水中でストップしてしまった。こうなると潜水艦は厄介だ。停止状態では艦の平衡がとれず、前後に傾斜したり左右に傾いたりする。

水雷長は艦の動揺を見ては兵に号令をかけた。前に傾けば艦尾に兵を走らせる。後ろが重くなれば前方へ走らせる。それも米俵をかつがせてである。水中で艦が転覆したら二度と浮上は望めない。息苦しい中での死にもの狂いの活動がつづけられた。

機関長と電気長は、使用できなくなった電池を除去し、良いのを選んで一つずつ接合していく。

「日没まで二時間だ、みんな頑張れ」

田辺艦長は乗員を励ます。日没になれば浮上することもできるだろう。換気しなければ窒息してしまう。

やがて艦は人力ではどうにもならない傾斜をとりはじめた。二十度の仰角で上を向いた状態になったのである。

傾斜した艦内で、なおも復旧作業がつづけられた。やっと二百四十基の電池のうち、破壊されたのを除いて電流が通じる見込みがついた。スイッチを入れるとスクリューが回りだした。電灯もついた。

このとき思いがけないことに、敵駆逐艦が攻撃を中止して去っていった。もちろん、田辺艦長にはそれがなぜだかわからなかったが、彼らは、「バルク」と「ベンハム」が後方の警戒海域で探知した怪しい音源を調査するように、至急反転して「ヨークタウン」の近くに帰るよう命令されたのであった。

見逃せない運のよさ

まさにこれこそ「運」であった。田辺艦長は思いきって浮上することにした。もし敵艦がいたら、魚雷、大砲、機銃、小銃など、あらゆる火器を総動員して戦おうと決意した。

「浮上、砲戦機銃戦、用意!」

艦は一気に浮き上がった。まっ先に艦長が外へ飛び出した。しめた、付近には敵影もない。よく見ると、敵駆逐艦は一万メートルほど東方にいた。

艦はただちに機械をかけて敵とは反対の西方に向けて走り出した。水上航走はジーゼルエンジンをかけるので黒い排ガスがもうもうと出る。この煙をいち早く「ヒューズ」が発見、他の二艦をうながして反転すると、こちらに向いて追跡をはじめた。

田辺艦長は全速二十四ノットを下令して避退に移った。その間に艦内の換気を急がせ、気蓄器に圧搾空気をとりこませ、電池に充電を急がせた。

敵駆逐艦は、三十ノットを超える速力で距離をちぢめてくる。あと三十分もすれば日が暮れる。暗くなればなんとか逃げおおすこともできるだろう。

「敵、近づきまーす」

見張員は、気が気でないといわんばかりのカン高い声を張り上げた。見ると五千メートルほどに近づいている。しかし、換気も補気も充電もまだ十分ではない。ついに「ヒューズ」が射程に入って、前部五インチ砲で射撃を開始した。それでも田辺艦長は水上航走をつづけた。

弾着がだんだん正確になり、艦を挟叉するようになった。つづいて「グウィン」「モナガン」も砲撃を開始した。もはやギリギリである。

「急速潜航！　急げ」

田辺艦長は号令すると、ドドッと艦内に滑り降りた。艦はぐんぐん潜航する。間もなく敵駆逐艦のスクリュー音が近づいてきた。

「おもかーじ、百八十度回頭せよ」

艦長の号令に、乗員たちは緊迫したが、悲愴感はなかった。艦長を信じていた。

艦はぐるりと反転すると、追跡してくる敵駆逐艦の真下に潜り込んでいった。この奇計は功を奏した。まさか水中で反転してこようとは思ってもいないので、「伊一六八潜」の頭上を通りこすと、避退していったとおもわれる推定海面に猛烈な爆雷投射を行なったのである。

やがて目標を見失った敵駆逐艦は帰っていった。スクリュー音が消え去ったところで、ふたたび浮上する。敵はすでにはるか水平線上に去っていた。

一方、「ヨークタウン」はなおも浮いていた。艦長のバックマスター大佐は、八日の日の出とともに曳航作業を再開しようと準備していたが、朝になって傾斜は急速に増大し、徐々に艦尾から沈みはじめた。やがて午前五時一分、恐ろしい死の騒音を立てながら「ヨークタウン」は転覆、その巨体を海面下に没したのであった。

「伊一六八潜」は離脱に成功し、燃料わずか一トンを残すだけで呉に帰投した。

米空母撃沈の偉業は、田辺艦長の冷静な判断と卓抜な決断力によるところが大きいが、同時に艦長本人について回る「運」のよさを見逃すことができない。

板倉光馬少佐

――「運」を呼んだとっさの機転

人材不足の日本潜水艦

かつて潜水艦は、俗に〝鉄の棺〟と呼ばれて若手士官に敬遠されていたものである。いったん爆雷攻撃をうけると、ひたすら海中を逃げ回るばかりで反撃することもできないばかりか、船体が破壊されると確実に海没し、一人として助かる余地がまったくない。まさに、その呼び名のとおりの〝鉄の集団棺桶〟であった。

日本海軍が太平洋戦争の全期を通じて投入した潜水艦は大型の伊《い》号潜水艦が百十五隻、中型の呂《ろ》号潜水艦が五十一隻、小型の波《は》号潜水艦が二十隻の合計百八十六隻である。

このうち撃沈されたり、事故または行方不明などで喪失した潜水艦は百二十七隻におよんでいる。およそ一万人を超える潜水艦乗員が、海の藻屑となって散華したのであった。

約七割の潜水艦が、救助されることなく海没していった過酷な情況のなかで、無事に生還できた潜水艦乗りは、これこそ幸運中の幸運、ほんとうに運のよい人たちであるといってよいであろう。

元来、潜水艦の任務は海上の交通破壊戦に従事することであった。つまりシーレーンの破壊である。簡単にいえば敵の輸送船を狙ってこれを撃沈し、直接的には兵力輸送を頓挫させ、間接的には物資の流通を断ち切って経済活動を破綻させるのが目的である。

戦艦や、巡洋艦や、駆逐艦などの水上艦艇は、堂々の艦隊を組んで派手な砲雷撃戦を展開し、国の存亡を賭けた海上決戦を実施する花形兵器である。

それにくらべれば、潜水艦はあくまで裏方であり地味な補助艦である。しかもいざというときは孤独な戦いを行ない、だれにも知られずひそかに死んでいかなければならない。

こうした特殊兵器は、海軍では決して主流にはなれないし、まして戦局をくつがえすような決定的な戦力とはなり得ない。

そうしたところから日本海軍の大部分の士官たちは、地味な潜水艦の分野に進むことを嫌い、出世コースといわれていた砲術や水雷を専門に選ぶのが一般的傾向であった。

将来の指揮官の卵である海軍兵学校の生徒たちも、卒業時の志望コースの中で、潜水艦を選ぶのはいつも一、二名しかいなかった。ほとんどが試験の難しい砲術学校や水雷学校をあえて志望した。潜水学校の志望者があまりにも少ないため、先輩教官がひそかに、

「試験の問題を事前に回覧するから」

という条件付きで人集めにヤッキになっていたほどである。

そうした折、昭和八年十一月に卒業した兵学校六十一期の板倉光馬少尉は、自ら率先して潜水艦コースを選んだ。しかもこの同期生の中から、十六名におよぶ大量志望者が現われた。これはかつてない珍事であった。これを聞いた海軍大学の教官だった小沢治三郎大佐（のちの連合艦隊司令長官）は、

「ホントかい？」

と言って目を丸くしたという。

板倉氏は、往時についてこう語っている。

「ぼくは、第一次大戦のときのドイツのUボートの活躍ぶりを知って潜水艦を志望したのです。それに当時、われわれの間では、これからの戦争は水上部隊だけでは駄目だ、潜水艦こそ戦勝を導く重要な部門になる、との議論が活発に起こっていたことが、潜水艦志望者を増やした原因だと思いますよ。当時の日本の潜水艦隊には人材がいませんでしたね。しかし、潜水艦の造船技術は列強とくらべて決して劣っていなかったし、それに下士官、兵は世界一です。

ところが、艦長になるべき人材、作戦を立案する用兵者に人材がいなかった。それが日本の潜水艦戦を低調にした原因ですね。そりゃあ海軍大学出身の有能な参謀はおりましたけどね。しかし、それは海大が潜水艦コースから優秀な人材をとったというのではなく、潜水艦にも一人ぐらい幕僚をやっておかなくちゃあ、戦務一つできないのでは困るから、というこ

とで派遣していたという程度のものだったんですよ。いかにお粗末だったかということがこれでわかるでしょう。

それにくらべてアメリカでは、太平洋艦隊司令長官のニミッツ元帥は潜水艦出身だったし、ドイツの潜水艦隊司令長官デーニッツ大将だって叩き上げの潜水艦乗りです。ところが、日本海軍には潜水艦の司令官には潜水艦あがりが一人もいなかった。そのくせこんどの戦争で潜水艦の活躍が期待はずれだったなどと言っているんですからね。あれは天に向かってツバするようなもんですよ。せめて私たちより十期ほど先輩あたりから潜水艦志望者が大勢いたら、司令部にも人材が集まってこんどの潜水艦戦もずいぶん変わっていただろうと思いますね……」

と、残念がる。

遅れていた音響研究

開戦のとき、板倉氏は「伊六九潜」の水雷長としてハワイ作戦に参加した。

このとき彼は、まことにとぼけた大胆さで、真珠湾口を警戒していた米駆逐艦を翻弄している。

開戦当時、日本海軍はハワイ作戦で二十五隻の潜水艦をハワイに派遣し、真珠湾を中心にぐるりとオアフ島を取り巻いていた。

世界初の、航空母艦群を結集した機動部隊による航空攻撃で、真珠湾内の米主力艦を叩き潰したあと、同港に出入りする残敵を片っ端から潜水艦が捕捉して撃沈しようというのがその作戦であった。

網を張っていた潜水艦群は、いずれも水深約三十メートルの海底に着低して、敵艦のスクリュー音が聞こえてくるのを今や遅しと待ち伏せていた。

水中聴音機は、約二十キロ先の音源をキャッチすることができるはずである。ところが全艦が、待てど暮らせど何も聞こえなかった。これは、今日ではよくわかっていることなのだが、海水の温度や塩分濃度、水深などによって音の伝わりかたが違ってくることによるものである。

一般に真夏は、海水の表層温度が高くなるものである。そのために船から発振する音は水中を水平に走らずに、すぐに屈折して下方に向かう。したがって潜水艦は、たとえ数百メートルの至近距離にいたとしても、潜航深度にかかわらず音は聞こえないのである。ただし音源の真下にいれば、どんなに深く潜っていても音はキャッチすることができる。しかし、その範囲はごく小さい。

また、冬には表層温度が下がるので、音は屈折することなく浅海面を水平にどこまでも伝わっていく。しかし、ちょっと深い内層部に潜航していると、海の内層温度は表層より高いので、船から発する音は内層部で上方に反射して下がってこない。したがって船が頭上を通っても、スクリュー音はまったく聞こえないのである。

以上は、おおまかな海水温度と音との関係であるが、日本海軍ではそうした海の特性をまったく研究していなかった。

海水の表層と内部との温度があまり差のない日本列島の周辺で訓練していた潜水艦隊では、スクリュー音は水深に関係なく十カイリ先から伝わってくるものと頭から信じていたのである。ところが、ハワイは亜熱帯である。海の情況はまったく異なって、海水の温度差は日本近海とはくらべものにならない複雑さがあった。

このため各潜水艦は、約一ヵ月ほど真珠湾を封鎖していたにもかかわらず、ただの一隻も敵艦を捕捉することができなかったのである。それも、敵艦が出入港しなかったのならともかく、連日連夜、待ち伏せている日本潜水艦の頭上をひっきりなしに航過していた。その中には、日本軍が血眼になって探していた米空母「レキシントン」や「エンタープライズ」などもいたのである。

このころ米軍では、すでに海水温度による音の屈折や伝播の特性に着目して、特殊な通信法を開発する研究を行なっていた。たとえば、飛行機が海上に不時着水したようなとき、その位置を知らせるために音の海中伝播を利用するといったことである。その場合、音の伝播率の高い温度の海中を選んで通信用爆薬をセットし、これを破裂させてその音を味方艦艇にキャッチしてもらい、救助に駆けつけてもらうという方法である。

この研究は実際に実用化され、その後、日本本土を空襲したB-29が、邀撃戦闘機に撃破されてサイパン基地まで帰れないとき、途中の海上に不時着水して通信用爆薬を投下、これによって多くの人命が救われたというケースがある。このことはB-29の搭乗員たちを安心させ、勇気づけることにおおいに役立ったという。

この一事を見ても、日本海軍の行なっている研究や技術開発は、米軍にくらべていちじるしく狭隘で一方に偏しており、まさに月とスッポンである。

防潜網にひっかかる

「伊六九潜」は第十二潜水隊（伊六八、伊六九、伊七〇の三隻）の司令潜水艦である。同艦には司令の中岡真喜大佐が乗艦して潜水隊の指揮をとっていた。中岡大佐は土佐の出身で、全身これ胆というような人物である。

航空攻撃が行なわれた真珠湾の上空に、ものすごい火焔と黒煙が吹き上がっているのを見た中岡大佐は、無性に闘魂をかき立てられていた。彼は、決められた哨区にいつまでも釘づけになっているのを嫌い、艦長の渡辺勝次少佐に湾内めざして肉薄することを命じたのである。せめて敵巡洋艦の一隻ぐらい、この手で血祭りにあげようとの意気込みであった。

十二月八日の夕刻、「伊六九潜」は潜航したまま真珠湾口に向かって突進した。やがて湾口から水道に突入していくうち、まるで軟体動物を踏みつけたみたいに、無気味なショックをうけて艦がグラリと傾いた。そのまま艦の行き足はぴたりと止まる。

「後進、原速！」

艦長はただちに号令したが、なぜか艦はピクリとも動かない。

「おかしい、何だろう……」

さらに艦長は前進を命ずる。だが、いぜんとして速力計はゼロをさしたままである。そのうち艦は釣合いを失って、艦尾のほうからずるずると沈みはじめた。そのうちドスンと鈍いショックとともに着底してしまった。あっという間のできごとである。深度計の針は八十七メートルをさしている。

「防潜網にひっかかったようだ!」

艦長は憮然として呟いた。

ここでメインタンクをブローして浮上すると、大量の空気が水面上に泡立って出るので、敵に発見されるおそれがある。

そこで主排水ポンプを作動させてゆっくり浮き上がればいいのだが、この潜水艦は深度七十五メートル(安全潜航深度)以上では排水ポンプが使えない。やむなく夜になるまで待つことになった。

海底に鎮座していると、敵の哨戒艇らしい軽快なスクリュー音が頭上を行ったり来たりした。そのうち真上で停止すると、じっと海底の様子をうかがっているように動かない。気味の悪いことおびただしい。艦内では、けわしく引きつった表情の乗員たちが息をひそめて微動だにしない。

「先任将校、浸水量は一時間どのくらいか調べてくれ」

司令がはじめて口を開いて板倉大尉に言った。着底したとき艦が損傷したのである。板倉大尉はただちに各区画の艦底にもぐって損傷の有無、浸水や漏水の状況を調べて回った。安全潜航深度を越えた水圧に耐えられないのか、海水管の継ぎ目やコックから雨だれのように海水が漏れており、内殻鈑のリベットからも糸を引くように海水が流れ込んでいた。一番ひどいのは、内殻を貫通しているスクリューシャフトの隙間からの漏水であった。どんなにパッキンを締めても、湧き出す岩清水のように止めようがなかった。大尉は、艦底にたまるビルジの量から、一時間一トンの浸水と判断、司令に報告した。

「では、浸水量何トンまで浮上できるか」

と難しい質問である。素早く暗算する。

「余裕をみて、五十トンまでは大丈夫です。それ以上になると自信はありません」

司令はうなずくと、浮上したときは眼前にいるであろう敵艦と決戦する覚悟であることを訓示した。

夜中になったところで、いよいよ一気に浮上することになった。

「いまから浮上、決戦に転ず！　砲戦、魚雷戦用意！」

艦長は悲愴な声で号令した。砲員は白鉢巻をキリリと締め、自決用の拳銃を身につけて発令所に集まった。前後部の発射管室では、浸水した水につかりながら戦闘準備を完了していた。

「魚雷戦用意よろし！」

復唱が司令塔に返された。

「浮き上がれ！　メインタンクブロー！」

艦長は渾身の力をこめて下令した。空気手は一挙にブロー弁を開いた。

シューッと音をたてて、高圧空気がタンクに流入していく。五秒、十秒、気蓄器の圧力はぐんぐん下がっていく。

しかし、深度計の針は八十七メートルをさしたまま微動だにしない。潜水艦は根が生えたように海底に座りこんだままである。

板倉大尉は血の気が引いていくのを覚えた。たまりかねて大尉は、独断でブロー弁の閉鎖を命じた。

敵艦に信号を送る

気蓄器の圧力計の指度は三十六キロを示していた。あと空気はいくらも残っていない。これを使い果たすと万事休す、ということになる。本来ならもう浮上しているはずだ。だが、艦はなぜか浮き上がらない。

「どうした！　なぜ浮かないのか？」

司令は不審そうに聞く。板倉大尉は艦長と顔を見合わせていたが、

「どうやら海底が砂ではなく、泥ではないかと思われます。艦底が粘着力の強い泥土につかまっているものと思われます」

と意見を述べた。

いずれにしろ、すべてのメインタンクから海水をぜんぶ吐き出さなければ艦は浮上しない。

それには空気が足りない。どうやって空気を調達すればよいのか。しばらく考えていた板倉大尉は、

「空気が足りません。魚雷の気室から補充したいと思います。非常に危険ですが、ほかに方法がありません。どうでしょうか？」

とっさの機転である。司令はしばらく考えていたが、緊張した声で言った。

「先任将校の思うとおりにやってみろ」

魚雷は秘密兵器といわれた酸素魚雷で、その気室の酸素を、魚雷の塞気弁にパイプを連結して気蓄器に逆流させようというわけである。しかし問題は、バルブなりパイプに少しでも油気があると純粋の酸素は爆発する。そこでパイプに熱湯を通して、さらに苛性ソーダで洗って油抜きをした。魚雷の気室の圧は二百キロと高圧なので、気蓄器に急に逆流させると摩擦熱が生じて爆発する。作業は慎重に、ゆっくりやらねばならなかった。予備魚雷のうち六本から酸素を抜き取ったところで圧力計は百キロを越えた。もう大丈夫だ。

「艦長、ブロー用意よし」

板倉大尉は明るく叫んだ。

「ブロー、始め！」

艦長の号令一下、高圧空気は、音をたててメインタンクに奔流した。激しく海水を押し出していく。だが、どうしたことか、艦はいぜんとして浮き上がらない。

「ああッ……」

絶望的な嘆息が艦内を流れた。そのとき突然、板倉大尉はひらめいた。

「艦長、後進をかけて下さい！」

艦底に吸着している泥をスクリューの激流で押し流すことを思いついたのである。

「両舷、後進強速！」

スクリューが回り出した。気蓄器の空気がまさに尽きようとしたとき、艦がぐらりと揺れ、深度計の針がクッと動いた。しめた。みんなの顔がぱっと明るくなった。ただちに機械が停止された。と同時に、艦はゆっくりお尻を持ち上げると、ふくらんだ気球のように水面めがけて上昇しはじめた。

浮上と同時に、艦橋ハッチを開いて砲員がまっ先に飛び出した。つづいて板倉大尉も艦橋に駆け上がった。じつに四十八時間ぶりの外気である。

外は暗夜であった。沖を見て板倉大尉はギクッとした。三千メートルほど前方に駆逐艦らしい二つの艦影が見えた。艦長は、

「両舷前進原速、急速補気、充電始め！」

と号令した。敵の鼻先で充電をはじめたのだから、人を食った話である。しかし、電池も空気もほとんど使い果たしているから、少しでも補充しなければ潜航も浮上もできない。

そのうち、浮上潜水艦に気がついた米駆逐艦が、パチパチと発光信号を送ってきた。おそらく彼らは、出てくるはずのない潜水艦が出てきたので、緊急事態でも発生したのではないかと考えたのかもしれない。あるいは味方識別の信号であるかもしれない。

これにはさすがの司令、艦長も面くらってしまった。とっさの処理に窮したが、黙っておれば撃たれることは必至である。といって返事をしようにも、米海軍の信号がわからない。絶体絶命のピンチの場面である。

そのとき、板倉大尉に天の啓示ともいうべき妙案が浮かんだ。大尉は艦橋の方向信号灯にとびつくと時間稼ぎに、

「WHAT、WHAT……」

と、万国共通のモールス信号で送信した。すると、向こうからゆっくりと問符をくりかえしてきた。おそらく「この間抜けな潜水艦め」と舌打ちしながら送信していたのであろう。

しかし、時間稼ぎもそう長くはつづかない。敵はこちらの正体を見破ったようだ。

「急速潜航！　急げ！」

艦長は絶叫した。

天佑、神助のスコール

「伊六九潜」が急速潜航に移ったとき、米駆逐艦の砲門が轟然と火を噴いた。

おそらく、真珠湾口に突然浮上してきた潜水艦を怪しんで、基地司令部に問い合わせをしたか、味方艦艇の行動を通知してきた電報綴りを調べたのであろう。

その時刻、その場所に、味方潜水艦は行動していない、それなら敵だ、とばかり砲撃を開始したものと思われる。

だが、その一瞬、「伊六九潜」はすばやく海面から姿を消していた。まんまと敵をだまして、ギリギリまで補気充電を行なった同艦は、元気を回復して海中を避退してゆく。

「爆雷防御！」

艦長の声も落ち着いていた。逃げおおせる自信が声色からもうかがえる。と、その直後、艦は急に仰角がかかり、艦首を上方に向けて沈下しはじめた。

「何だ、このツリム（釣合い）は？」

板倉大尉は後部釣合いタンクの海水の前部移動と、後部メインタンクのブロー（排水）を命じた。

ようやく艦を水平にもどし、沈降の惰力を止めることができたが、なぜこうなったのか原因がさっぱりわからなかった。計算の誤差にしてはあまりにも大きく、どんなに間違ってもこれほどまでには起こり得ないツリムである。

艦は水平になったが、きわめて不安定な状態だった。老練な操舵手も首をかしげながら操舵している。アップ、ダウン、またアップと、瞬時も舵輪の止まるひまがない。おかしい！とは思いながらも、原因を追求する余裕がなかった。このとき聴音室から、いやな報告が伝えられた。

「左三十度、スクリュー音……感三、しだいに近寄ります」

「取舵一杯、深さ七十、急げ！」

艦長は反射的に号令する。しかし、こんな不安定なツリムでは、急速に深度を変えることなど思いもよらないことである。

「左九十度、音源、感四……感五、どんどん近づく！」

報告を聞くまでもなく、サッサッサッとスクリュー音が聞こえてきた。くるぞ、と下腹に力を入れ、付近の金具につかまったとき、ドカン、ドカンと爆雷が付近で炸裂した。

「別の音源、右後方……感三」

二隻目の駆逐艦である。両艦による協同攻撃が、右から左、左から右と、ソーナーによる探知を行ないながら攻撃地点をしぼりこんできた。

爆雷の炸裂音はますます激しく、潜舵手、横舵手は汗だくで艦の深度保持に懸命であった。そのうち、ぴたりと攻撃が止んだ。敵のスクリュー音も聞こえない。この不気味な沈黙がもっとも怖いときである。

艦は最微速でのろのろと避退をつづける。乗員たちは自分の耳に全神経を集中して、敵艦の行動を読みとろうと懸命である。完全無音の艦内に不吉な予感が走った。

突然、艦尾方向からスクリュー音が聞こえたと思う間に、猛スピードで近づいてきた。

「くるぞッ！」

短い叫び声が上がったとたん、ドカン、ビシャッと激しい衝撃音、同時に艦全体がガタガタと振動して電気が消え、真っ暗になった。

艦は、かろうじて保っていたバランスが崩れ、艦尾からズルズルと沈みはじめた。潜舵横舵ともにアップ一杯をとっているが、ぜんぜんきき目がない。

「応急灯をつけろ！　手あき総員前部へ」

大急ぎで人間を移動したが、傾斜はますます大きくなるばかり。器物はガラガラと音をたてて落下し、通路に積んである缶詰や糧食がくずれて後部へ滑り落ちていく。そこへ、長時間の潜航で溜まっていた便所の汚物があふれて、異臭と黄金の洪水となった。

艦の姿勢は直立状態に近く、乗員たちは壁のパイプにぶら下がったり、支柱にすがりついてかろうじて体を支えていた。傾斜計の針は仰角五十五度を指している。

もはや手のほどこしようがなかった。艦は上を向いたままぐんぐん奈落に落ち込んでいく。

悲鳴と混乱の中で、

「塩素ガス発生！」

だれかが叫んだ。もうこれまで、と考えた板倉大尉は、

「艦長、浮上して下さい、潜航不能です」

と司令塔に向かって叫んだ。

「メインタンク、ブロー」

艦長の号令に、ブロー弁にしがみついてぶら下がっていた空気手が無我夢中でバルブを開いた。艦は沈下を止めると、こんどは逆に急速に海面に向かって上昇しはじめた。

「砲戦用意！」

すかさず号令がかかった。前後から砲員が集まってきて司令塔のラッタルを上り、ただちに飛び出せるよう待機する。

しかし、いまとなってはもう手遅れであろう。浮上すれば目の前に敵駆逐艦が待ちかまえているはずだ。反撃の砲門を開く前に、敵の集中砲火を浴びて葬られることだろう。板倉大尉は観念して、自分の持ち場である発令所を死に場所と決めた。

艦は、海面を割って躍り出た。すかさずハッチを開いて砲員が飛び出した。ところが、不思議なことに砲声が聞こえない。そこへ、

「両舷三戦速、航走充電、補気始め」

との号令がかかってきた。おや？　と思って板倉大尉は艦橋に上がってみると、あたりは篠突くスコールで一寸先も見えなかった。

「天佑だ！　神助だ！　有難い！」

大尉は思わず手を合わせた。あり得べからざる奇蹟が起こったのである。しかもスコールは艦の進む方向に、ほぼ同じ速度で動いていた。

「伊六九潜」は、スコールのカーテンにかくれて、再度危機を脱することができた。九死に一生を得た幸運に、乗員たちははしゃいだ。疲労も吹っ飛んで艦内清掃に、みんなこまねずみのように働いた。そこへ掌水雷長の中野少尉がやってきて、

「先任将校、申しわけありません」

と板倉大尉に、ぺこんとおじぎをする。

「いまようやく、後部発射管室の排水を終わりました」

「なにッ？　いま排水が終わった？」

「はい、潜航後、ツリムがおかしいので、後部発射管室にいってみたところ、ビルジの中で大騒ぎをしていました。排水ポンプをかけても、ビルジが引かないのです。てっきり排水ポンプの故障だと思って調べているうち、あの爆雷攻撃で、どうすることもできませんでした。浮上後、排水のメインラインの濾過器に廃物が詰まっていることがわかり、ようやく排水しました。申しわけありません」

との報告である。防潜網にひっかかって沈座したときの浸水量三十トン以上を排水できずに、これまで大事にかかえこんでいたというわけである。これだけ大量のフリーウオーターがあったのでは、いかなる名人もツリムをとることは不可能である。まかりまちがえば沈没につながる重大問題であった。

ふだんなら、「馬鹿野郎」と怒鳴りつけるところだが、九死に一生を得た喜びの中では、人の心は寛大になるものだ。

「そうか、どうもおかしいと思ったよ、ご苦労だった」

大尉はねぎらいの言葉をかけた。

艦内は一時間たらずで元どおりに片づいたが、潜水艦基地のクエゼリンに帰投するまでは、汚れのしみこんだ、臭い飯でがまんしなければならなかった。

窮余の一策、帽を振る

板倉大尉はその後、潜水学校甲種学生を卒業して十八年三月、晴れて「伊一七六潜」の艦長となった。このときは損傷した同艦をラバウルから回航する任務であった。つづいて「伊二潜」の艦長となり、アリューシャン方面の作戦に従事。キスカ島への潜水艦輸送任務につく。六月、少佐に進級。同年十二月、こんどは新造の最新鋭艦「伊四一潜」の艦長となる。

同艦はこれまで乗ってきた潜水艦とくらべれば装備、性能ともに優秀であった。ただちに南方作戦に投入され、同艦は十九年一月四日、トラックに入港した。このとき下された命令は、「ラバウルを基地として、作戦輸送に従事すべし」であった。

敵艦を狙わずに輸送船の真似ごとをやれという命令には、板倉艦長も拍子抜けした。しかし、軍令を拒むことは許されない。「伊四一潜」は一月十五日、トラックを出発した。

通信情報によると、敵の潜水艦はトラック環礁に集まって、各水道に網を張っているということである。環礁の水道を出ると同時に、三戦速（二十二ノット）に増速、敵潜水艦の襲撃をかわすために之字運動に移った。

やがてトラックの島影が水平線のかなたに見えなくなってしばらくすると、いままで雲ひとつない青空だったのに、前方に灰色の雲の塊りが現われた。進むにつれてその雲がしだいにひろがってきた。

まもなく行く手は薄墨のすだれとなって立ちふさがった。スコールである。艦は滝のような豪雨の中に飛び込んでいった。スコールの中にいるときは敵潜に襲撃されることもなく安全だ。板倉艦長は之字運動をやめて、のんびりと直航した。艦は巨大な冷蔵庫の中に入ったようで、吹きさらしの艦橋にいると、涼しすぎて鳥肌が立つほどである。

やがて前方が明るくなり、スコールから抜け出ると、そこは灼熱の太陽がギラギラ輝く海面である。こんどは蒸されるように暑い。そのとき見張員が絶叫した。

「右三十度、敵機！」

見ると、四発のコンソリデーテッドB－24爆撃機が一機、超低空でこちらに突っ込んでくるところだった。距離は約千メートル、高度二十メートル。胴体下部の弾倉はすでに大きく開かれて爆撃態勢に入っていた。

もはや回避できない距離である。舵をとっても間に合わない。機銃員に射撃を下令しても手遅れだ。弾倉を開けて機銃弾を装塡し、発砲するまで二十秒はかかる。敵機は十秒で頭上に達する。絶体絶命だ。だが、敵機を見た瞬間、板倉艦長は反射的に叫んでいた。

「おもかーじ、三十度おも舵のところ、両舷一戦速！　信号手以外は艦内に入れ、急速潜航準備！」

艦首を敵機に向け、速力を落とした。これでは、どうぞ攻撃してくださいと言わんばかりの逆の行動である。しかし、板倉艦長の頭の中には、つぎの思惑がひらめいていた。

敵機は、艦がスコールの中にいるときからレーダーでキャッチしていたに違いない。いま潜航すればかならずやられる。といって反撃も回避もできない。それなら敵の裏をかいてやれ。人間だれしも大事を決行する直前、一瞬の迷いが出るものだ。敵機のパイロットに迷いがなければそれまでだが、イチかバチかやってみるだけだ。

艦長はいきなりかぶっていた戦闘帽を脱ぐと、頭上で振り回しながら、

「信号手、敵機に帽を振れ！」

と大声で叫んだ。それと察した信号手も帽を振った。艦橋から身を乗り出した板倉艦長は、わが身を敵機にさらしながら激しく帽を振りつづけた。

ぐんぐん接近する敵機。頭からスーッと血の気が引いてゆく。いまにも爆弾が機体から離れるように思われた。

駄目か！　と観念したとき、目前に迫った敵機が大きくバンクしながらチラッと針路をそらした。相手が転舵したのだ。

ダークグリーンの機体が、右舷五十メートル付近を艦橋と同じ高さの超低空で航過していった。真っ白い星のマークが胴体でキラッと光った。操縦席の風防を開けて、米軍パイロットが白い歯を出して笑いながら手を振った。それも一瞬のうちに後ろへ流れる。

〝しめたッ！　敵はひっかかったぞ〟

「両舷停止、潜航急げッ、ベント開け！」

艦長は叫びながら艦内に滑り降りた。

「深さ七十、急げッ！」

艦は死にもの狂いで、海中深く頭から突っ込んでいった。深度計の針がぐんぐん回る。

航過した敵機は、急速潜航を見てだまされたと気づいたであろう。だが、元に戻るのには、ぐるりと大きく旋回しなければならない。それには少なくとも二分はかかるだろう。それま

できるだけ深く潜らねばならぬ。

深度計を見る目が殺気をはらむ。ちょうど深さ四十五メートルに達したとき、爆弾の炸裂音が四つ、後方の水面から聞こえてきた。危機は去った。

司令塔のソファーに寄りかかって、板倉艦長は敵機の爆弾の音を、万雷の拍手のように心地よげに聞いていた。いまごろは真っ赤な顔をして、地団太ふんで口惜しがっているであろう敵機のパイロットの顔が目に見えるようだった。

さも、味方同士であるかのように、帽子を振って敵機をだますというのは前代未聞の奇策である。こんな戦法は日本海軍のどこをさがしてもない。窮余の一策がたまたま効を奏したわけだが、相手がいま少し冷静であったなら、「伊四一潜」は確実に撃沈されていたことであろう。とっさの機転が、またしても板倉艦長に「運」を呼んだのであった。

リーフの間道を発見

ラバウルに着いた「伊四一潜」を待っていたのは、ブーゲンビル島ブインへの輸送任務であった。いまやブインの海軍基地は孤立状態であった。昨十八年十一月一日、米軍は同島のタロキナに上陸して飛行場を造成、反攻の足場としていた。タロキナをめぐる日米のすさまじい攻防戦が展開されたが、後続の兵力を持たない日本軍は苦杯をなめ、この方面の制空権と制海権を確保した米軍の威力下に、日本軍の補給は不可能となってしまった。

このため、ブインを拠点とする第八艦隊司令部をはじめ海軍守備隊は、ここ二ヵ月あまり輸送が完全にストップし、弾薬、糧食の不足に苦しみ抜いていたのである。

とくにブインへの海上コースは地獄の三丁目といわれていた。ブインの目と鼻の先にあるショートランド付近の島々を拠点として、米軍はブインに通ずる南水道に音響機雷、磁気機雷、係維機雷などを投下して封鎖し、そのうえ哨戒機や魚雷艇が四六時中出没しているので入り込むすきがなかった。

板倉艦長はソロモン方面への出撃は初めてなので、まず敵情を知るためにニューブリテン島のスルミ輸送で足ならしを行なった。これで米軍の警戒状況がおおよそわかった。

ついで一月三十一日、糧食六十トン、武器弾薬四十トンを搭載すると、ブインに向けてラバウルを出港した。

第一日目は何事もなかった。二日目からが難コースである。艦はブーゲンビルの東方海上を迂回した。途中でしばしば飛来する敵哨戒機を発見しては急速潜航する。

予定どおり五日目の二月四日の日没時にブイン南水道にたどりついた。しかし、これからのコースが死の道である。ブイン港の前面、距岸五十メートルから左右の幅約六キロ、沖合二キロの長方形の区域が機雷原になっているのだ。毎日のように飛来する敵機が機雷を投下していた。そのたびに大発で掃海するのだが、全域を完全掃海することができない。

機雷原を突破するためには、大発の先導をうけながら二・五ノットの微速で通らなければならなかった。それより早くすると、音響機雷にやられるおそれがあった。

すでに前年十一月二十五日に、緊急輸送におもむいた「呂一〇〇潜」がこの機雷原で爆沈している。それ以来、ここを突破した艦は一隻もない。

「伊四一潜」は、迎えに出てきた大発に誘導されながら機雷原を通り抜けた。この間、敵魚雷艇が現われ、警戒していた沖合の二隻の大発との間で激しい機銃の撃ち合いがくりひろげられていた。

「伊四一潜」の輸送成功に、ブインの将兵は涙を流して喜んだ。糧道を断たれた守備部隊の苦労がひしひしと伝わる。

揚陸作戦を終えると、艦はその場に錨泊沈座のため潜航、海底に着底した。このまま一夜を明かし、翌日の日没時に浮上して帰途につくことにした。

問題は帰路である。ふたたび機雷原を通るのは危険だ。入港したことは敵に知られているから、機雷原を急速離脱しなければ集中攻撃をうけるだろう。しかし、どうやって急速に離脱すればよいのか。

板倉艦長は海図をひろげて思案した。いい知恵が浮かばない。しばらく海図をにらんでいたが、そのうち水道の陸沿いにリーフがえんえんとつづいているのを見てハタと手を打った。リーフの特徴は、外海に接した面が急に深くなっていることだ。まさかリーフすれすれに機雷を落としていないだろう。リーフの距岸五十メートル以内を、水上航走でふっとばせば抜けられるのではないか。

この思惑は図に当たった。翌日、「伊四一潜」は、リーフ沿いに十六ノットのスピードで航走し、機雷原を突破するのに成功したのである。敵の盲点をついた航路であった。

この間道を見つけたことで、同艦は二月二十日と、四月七日の二回、ブインへ輸送作戦を実施し、いずれも成功したのであった。

このあと「伊四一潜」は新任務のため呉に帰投することとなり、かわってブイン輸送には「伊一六潜」がその任務につくことになった。両艦は互いにすれ違いとなり、板倉艦長は「伊一六潜」の竹内義高艦長に航路のノウハウを教示することができなかった。

「伊一六潜」は五月十四日にトラックを出港してブインに向かったが、そのまま消息を断ってしまった。戦後判明したところによると、五月十九日、情報によりブイン北東海面で待ち伏せていた三隻の米護衛駆逐艦が捕捉、爆雷攻撃により撃沈したとのことである。

結局、板倉艦長を最後として、それから終戦までの一年以上、ブインは訪れる艦もなく見捨てられたのであった。

木村昌福中将

——奇蹟を実現した強運の提督

ラッキー・アドミラル

終戦時、防空駆逐艦「宵月」の艦長だった前田一郎中佐が、〝運〟についてこう述べている。

「私が航海学校の運用科学生のときです。昭和十三年で大尉のときでした。戦術教官の長井純隆中佐（のち大佐、連合艦隊参謀）から一つの課題を出されたのです。

もし、これから日米戦争があるとすれば、どんな人物を連合艦隊司令長官にしたらよいか、というのです。それでわれわれ学生は、いろいろと偉そうな人物をあげましたよ。末次信正大将、高橋三吉大将、百武源吾大将などいろいろ大将がおりましたからねえ。

ところが、長井教官は学生のあげた候補者には目もくれない。教官の答えは〝ラッキー・

アドミラル〟だというんです。運のよい提督を選ぶべきだという。どんなに戦術が優れていようと、剛毅果断であろうと、どんなに頭脳明晰の秀才であろうと、それらは戦争を指導していく長官の条件にはならないというのです。そう言われてみると、山本五十六という人は博打は強かったかも知れないけれど、決して運のよい人ではなかったですね」

長井教官は、特に具体的な人選はしなかったようだが、この考え方は、日露戦争のときの海軍大臣山本権兵衛が、連合艦隊司令長官に東郷平八郎を選んだ理由と共通する。

太平洋戦争中の四人の連合艦隊司令長官をみても、山本五十六はミッドウェーの敗北以来、連敗つづきでいいところのないまま遂に戦死し、あとを受けた古賀峯一も、守勢方針が確立しないうちに機上殉職、いずれも運の悪い長官であった。

古賀より先輩でありながら長官の座をあと回しにされた豊田副武は、もっとも重大な戦局を荷わされる不運な順序となった。しかし、形勢不利な中で稀にみる反撃戦のピークをつくりあげ、軍令部総長に転任する。

豊田の後任として連合艦隊司令長官になったのが、開戦以来つねに第一線に立って多くの海戦を指揮した名戦術家の小沢治三郎である。最後の連合艦隊司令長官として終戦処理に腕を振るった。つまり四人の長官の中で、豊田と小沢は運の良いほうだったといえよう。

人間には生まれながらにして宿命的な吉凶運があるが、とくに戦いには人知を超えた不思議な運がつきまとうものである。そうしたことから前田氏はこう述べる。

「そこで私は今でも思うんですが、木村昌福《きむらまさとみ》という人は、明らかに運のよい人だと思うんです。戦争がなかったら、中佐で海軍をクビになっていたでしょうね。

ところが、戦争があったために海軍に残っていることができた。しかも一万トン級の重巡の艦長になり、縦横無尽にその才能を発揮して、なんども死線をくぐり抜けながら、最後には海軍大学も出ていないのに、中将にまで昇進したんですからねえ。

ことにキスカの撤退作戦などは、木村さん以外の人がやったら、きっと失敗したでしょうね。そういう強運の持ち主だったし、情況判断のきわめて的確な人でした。その意味からいえば、木村さんは連合艦隊司令長官になり得る、すばらしい資質をもった人だと私は考えているのです。

一国の運命を左右する連合艦隊司令長官というものは、才能もさることながら、運のよい提督でなければいけません。このことは現代の企業のトップ選びにも、まったく同じことが言えると思うんですよ。過去の仕事の実績だけでなく、運のよい人を選んで社長にすると、その会社はかならず伸びますよ」

数いる海軍の指揮官のなかで、たしかに木村昌福中将ほど、運にめぐまれた強運の提督はちょっと他に類がない。

若き梁山泊のころ

木村昌福は、明治二十四年十二月六日、静岡県に生まれた。生家は近藤姓であった。兄に近藤憲治、弟に近藤一声がいた。昌福は早くに鳥取県の木村家に養子にはいったのである。

兄弟三人は、いずれも海軍兵学校に入校している。兄弟で兵学校に入った例はいくらもあるが、三人そろってというのはあまり例がない。

兄憲治は、昌福の一期上の四十期で、卒業時のハンモックナンバー（席次）は、生徒数百四十四人中、三十一番である。同期に山口多聞、福留繁、宇垣纏、大西瀧治郎など、太平洋戦争の立て役者がずらりと顔をそろえていた。

憲治は砲術を専攻し、大砲関係の専門家となって海軍工廠で検査官となり、また艦政本部や航空本部で造船監督官や造兵監督官などを歴任したが、昭和十五年七月二十九日、五十一歳で病没した。大佐であった。

弟の一声は木村より九歳下で、兵学校は五十期（大正十一年卒業）である。航海科を専攻し、戦争中は第二水雷戦隊の旗艦「神通」の副長としてソロモン海域を転戦していた。十八年七月十二日夜半、ソロモン諸島中部のコロンバンガラ島へ陸軍部隊輸送の任についていた二水戦は、連合軍の巡洋艦戦隊を基幹とする艦隊と遭遇、激しい砲雷戦を展開した。夜戦を得意とする日本軍は、敵艦隊に大打撃を与えたが、「神通」も撃沈され、司令官伊崎俊二少将、艦長佐藤寅治郎大佐とともに近藤一声中佐も海没した。四十三歳である。戦死後大佐に進級した。

このように、木村の兄と弟は、不運にも若くして世を去っている。

木村が兵学校に入校したのは、明治四十三年九月の第四十一期（大正二年十二月卒業）である。同期に、終戦時の軍務局長保科《ほしな》善四郎、連合艦隊参謀長の草鹿龍之介、このほか水雷戦隊司令官として大活躍した田中頼三、大森仙太郎、橋本信太郎、高間完など錚々たる顔ぶれが揃っていた。

海軍将校は、兵学校卒業時の席次がその後の出世の順列に大きく影響してくる。成績の上の者がつねに先任となるしくみであり、それだけ出世も早い。

木村の席次は百十八名の同期生のうち百七番であった。ドン尻のほうなので、通常ならこの成績では出世は絶望的である。

それでも海軍大学校の乙種学生に合格するとか、それがかなわなくても砲術学校や水雷学校などの高等科学生となり、技術の専門をもてば道を開く方法がある。

木村も一度はその気になって、海軍大学の乙種を受験することになった。海大には甲種と乙種があり、甲種は筆記試験と口頭試問の二段階の入試となっていた。乙種は試験もゆるやかで、与えられたテーマに対して日時をかぎっての論文提出だけである。

大正十三年の夏、同期の海大志望者四、五人が甲種を受験する草鹿の官舎に泊まりこんで受験勉強をはじめた。大尉時代である。当時のもようを草鹿はこう記している。

「押入れから布団を出して昼寝する者あり、夜中に台所でにぎり飯をつくる者あり、浴衣の者あり、ご苦労にも暑いのにドテラをひきずり出して着る者あり、まことに梁山泊もかくやとばかり、悪くいえば百鬼夜行のていたらくであった。しかし、試験日もせまるとみな一生懸命であった。

木村ももちろん梁山泊中の一人であった。みなが目の色をかえて勉強しているのに、彼は悠々としている。『おい、今日の正午が乙種対策の提出時期だぞ』といっても碁石を盤上に並べている。『できたのか?』と聞けば、『うむ、なかなか考えがまとまらないのでなあ』といって盤から目をはなそうともしない。最後に『ああ駄目か』といって、あくびを一つした」

もちろん木村は不合格であった。結局、彼は兵学校を卒業したあと、だれもが行かなくてはならない砲術学校と水雷学校の普通科学生の課程を終了しただけで、その上のコースをとらなかった。今日の一般大学でいえば、教養課程を終えただけで中退したようなものである。だが、木村は平然たるもので、出世欲にはまったく無縁であった。

大震災で認められる

木村が最初に指揮官を経験したのは、大正十二年、旧式の水雷艇「鷗《かもめ》」の艇長になったときである。

「鷗」は明治三十七年に建造された純国産の水雷艇で排水量百五十二トン、速力二十九ノット、二本煙突である。いまや日露戦争時代の遺物といった老朽艇であった。

当時、親友の草鹿は横須賀鎮守府の副官兼参謀で、エリートコースを歩んでいた。しかし木村は、草鹿の参謀飾緒をにらみながら、

「貴様とはちがって、これでも俺は一国一城のあるじだぞ」

と威張ったものである。しかし海軍では、水雷艇や駆逐艦など小艦艇は、艦隊の前路を哨

戒する任務の性質上、これらを〝車引き〟と呼んで卑下する風習があった。

ところが間もなく、車引きの木村が異才を放つ機会がめぐってきたのである。

その年の九月一日は土曜日であった。木村は横須賀に上陸していた。正午直前、大地震が起こった。関東大震災である。このとき、そのまま上陸して自宅に帰った不心得な士官が多かったという。家族持ちは心配のあまりわれを忘れてしまうのだろうが、それも平素優秀な士官とされていた者に多かったということである。

木村は上陸の途中だったが、ただちに自分の艇に引き返し、いつでも上司からの命令に即応できるよう出港準備をととのえて待機していた。

なんでもないことのようだが、突発的な大事件の中で、これだけ冷静に行動できるのはそうはいないものである。

震災発生後、「鷗」は横須賀と東京の間の交通連絡に即座に使われた。鉄道は破壊され、山崩れのため道路は寸断されていた。したがって木村の艇は重宝がられた。彼は、黙々とピストン輸送の任についていた。

水雷艇といっても長さはかなり長く、五十メートル近い艇である。これを操縦して隅田川の下流を遡行し、芝浦桟橋に横付けする。月島と芝浦の間はせまく、しかも流れのあるなかで艇を回頭させ、桟橋に出船の形に寸分の狂いもなくぴたりとつけるのはかなりの技量を要するものである。

このとき木村は、はじめてその本領を発揮した。彼の操艦技術は天性のものがあった。乗り込んでくる多くの士官の目にこれが映らぬはずがない。とくに海軍省や軍令部などの高官がこれに乗るたび目をみはった。

「艇長はだれだ？　木村大尉？　うむ、じつにみごとなものだ」

と評判になった。こうして彼は海軍省のお偉方に名前を覚えられたのである。

その後、掃海艇「夕暮」、同「如月《きさらぎ》」の艇長をつとめ、ついで二等駆逐艦「槙《まき》」「萩」の艦長、一等駆逐艦「潮風」「帆風」から特型《とくがた》駆逐艦「朝霧」の艦長となる。

昭和十二年に日中戦争がはじまると、木村のようなベテランは手放せない存在である。彼は大佐に進級し第八駆逐隊の司令となる。このあと十四年一月に工作艦「香久丸」、同年四月に給油艦「知床」の艦長を経て、同年十二月に軽巡「神通」の艦長となった。

ついで日米関係の雲行きが険悪になってきた十五年十月、木村は重巡「鈴谷」の艦長となった。破格の出世である。この配置で彼は太平洋戦争を迎えた。

木村のように、陸上勤務や幕僚のポストを経験せず、一貫して水上艦艇ばかりを歩いて大艦の艦長になった海軍軍人はきわめて珍しい。いわば戦争が木村を必要とし、時流が彼に運をもたらしたといえよう。

独断と機転

木村は「鈴谷」の艦長としてマレー、ジャワ方面の攻略作戦を支援したあと、十七年四月にベンガル湾の交通破壊戦に参加した。

インド方面からカルカッタへ、軍需物資を運ぶ敵輸送船を根こそぎやっつけようという作戦である。これはまた中国への武器援助ルートを遮断する目的でもあった。

木村は一メートル八十センチの筋骨たくましい偉丈夫である。柔道は講道館の七段で、中尉のときから八字髭をピンと生やし、これが背後から見ても髭の先端が見えるという代物であった。

このいかめしい顔に似合わず、細心にして誠実、無口にして優しく、そして果断な性格の持ち主であった。

ベンガル湾では「鈴谷」「熊野」、駆逐艦「白雲」の三隻が一隊となって作戦した。インドの沿岸に行ってみると、輸送船の銀座通りでぞろぞろ航行している。それを片っ端から撃沈していった。

木村はまず、敵船に威嚇砲撃をした。すると船員たちが船を止めて、ボートを降ろして避難を開始する。双眼鏡で見ていると、ボートの底に英人を押し込み、そのまわりをインド人が取り巻いておおいかくしていた。機銃員がこのボートを狙い撃ちしようとかまえた。それを見た木村は、艦橋から身を乗り出して、

「撃っちゃあいかんぞオッ！」

と、割れるような大声を張り上げた。逃げる船員が安全な距離まで離れるのを見届けてから、木村は輸送船に砲撃を下令して撃沈した。

これとは別に、やはり交通破壊戦で、逃げる船員を機銃射撃で虐殺した例があった。とこ

ろが中に生存者がおり、その証言で終戦後、戦犯に問われた人がいた。しかし、木村は非戦闘員に対する人道的処置により、戦犯に問われることはなかった。

人命を尊重することでは、木村はとくに気を配っていた。つぎのようなことがあった。

ミッドウェー作戦で、第七戦隊(「熊野」「鈴谷」「三隈」「最上」)は上陸部隊船団の支援隊としてサイパンから出撃、東進した。

一方、南雲機動部隊はミッドウェーの北西方から進撃し、十七年六月五日、攻撃隊は母艦を発進してミッドウエーを空襲した。このあと、日本軍の機動部隊が逆に攻撃され、一挙に空母三隻が被爆するという悲劇が起こった。これに逆上した連合艦隊司令部は第七戦隊に、「今夜、ミッドウェーの陸上航空基地を砲撃破壊せよ」

と命令した。四隻の重巡は、ミッドウェーに向かって猛進する。ところが、これは無理な命令であると悟った山本長官は、同隊に砲撃中止を下令した。深夜、反転した重巡戦隊はいま来た道を引き返したが、途中で敵の潜水艦を発見して急速回避した。暗夜の中での一斉回避運動はうまくいかなかった。「三隈」と「最上」が高速で衝突し、「三隈」は横腹に穴があき、「最上」は艦首がつぶれ、両艦とも大破してしまった。

旗艦「熊野」に座乗する司令官栗田健男少将は、大破した両艦に極力避退することを指示して、「鈴谷」とともに全速で西進した。夜が明けると敵機が飛来するおそれがあるからだ。つまり逃げたといってよい。

六日、大破した両艦は、よろよろと避退をつづけ、来襲した敵機の攻撃にも無事だったが、翌七日、三波にわたる敵艦上艦の攻撃に、「三隈」はついに断末魔となった。

この間、「熊野」のあとにつづいて「鈴谷」は西進していたが、「三隈」と「最上」が空襲をうけているのを知った木村艦長は、

「われ、機関故障、旗艦にそう伝えろ」

と言うなり、艦をくるりと反転、

「これより『三隈』の救出に向かう」

と号令したのである。これは木村の越権行為である。艦の行動は戦隊司令官の命令に従わなくてはならない。それを木村は、虚偽の報告をして勝手な行動をとった。

このとき別に、駆逐艦「荒潮」「朝潮」が救援に駆けつけていたが、このあと現場に到着した「鈴谷」は、最後の救援活動をして引き揚げたのであった。この事実は、ついに正式の記録に残されていない。軍律上、具合の悪いものだからであろう。だが、いかにも木村の人格のあふれたエピソードである。

その後、第二次ソロモン海戦、南太平洋海戦などに参加する。当時、ガダルカナル島の攻防戦も敗色が濃く、ガ島飛行場を重巡の艦砲射撃で制圧しようと、十七年十一月十三日の深夜、「鈴谷」と「摩耶」が進出した。

ガ島のルンガ沖で砲撃開始が下令されたとき、「鈴谷」の砲術長が注文をつけた。

「艦長、後部砲塔の射撃を中止して下さい」

驚いた木村は、田舎弁まる出しで聞いた。

「なんでヤー?」

「艦尾搭載の飛行機が爆風で潰れます、明日の戦闘に支障があります」

「明日のことは心配せんでもええ、遠慮するなヨ。全力をあげて撃てヨー」

と怒鳴り返した。

結局、水偵は壊れたが、「鈴谷」は二十七センチ砲弾を五百四発、「摩耶」は四百八十五発を発砲し、米軍は艦爆一機、戦闘機十七機が完全に破壊され、戦闘機三十二機以上に損害があったといわれている。

両艦は砲撃終了後、掩護部隊の「鳥海」「衣笠」「五十鈴」の巡洋艦戦隊と合同してショートランドにむかって北上した。ところが、夜があけはじめると、敵の空母部隊から発進した艦爆が追いかけてきた。

味方の巡洋艦群は単縦陣となり、全速で避退行動に移った。「鈴谷」は最後尾だった。このとき木村は、何を思ったのか之字運動を命じた。ジグザグに航進するので、「鈴谷」は戦隊からどんどん後落した。落伍艦は狙われやすいものである。どうなることかと乗員たちは気が気でなかった。

ところが、米機は頭上を通り越えて、前方の巡洋艦群に全機突っ込んでいった。一隻だけ離れた「鈴谷」を攻撃するより、たくさんかたまっている方を選んだのか、はやばやと爆弾回避をはじめた「鈴谷」を敬遠したのかわからないが、木村の奇策は成功だった。

このとき前方を行く「衣笠」は直撃弾で沈没、「鳥海」「五十鈴」は至近弾で罐室に被害、

「摩耶」は小破だった。無傷だったのは「鈴谷」だけであった。

失敗した「八十一号作戦」

海軍の定期人事移動が行なわれた十七年十一月一日、木村は少将に進級し、同日付で横須賀鎮守府付を発令された。

同月二十四日、木村はカビエンで後任艦長として赴任してきた大野竹二大佐に「鈴谷」を引き継ぐと、久しぶりに本国に帰還した。帰ってみると、舞鶴警備隊司令官の辞令が出ていた。このポストは異動の一過程で、いわば休養せよとのボーナスである。

しかし、戦局はベテランの木村をのんびり遊ばせてはおかなかった。十八年二月初頭、ガダルカナル島から兵力が撤退したあとの南東方面の情勢は一気に窮迫してきた。

木村は、クラスメートの橋本信太郎少将が任じていた第三水雷戦隊司令官の後任を命じられ、二月十四日、ラバウルに飛んで橋本と交代した。橋本少将は帰国して水雷学校校長になる。これも一時的な休養ポストである。

ラバウルに着いたとき木村は、猛烈な下痢に襲われた。赤痢かコレラの疑いがあるとして、即座に海軍病院に入院させられた。

このとき、ニューギニア東部のラエ方面に存亡の機《とき》が迫っていた。陸軍はラエ地区を確保するために、第五十一師団の主力約七千名と重火器、車両、弾薬その他軍需品を大量に輸送すべく海軍に協力を申し入れていた。このラエ輸送は「八十一号作戦」と称され、二月二十八日にラバウルから実施された。

計画では八隻からなる輸送船団を、三水戦司令官木村少将の指揮する駆逐艦八隻が護衛して三月三日にラエに揚陸するというものであった。

入院していた木村は、陸海軍の作戦打ち合わせに出席できなかった。護衛指揮官の意見も聞かないで護衛戦の方針が決められたことが、重大な結果を呼ぶことになるのである。結局、出撃の当日、木村はまだ回復していなかったが、何の準備もなく無理を押して駆逐艦「白雪」に乗り将旗を掲げた。

船団は二十八日の夜半、ラバウルを出撃してニューブリテン島の北方航路を西進した。翌三月一日は無事に航行したが、二日朝から敵機に攻撃され、三日には戦爆連合の敵百機以上が来襲、上空警戒の味方機の劣勢から全輸送船と駆逐艦四隻が撃沈され、作戦は大失敗に終わった。

このとき木村は三発の機銃弾を浴びて重傷を負い（左腿・右肩貫通、右腹部盲管）、旗艦「白雪」も反跳爆弾を後部弾薬庫に受けて艦尾が切断、沈没した。

木村はこの苦い経験から、護衛作戦はみずから納得のいくまで研究し、練り上げねばならぬことを痛感したのであった。この反省が、木村に奇蹟を起こさせる因となるのである。

勇気ある反転帰投

九死に一生を得て内地に帰還した木村は療養につとめていたが、その間に北方のアリューシャン方面が急を告げ、十八年五月二十九日にアッツ島の守備隊約二千六百名が玉砕した。

北辺の占領地確保は至難の業である。これにより大本営は、アッツ島の東方に隣接して、いまでは孤立したキスカ島の守備隊を撤収する決意をした。

米軍はアッツを奪回すると、六月初めからキスカの封鎖作戦をはじめた。有力な米艦隊が同島を完全に包囲し、間断なく艦砲射撃と航空攻撃を行なっているとの情報である。ふたたび全軍玉砕の悲劇が近づいていた。何とかして同島の五千余の陸海将兵を救出しなければならない。

「ケ」号作戦と呼ばれる撤退作戦が、五月末から潜水艦で実施されていた。しかし、一隻の潜水艦が収容できる人員は六十人から八十人が限度である。

徹収は遅々としたもので、五月二十七日から六月二十一日の間に延べ十八隻が出撃したが、収容に成功したのは十三隻、合計八百七十二名にすぎなかった。三隻が撃沈され、二隻が事故で輸送不能となる損害が出た。

このような情況では、全員の撤収は不可能である。危険ではあるが、水上部隊による一挙撤収をはからなければならない。派遣できる兵力は、北方部隊の第五艦隊第一水雷戦隊しかなかった。

出撃すれば米艦隊と会敵する危険がある。その危険の中を突入するには、駆逐隊司令、駆逐艦長をはじめ水雷戦隊の全将兵に人望のある指揮官を必要とした。こうしてこの困難な作戦を遂行する大任が、負傷の癒えた木村に課せられた。

十八年六月八日、木村は第一水雷戦隊司令官に発令された。ただちに上野から列車に乗って北行し、十一日、大湊で旗艦「阿武隈」に着任した。その日のうちに出港して十四日に千島列島北の幌筵島片岡湾に進出、第五艦隊旗艦「那智」で作戦が協議された。

アリューシャン方面の有力な米航空部隊や米艦隊に比較して、わが方の兵力は弱小であり、また戦況からみてもきわめて無理な作戦であった。

だが、ベーリング海に発生する濃霧を利用すれば、成功の可能性があると考えられた。そこで木村を中心として、幕僚たちの綿密な計画のもとに準備がすすめられた。

撤収部隊は、軽巡「阿武隈」「木曾」をはじめとして、駆逐艦十一隻、海防艦一隻、給油艦一隻からなる合計十五隻で編成された。そしてキスカの将兵には、一時間くらいで一人残らず乗艦離島できるように準備と訓練が実施された。いつ救出部隊が入港してもただちに遅滞なく撤収できるよう、つねに即時待機の体制にあるよう指示された。

キスカ突入の霧の発生状況をあらかじめ調べて、撤収部隊は七月七日午後七時に幌筵を出撃した。霧の発生状況の統計では、七月が最大とされていた。気象班の予報にしたがって突入日は十一日とされた。ところが、頼みの霧が都合よく発生しない。予定日をくり下げて十三日としたが、これも駄目。ついで十四日、十五日と変更したが、ついに霧は発生しない。

やむなく木村は、十五日の朝、

「帰ろう、帰ればまた来ることもできる」

と言って反転帰投を命じた。

この日キスカでは、同島を封鎖中の米駆逐艦群が艦砲射撃を行なっていた。無理に突入していたら遭遇戦となり、やはり作戦は失敗していたであろう。そればかりか、有力な米艦隊や飛行機の追撃をうけて、その後の再挙も不可能になったかもしれない。

奇蹟のキスカ撤退

第一次突入作戦の不成功により、木村は大本営や連合艦隊司令部から非難された。

「何だ、偉そうに髭なんか生やしているが、案外、臆病者ではないか」

「第一水雷戦隊には胆なし」

などとうるさいことである。ことに、第五艦隊司令部の批判は、一水戦の幕僚や艦長たちを憤慨させた。

「キスカには相当の霧があったはずである。途中が晴れていても、がまんして突っ込むべきであった」

と言うのである。

撤収作戦は、あくまで隠密に運ばなくてはならない。事前に敵に発見されるような条件下で突入してはならないのである。その苦心が、後方の安全地帯にいる者には実感がなかった。とくに第五艦隊司令部では、燃料の極度の不足や、中央司令部の強い姿勢などの背景から、多少の危険をおかしてでも断行しなければならないと主張するのであった。

とかくの批判があがる中で、木村はどこ吹く風といった顔で、参謀と碁を囲んだり、舷側に糸を垂らして釣をしたり、寛厚悠然として機のいたるのを待っていた。木村を信じているのは、彼の幕僚と、彼の部下であった。

この間、気象班は必死になって、低気圧がいつ現われるかさぐっていた。そしてついに二十二日の朝、気象長の竹永一雄少尉が気象の変化を発見した。

「オホーツク海に七百四十四ミリバールの発達した低気圧現わる。時速三十キロで東に進みつつあり。このままだと低気圧は二十五日ごろベーリング海に入り、西部アリューシャンは南高北低、理想的な気圧配置となり、キスカは南寄りの風に変わって、ほぼ確実に霧の発生が予想される」

と予報を出した。好機到来、その日の夜八時、ふたたび撤収部隊は出撃した。

今回は、第五艦隊司令長官河瀬四郎中将以下、司令部職員が「多摩」に乗り込んで参加した。キスカ突入の直前まで長官が直接指揮するという名目である。あまりに五艦隊に対する不評の声が高かったこともあり、今度こそはとの強い気持ちからであった。

翌二十三日から濃霧が発生し、部隊は連日、霧の中を航行することになった。ことに七月二十六日の霧は深く、旗艦「阿武隈」の右舷中央部に海防艦「国後」が艦首から衝突、この混乱により駆逐艦「初霜」が艦首をもって「若葉」の右舷に、また艦尾で「長波」の左舷にぶつかるという衝突事故が起こるほどであった。幸い航海に支障はなかった。

霧中航海は何が起こるかわからない危険があった。部隊がなおも進撃しているとき、これまで視界二十メートルだったのが、突然、嘘のように霧が後退した。そのとき左舷二千メートルに敵艦隊が現われた。

ただちに全艦、砲雷戦用意を下令、いよいよ発砲の号令がかかろうとした瞬間、まったく不思議なことに、敵の艦隊がフッと消えてしまったのである。

しばしアッケにとられていたが、敵艦隊と見たのは、自軍の影が遠方の霧に投影されたものであることに気がついたのであった。いわゆる〝ブロッケンの妖怪〟と呼ばれている霧中現象である。

やがて七月二十九日、前日からの濃霧がなおもつづいていた。この日はキスカにも米軍機の空襲がなく、哨戒の艦艇の姿も見えないとの情報が入った。海上は濃霧または霧雨で視界は千五百メートル、突入には絶好の天候であった。

木村は午前七時、「多摩」座乗の河瀬長官にあてて信号した。

「本日の天佑われにありと信ず、適宜反転されたし」

これに対して長官は、

「鳴神港（キスカ港）に進入、任務を達成せよ、成功を祈る」

と伝えると、「多摩」はしだいに離れていった。

「阿武隈」は水雷部隊の先頭に立って濃霧の中をキスカめがけて北上していった。同島の最南端を視認すると、距岸一カイリの接岸航路をとって西まわりに北端を迂回し、東方に開いているキスカ港に午後一時四十分、入港した。

このとき港外は深い霧につつまれていたが、港内に突入していったとき、不思議なことに港の霧だけがサーッと消えて薄日がさしてきた。まさに天佑である。

撤収作業は順調に進行した。停泊五十五分の間に、全守備隊員五千百八十三名を無事に救い出すと、速力二十八ノット（時速約五十二キロ）で帰投航路に入り、全艦、八月一日に幌筵に帰着したのである。

この撤収の成功には、二つの原因がある。その一つは、米軍の哨戒機が七月二十三日にアッツ島の南西二百カイリに七隻の日本軍艦船をレーダーで捕らえたことである。

米軍はこれこそ日本軍のキスカ増援部隊であろうと判断し、キスカを包囲砲撃していた戦艦二隻、重巡四隻、軽巡一隻、駆逐艦七隻からなる水上部隊を急行させた。

同隊は二十六日、濃霧の中にレーダーで日本軍を探知した。猛烈なレーダー射撃が開始された。約三十分間の砲撃の後、レーダー幕に目標が見えなくなった。米艦隊は日本軍を全滅させたものと判断した。

ところがこの時期、この地点に日本軍の艦船は一隻も行動していなかった。哨戒機が何を捕らえたのか、米艦隊のレーダーが何を捕捉したのか、その実体は不明である。これも幻のブロッケン現象だったのかもしれない。

翌二十七日、弾薬と燃料を消費した米艦隊は、補給のためにキスカの南々東百五カイリの地点に向かった。部隊は二十八日の朝から二十九日の午後にかけて同地点で補給し、この間キスカの封鎖を解いていた。まさにキスカ包囲に「虚」が生じたとき、撤収部隊が滑り込んだのである。奇蹟の間隙であった。

第二の原因は、霧の状況が最適であったことである。この濃霧が得られるまで待ちつづけた木村の根気が、撤収成功を引き出した動機となった。

木村を中心とする水雷部隊の人の和、各級指揮官の技量や周到な計画、ならびに好機をとらえる決断と実施など、見逃すことのできない成功の原因といえよう。そしてそれが、木村の運なのである。

キスカを撤退したことを知らない米軍は、二十九日の夕方からふたたび同島を厳重に包囲して、三十日から無人の日本軍陣地に砲撃を開始した。

艦砲射撃を八月十四日までつづけたあと、米軍は各方面から上陸作戦を開始した。しかし、島内はしずまりかえって一発の反撃もなかった。うす気味悪さに彼らは、かえって味方撃ちをくり返す悲劇を起こしたのである。結局、数日をついやして島内に二頭の犬を発見しただけであった。

指揮官先頭の精神

木村はその後、十九年十月二十五日のレイテ沖海戦に「阿武隈」を指揮して参加、志摩清英中将麾下の第二遊撃部隊の一員としてスリガオ海峡からレイテ湾に突入した。

しかし、魚雷艇に雷撃されて損傷し、目的を達成することができないまま戦場を離脱しなければならなかった。

レイテ湾への艦隊なぐり込みは失敗に終わったが、レイテ島に対して九次にわたる海上輸送作戦が精力的につづけられた。多号作戦と呼ぶ。決戦兵力の陸軍部隊を、空襲をおかしてレイテのオルモックに揚陸する決死的輸送作戦である。

木村は第三次と第四次の船団をマニラから指揮して、十一月一日と十日の二回、みごとにオルモックに揚陸を成功させた。

木村が指揮官で行くときは、味方の損害が少なく、陸軍部隊もほとんど無傷で上陸を完了するのだった。それ以外はたいてい大損害を受けている。木村には、作戦を成功させる不思議な〝運〟がつきまとっていた。

このころになると、駆逐艦はもっぱら高速輸送艦として使われるようになり、そのため損耗も激しく、数も少なくなってきた。

開戦時、連合艦隊には水雷戦隊が六隊(八隻編成二隊、十四隻編成一隊、十六隻編成三隊)あった。しかし、いまや駆逐艦の喪失が激しく、十九年十一月二十日に作戦用の駆逐艦を集めて第二水雷戦隊のみとし、同日、木村をその司令官に発令した。

折りから米軍は十二月十五日に、マニラ南方のミンドロ島に上陸してきた。連合艦隊司令部はミンドロ逆上陸を計画したが、これは無謀である。作戦は変更され、水上部隊がなぐり込みをかけることになった。

この作戦は「礼号作戦」と呼ばれ、木村を指揮官とする巡洋艦二隻(「足柄」「大淀」)と駆逐艦六隻(「霞」「清霜」「朝霜」「榧」「杉」「樫」)からなる挺身攻撃隊が編成され、十二月二十六日の夜中、米軍が拠点としているサンホセとマンガリン湾の敵艦船を砲撃することとなった。

木村は駆逐艦「霞」を旗艦として、二十四日九時、仏印のカムラン湾を出撃した。二十六日の夜、マンガリン湾に接近した挺身攻撃隊に対し、敵のB－24、P－38など数機が飛来、爆撃と機銃掃射を行なってきた。

この間に、敵魚雷艇一隻が執拗にまつわりつき、間隙をついて魚雷を発射、「清霜」に命中させて同艦を撃沈した。

木村司令官は「清霜」をのぞく全艦を率いてマンガリン湾に突入、湾内の輸送船四隻を雷撃した後、陸上の物資集積所と飛行場を砲撃、火災を起こさせた。攻撃隊は約二十分間の砲撃を終えると、追い撃ちをかけてくる敵機と交戦しながら北上した。このとき木村は麾下の部隊に、

「これより旗艦は『清霜』の救難にあたる。各艦は合同して避退せよ」

と下令した。まだ上空には敵機がいるし、いつ魚雷艇が襲撃してくるかわからない。そうした情況下で、旗艦みずから救助作業することに全艦が深い感銘をうけたのであった。

ふつうの指揮官なら、救助作業は他の艦にやらせて、旗艦はさっさと避退していくものである。それを何らためらうことなく、自然にこうした処置をとるところに木村のすぐれた人格があり、部下が敬慕し従う統率力のあるところである。

旗艦「霞」が救助活動を行なっているとき、敵魚雷艇二隻が接近してきた。これに対して「足柄」と「大淀」が「霞」の側面に立ちはだかり、魚雷艇に対し激しく照射砲撃して撃退

した。

「霞」につづいて「朝霜」も救助作業をはじめた。両艦は敵機と魚雷艇がいる中で、機関を停止して救助をつづけた。二時十五分、ようやく救助を終了した両艦は、速力三十ノットでカムラン湾へと向かった。

このミンドロ島沖の夜戦は、連合艦隊にとって太平洋戦争最後の、水上艦艇による組織的作戦となった。

二十年一月三日、木村は連合艦隊付に発令された。これは同期の親友、連合艦隊参謀長の草鹿龍之介が、木村のようなすぐれた人物を戦場に散らすのを惜しんで引き抜いたものであった。草鹿は木村に連合艦隊参謀副長になってもらい、作戦計画を実体験の感覚で補佐してもらおうと考えた。しかし人事局は、木村の卒業成績の悪いこと、海軍大学校を出ていないことを理由に認めない。ようやく司令部付ということで妥協したのであった。

木村は七月、防府海軍通信学校長に着任して終戦を迎えた。海軍が解体する十一月一日、中将に進級した。異例の処置である。戦後は防府市で製塩会社を経営していたが、三十五年にガンで他界した。六十九歳であった。

2

参謀の「戦術」

黒島亀人大佐

——抜擢された仙人参謀

首席というポスト

太平洋戦争の緒戦の作戦は、真珠湾奇襲作戦の大成功を筆頭としてことごとく成功。日本がノドから手の出るほど欲しかった、マレー、スマトラ、ジャワ、ボルネオなど南方資源地帯を占領することができた。

この戦争はこれまでの日清、日露、日中の各戦争とは異なり、進攻地は大陸ではなく島である。したがって全面的に海軍の作戦に依存しなければならない戦争であった。その意味では、太平洋戦争は日本海軍と米国の戦いであったといっても過言ではないほどである。

海軍の作戦の起案は、山本五十六連合艦隊司令長官が率先してイニシアチブをとり、創案、指導したことはいうまでもない。

しかし、具体的な作戦や戦術の立案、兵力の使用など、現実に戦闘が実施可能となる計画をつくるのは、連合艦隊司令部の幕僚のうちの首席参謀（先任参謀）である。

当時の首席参謀は、山本長官の〝懐刀〟といわれた黒島亀人《かめと》大佐である。黒島大佐が編み出したハワイ作戦をはじめとする南方進攻作戦などによって、日本海軍は十七年四月までの第一段作戦をじつにみごとに成しとげることができた。

この緒戦の成功は、連合軍側の準備不足によるところもあったが、周到な作戦計画が効を奏したといえる。黒島の作戦策定の勝利と言ってもよいだろう。

連合艦隊司令部というのは、内戦部隊の鎮守府と支那方面艦隊とを除いた外戦部隊（海上兵力、航空兵力）を統轄している司令部である。つまり日本海軍の実戦部隊の頂点に立つ機構である。

司令部の参謀部には参謀長以下、首席、作戦、政務、航空、通信、航海、戦務、水雷、機関の各参謀が配置されていた。このなかで首席参謀は、各参謀の立案する計画を一本にまとめるとともに、主務である作戦計画を立案するという要職である。

首席参謀といえば、かつて日本海海戦で大勝利を演出した名参謀、秋山真之《さねゆき》中佐の役割にあたるポストである。したがって、首席参謀の作戦の立案しだいによって戦局を左右することになる。それだけにこのポストは、頭脳、体力、経験、信望ともにすぐれた人材が要求された。

元軍令部部員だった吉田俊雄氏は、こう述べている。

「先任参謀（大佐）は、司令部のカナメに当るもっとも重要な役割をもっている。軍令部作戦課長（大佐）でも同じで、海軍では大佐を実際に手を下して仕事をする最も円熟した価値ある年代と考えていた。参謀長（部長）は少将でチェック役、長官（局長、本部長）は中将か大将で、だいたい〝ウン〟と頷いて採用するから、先任参謀のアタマで艦隊（戦隊）が動くといって間違いない」（吉田俊雄著『四人の連合艦隊司令長官』より）

この重要ポストに黒島が任命されたのは、昭和十四年十月二十日である。元来このポストは全海軍を統帥する軍令部に勤務した経歴が必要とされた。だが、黒島はそれまで軍令部に勤務していない。平時とはいえ、これは破天荒の人事である。

このことから黒島は一年ぐらいの任期で交代になるものと見られていたが、以来十八年六月十日まで、じつに三年八ヵ月の長きにわたって首席参謀をつとめた。これは連合艦隊にとっては異例の長期である。

山本が、連合艦隊司令長官に就任したのが十四年八月三十日である。このとき海軍省人事局では、新しい首席参謀に、黒島と同じ兵学校四十四期の島本久五郎大佐をあてる予定だった。

島本大佐は秀才のほまれ高く、兵学校のハンモックナンバー（卒業成績の順位）もトップクラスで、米国駐在の経験もあり軍令部にも勤務していた。海上経験にしても第二艦隊参謀、支那方面艦隊首席参謀をつとめ、二度目の海軍大学校教官になっていた。大佐に進級したのも黒島より一年早い。エリート中のエリートである。

ところが山本長官は、海軍省推薦の島本を忌避して黒島を指名した。これには全海軍がアッと驚いた。当時、海軍の部内で黒島の知名度は決して高いものではなかったし、とりわけ評価の定まった人物でもなかった。むしろ一風変わった男だと、異端視されていたほどである。

これまで黒島は、山本の直接の子飼いでもなければ、熱心な信奉者でもなかった。山本と接したことも、話を交わしたことも一度もない。山本にしても、黒島とは面識がなかった。それなのに黒島は山本から抜擢されたのである。一度も接したことのない山本の関心を引いたのは何であったのか。山本の黒島に対する信任はどこから来たのであろうか。

山本五十六という人物は、日本海軍が生んだ傑作である。その山本の人物起用の妙が、この黒島の場合にも見られるのである。

異色の発想が抜擢を呼ぶ

まず、黒島亀人の経歴をのぞいてみる必要がある。

黒島は明治二十六年、呉市の郊外、広島寄りに位置する吉浦という寒村に生まれた。石工だった父親の亀太郎が、ウラジオストクに出稼ぎに行き、その地で急死した。母ミネは離縁ということで実家に帰され、黒島は叔母夫婦にひきとられた。三歳のときであった。

小学校を出ると、養父の仕事である鍛冶屋の手伝いをしていたが、向学心が強く、働きながら夜学に通った。吉浦からは海峡をはさんで沖に江田島が見える。黒島は兵学校を目ざして、ほとんど独学で大正二年に受験、みごと難関を突破した。二十歳だった。

正規の中学校の教育課程をふまずに、二十倍以上の競争率をくぐりぬけたのだから並みの努力ではなかったろう。夜学というハンディキャップを乗り越えたのだから、彼はそうとう頑固で、強固な意志力をもっていたことがうかがわれる。合格したときの成績は、入校生徒九十五人のうち六十番であった。

兵学校時代の黒島には、とくにエピソードらしいものは残っていない。無口で目立たない生徒であった。いつも半分眠っているような無表情な顔をしていた。それが上級生には横着なやつと映ったらしく、よくなぐられたりした。

三歳で両親から離れたという幼時体験が、彼を自閉的で孤独な性格にしたようである。無口で感情を表面に出すのを嫌う性情となっていった。したがって同期生との間で交友を深めた相手はほとんどいなかった。わずかに、空母「瑞鶴」の艦長になった野元為輝《ためき》氏（のち少将）だけが終生の友であったという。その野元氏は、こう語る。

「黒島は無口で目立たなかったが、兵学校の生徒のときから、すでに仙人めいた超然とした態度があったね」

大正五年十一月、兵学校を卒業したときの黒島のハンモックナンバーは三十四番であった。席次としては平凡である。

黒島は砲術を専攻した。駆逐艦、海防艦、戦艦などの砲術士官を歩んだのち、大正十五年十二月、大尉のとき海軍大学校甲種学生を受験して合格した。海大第二十六期生である。

兵学校同期生の野元は翌昭和二年に、島本は三年になってから、それぞれ少佐のとき黒島より遅れて海大に入校している。島本は大尉時代に米国駐在を命ぜられたので海大受験が遅れたのだが、このへんに黒島の負けん気の強さがうかがえる。

昭和三年十二月に海大を卒業した黒島は、その後、あまりパッとしないコースを歩んでいる。第二遣外艦隊参謀、「陸奥」副砲長、海兵団教官を経て昭和六年、「羽黒」砲術長、ついで「愛宕」砲術長と重巡をわたり歩く。

このあと八年末、海軍省軍務局一課に勤務し、中佐に昇進したのちふたたび海上勤務となり、第五戦隊、第四戦隊、第七戦隊と、各重巡戦隊の参謀を経て、十二年十一月に第二艦隊の首席参謀に着任した。

とたんに黒島は異才ぶりを発揮し出した。艦隊間の参謀会議では、黒島の積極的な提案が注目を集めた。彼の発言は理路整然としていて説得力に富み、作戦の起案も意表を衝く独特の発想で、新鮮さがあった。

黒島は第二艦隊の首席参謀を一年間つとめたあと海大教官に転じたが、この間の黒島の評価や評判が海軍首脳部に伝わり、山本の関心を強くひいていたもののようである。とくに山本は、黒島がほかの参謀たちとくらべて異色の発想をするところに注目していた。

海軍次官から連合艦隊司令長官に転出した山本は、早晩、日米戦争が勃発するであろうと踏んでいた。もし日米戦争がはじまると、尋常一様の手段では勝てないことを、イヤというほど知っていた。開戦劈頭から奇手奇略を駆使して、先手先手で攻めまくり、米国に決定的な打撃をあたえて戦意を阻喪させるしか、兵力、物量ともに圧倒的な米国に勝つ手はない、と山本は考えていた。

また山本自身、大艦巨砲主義による艦隊決戦という従来の日本海軍の戦略思想を排し、海軍の航空主兵主義というまったく新しい戦略思想を抱いていた。航空機を主戦力とした対米作戦構想という新戦略を考えていたのである。したがってこれを実現していくためには、既存の戦略思想から抜け出した、型破りの自由な発想を必要とする。

ところが、海軍大学のエリート教育で育てられた連中は、みな一様にきまじめな秀才タイプで、教科書どおりの考え方しか出てこない。山本は、伝統的兵術思想の化身のような参謀をきらっていた。

この時期に、山本の頭のなかにはまだハワイ作戦のプランはなかったようだが、自分の戦略構想を練り上げて実現してくれるアイデア参謀を求めていたことは確かである。そうした考え方から、まだ一面識もない黒島に白羽の矢を立てたのである。

こうして黒島は、海大の教官を十ヵ月間つとめただけで、突然、連合艦隊兼第一艦隊首席参謀に補されたのであった。本来の人事異動のコースでは、成績の上位のもの、あるいは功績をあげたものが、順次主要ポストを占めていくものである。

〝抜擢〟といわれる形のものは、予想外の人物とか、そのポストには早すぎると思われる人物が指名されることである。その意味では黒島は、予想外の人物ということになる。黒島が抜擢された理由を見ると、山本長官が抱いていた戦略ビジョンに対して理解を示し得る発想の持ち主だった、という点につきる。つまり他の者には考え及ばない〝思考のひねり〟が山本のお気に召したということである。

黒島参謀の奇人ぶり

黒島が連合艦隊司令部に着任した頃から、日本は日米戦争に突入するレールを走りはじめていた。参謀部では、戦争準備の体制を敷くとともに、日米戦を予期した戦術の起案と訓練の実施に、目のまわる忙しさだった。

山本が真珠湾奇襲を着想したのは、昭和十五年春の艦隊訓練のときだったといわれている。戦艦に対する飛行機の雷撃訓練が高成績であったことから、山本は真珠湾に常駐している米主力艦隊を飛行機で痛撃する案を真剣に考え出したのであった。

しかし日本海軍には、来攻する米艦隊を小笠原諸島付近まで誘い出し、地の利を得て艦隊決戦を行なうという、基本的な戦略理念が早くから確立していた。

この作戦の原則にのっとって、軍艦の要目も航続力を減らしてその分だけ武装を強化するという手段がとられていた。したがってハワイ作戦は日本海軍にとっては奇想天外な、実現不可能なものだったのである。

しかし、山本の着想は信念となり、さらに執念となって固執した。

山本は真珠湾奇襲作戦のアイデアを連合艦隊司令部では公表せず、ひとり黒島にのみ耳打ちして特定の幕僚だけで私的に研究するよう指示している。

その一方で山本は、この案を第十一航空艦隊（基地航空部隊）の参謀長大西瀧治郎少将にひそかに知らせて、作戦計画の基礎案の作成を依頼した。このとき山本は書状に、

「貴官は海軍大学出身者にあらざれば、海大出のごとき型どおりの着想はいたすまじく、何とぞ自由勝手にお考え下されたく……」

と書き加えた。大西に対して、あえて海大出でないことを強調して評価し、フレキシブルな発想を求めているところがいかにも山本らしい人の使い方である。

大西は、一航戦の航空参謀源田実中佐とともに一応の成案をつくって山本に渡した。山本はそれを黒島に回して、実施可能な作戦計画をつくらせたのである。

こうして、ハワイ作戦という未曾有の大作戦が、軍令部や連合艦隊司令部の表舞台で練られたのではなく、すべて山本の影武者たちによって舞台裏で仕上げられたのであった。

黒島は、山本の意向に沿って忠実に作戦計画を作成していた。とはいえ黒島は、茶坊主的な取り巻き参謀ではない。

すでに黒島に関して、さまざまな噂が立っていた。なにしろ日常の起居動作がまことに奇人変人ぶりで、そのうえ奇矯な行動が多かった。司令部の従兵たちは、先任参謀をもじって「変人参謀」とか「仙人参謀」などと陰で呼んでいた。

黒島は旗艦「長門」の私室に閉じこもって想を練っていた。舷窓はすべて閉じて部屋を暗くし、たばこの煙をもうもうと立てながら黙想する。夏はユカタがけだが、部屋の中が暑くなると脱ぎすてて素っ裸になった。ふりチン姿のまま想を練り作戦計画を作成していた。冬

はドテラを着て、昼なお暗い自室でうずくまったまま動かない。ほとんど人とは接触することがなかった。

風呂に入るのは一ヵ月に一回ぐらいだから、アカにまみれている。もともと風呂は好きなほうではなかったようだ。汗とアカで、すえた臭いを発散していた。部屋が臭くなると香をたいた。香の芳香と口付きタバコの「朝日」の煙とが混合して異臭となる。その中で半眼を一点にすえたまま身じろぎもせずに黙想する。その異様な風貌と姿から「ガンジー」ともあだ名されていた。

想を練り出すと、黒島はわれを忘れた。素っ裸のまま艦内をうろつくこともあった。士官たちが集まる会食にも顔を見せない。あまりの変人ぶり、傍若無人ぶりをとがめて司令部の幕僚が山本に注意をうながすと、

「いや、黒島はあれでいいんだ」

と、いっこうに気にもとめない。スマートさを身上とする海軍士官としては、黒島の態度は奇異を通りこして狂人にも似ていた。中央部でも奇人、変人の噂を気にして首席参謀の交代を考え、山本に進言した。ところが山本は、

「優秀な参謀は数多くいるけど、みんな発想が同じで変わりばえがしない。黒島は思いもつかぬアイデアを出してくれるから、手放すわけにはいかんよ」

と言ってはねつけた。

作戦の立案に関しても、主観的で協調性のない強烈なお膳立てが多かった。これに対して

参謀たちの評判は悪かった。

「小部隊の作戦にはいいかもしれないが、大部隊の作戦計画者としては不適任だ」

と酷評する向きも多かった。ところが山本は、折りにふれて幕僚たちを冷やかしていた。

「君たちに質問すると、いつでもみんな同じ答えをするじゃないか。顔が違えば、違った考え方をもってもいいはずだ。そこへいくと、黒島だけじゃないか答えが違うのは」

と黒島を弁護していた。また、

「おれでなければ黒島を使えない」

と黒島重用の弁を口走ったこともあったほどである。

黒島の作戦立案は、すべて山本の先見的な発想から生ずる構想に依存していた。つまり山本から与えられた作戦目的のテーマを、効果的かつ確実に実施するために、戦闘技術というさまざまな衣装を着せるのが黒島の役割である。

黒島が立案した作戦や戦術は、彼の座禅の瞑想のなかから浮かび出たものだけに、精緻ではあるが、きわめて主観的で独善的であった。そのために、全指揮官に理解のとどかない部分が出ることがあった。打ち合わせの不備と言ってしまえばそれまでだが、作戦案が難解なのである。

たとえばハワイ作戦で、第一回攻撃に二波の攻撃隊が突入、大戦果をあげた。帰還した攻撃機は、当然、第二回攻撃が下令されるものと考え、その準備を行なった。しかし、攻撃は下令されなかった。このため真珠湾の工廠や燃料タンクがそのまま手つかずで残り、爾後の米軍の反攻を助ける形となった。

当然、第二回攻撃が行なわれなかったことが非難の対象となった。しかし、黒島の作戦案には、第二回攻撃の実施はぼかされていて明確なプランにはなっていなかった。この点は、出撃した指揮官の判断によって、フレキシブルに対応することになっていた。したがって第一回攻撃だけで避退してきても非難される筋合いではない。だが、黒島の思い入れは、第二回攻撃を要求するものであった。このへんの作戦プランの構成が難解とされている点である。

さて、第二段作戦の時期が到来し、黒島は全身全霊を打ち込んで大作戦の創造にとりかかったのである。

悩まされた米空母の出没

連合艦隊が予定していた第一段作戦が、開戦わずか四ヵ月そこそこでほとんど完璧になしとげられたことは、当の連合艦隊自身がびっくりするほどの大成功であった。

しかも、これらの作戦の構想は、主として首席参謀の黒島亀人大佐の頭脳からしぼり出されたものといってよい。そのために若手海軍士官の間から、黒島は日露戦争当時の「秋山真之参謀の再来」だともてはやされたほどである。

ところが一方、頭の痛い問題があった。南方資源地帯の攻略はうまくいったものの、ハワイ作戦のさい撃ちもらした米空母が、ここに来て手の焼ける存在になってきたのである。

昭和十七年に入ってから米空母は太平洋上を神出鬼没、日本軍最前線の弱い部分を狙ってしばしば奇襲をかけてきた。

開戦時に、太平洋方面に配備されていた米空母は「サラトガ」「レキシントン」「エンタープライズ」の三隻であった。だが、真珠湾で太平洋艦隊の主力艦が壊滅したことにより、大西洋方面に配備されていた「ヨークタウン」が呼び寄せられた。

これにより十七年一月初頭には、太平洋に四隻の空母が揃ったのだが、このうち「サラトガ」は一月十二日、ハワイ付近で日本潜水艦の「伊六潜」に雷撃されて大破、シアトルに回航されて入渠したのであった。しかし日本側では、「サラトガ」を撃沈したものと判断していた。

一方、米軍は残された三隻の空母を最大限に活用することに懸命だった。最初の反撃が二月一日に行なわれた。

フランク・J・フレッチャー少将の率いる「ヨークタウン」隊が、日本軍が占領したばかりのギルバート諸島のマキン島を爆撃、ついでヤルート、ミレを攻撃した。一方、同じ日、ウイリアム・F・ハルゼー中将の率いる「エンタープライズ」隊が、日本軍勢力下のマーシャル諸島の奥深くまで進入し、ウオッゼ、マロエラップ、ルオット、クエゼリンを空襲した。

米機動部隊の奇襲攻撃は、米パイロットの技量の拙劣さのため日本軍側の損害はきわめて軽かった。しかし連合艦隊としては、敵の出現に備える味方の哨戒力の不十分さと、敵を迎え撃つ戦闘機の急速集中がむずかしいことを痛感させられたのであった。

連合艦隊司令部では、敵の来襲地点が最前線であり、しかも一撃だけで引き揚げていったところからみて、この奇襲は米海軍が国内向けに演出した政治的作戦ではないかと考えた。ところが、この判断ははずれた。

それから間もなくの二月二十日、ウイルソン・E・ブラウン中将の率いる「レキシントン」隊が、ラバウルを目ざして進撃してきたのである。しかし、これは日本軍哨戒機に発見され、ラバウルを発進した陸攻の攻撃をうけて避退していった。コトなきを得たものの、思わぬ方向に来襲した敵機動部隊に、連合艦隊司令部はヒヤリとしたものであった。

ところが一転して、またもや思いもよらぬ方向に敵機動部隊が出現したのである。二月二十四日、「エンタープライズ」隊が中部太平洋の北辺に浮かぶウエーク島を空襲した。つづいて三月四日、こんどは日本本土に近い南鳥島が奇襲をうけた。米空母部隊の迅速な機動ぶりは日本軍を混乱させ、その捕捉を困難にさせていた。彼らの出現はまさに神出鬼没に見えた。

とりわけ山本長官を深刻にさせたのが南鳥島への奇襲だった。山本はつぎのように分析して米軍の出方を推測した。

「これまで米空母部隊はたびたび日本軍要地を奇襲したが、ラバウルのほかはいずれも作戦に成功し、しかも日本軍からは見るべき反撃をうけなかった。そこで、日本本土の庭先ともいえる南鳥島を奇襲してみたのだろう。ここも同じように成功し、日本軍の反撃は意外なほど弱かった。ヒット・エンド・ランの連続打である。これらのテストによって彼らは、日本軍にたいした反撃力がないと判断して、つぎは日本本土を狙ってくるのではないか。それも、東京に奇襲攻撃をかけてくることが考えられよう。われわれが真珠湾を空襲できたのだから、米軍が東京を空襲できないわけがなかろう」

こう言って山本は、幕僚たちに米空母部隊の捕捉撃滅策を案出するよう指示した。

山本の推測は誤ったものではなかったが、米空母がいつ、どの方向から機動してくるのかを突きとめないかぎり、邀撃《ようげき》態勢をとることができない。そこで、敵の通信情況を追及して空母部隊の動きをつかもうとしたが、暗号の解読にはほど遠く、わずかに敵部隊の呼び出し符号のキャッチと、通信量の変化によって推測するしかできなかった。つまりはっきり言って、何もわからない状態であった。

そこへ三月十日、ニューギニア東部のラエ方面に出撃した輸送船団が、米機動部隊の艦上機に攻撃され、四隻の輸送艦が沈没、そのほか九隻の艦艇が小・中破した。この損害は開戦以来、連合艦隊にとって最大のものである。

黒島の案出したミッドウェー作戦

連合艦隊司令部では、米空母をどうやって殲滅するか研究に余念がなかったが、なかなかいい知恵が浮かばなかった。相手が出てくるのを探知し、待ち伏せして邀撃するというのでは、いつになったらそのチャンスがめぐってくるかわからない。そこで黒島は、

「こちらで自主的な作戦を計画して米空母を誘い出し、一網打尽に捕捉撃滅するほうが確実な手段であろう」

と提言した。何もしないで相手の出方を待っているより、餌を仕かけて釣り上げたほうが仕事は早い。幕僚たちもこの積極論を支持した。

では、具体的にどうするか。黒島はここでミッドウェー島を攻略することによって米空母部隊を引っ張り出し、一挙にこれを殲滅するという作戦を提案した。

この着想は、山本長官をおおいに満足させた。しかし、ミッドウェー攻略作戦は、連合艦隊が計画していた第二段作戦のうちに、すでに案出されていたプランである。黒島はそのプランに、敵空母を誘致する艦隊決戦をセットして、当初の計画を大幅にひろげた作戦案につくりかえたのであった。

第二段作戦というのは、三期に区分されていた。第一期作戦は四月から開始されるツラギ、ポートモレスビーを攻略するMO作戦であり、第二期作戦はミッドウェー攻略のMI作戦、そして第三期にフィジー、サモア攻略のFS作戦である。さらにこれに加えて連合艦隊では、ハワイ攻略作戦を「第四期作戦」と仮称し、攻略作戦の実施を十月ごろに予定して研究をすすめていたのである。

この第二段作戦が完成すると、米軍はすべて太平洋上から駆逐されて、米本土に後退することになるという壮大な計画であった。

黒島は、ミッドウェー島の戦略的奇襲攻略はさして難しいものではない、と判断していた。とくにこの作戦の有効なポイントは、同島を攻略占領すると、アメリカ側としては国内の政略上からも、ハワイ防衛の戦略上からも放っておくことができず、米艦隊の全力をあげて反撃に出てくるであろうということである。そして反撃してくる米艦隊の撃滅も、現在のわが戦力からみれば容易であると黒島は判断していた。

ことに太平洋を荒らし回っている空母群を誘い出すことができるし、これを撃滅するまたとないチャンスを演出することができる。米空母群を撃滅してしまえば、占領したミッドウェー島は敵の艦上機による空襲がなくなる。その間に日本軍は有力な航空兵力を進出させ、しばらくはハワイ方面に対して攻勢をとりつづけることができる。

また、ミッドウェーを攻略すれば、これまで同島を前進基地として行動していた米潜水艦の活動を封殺することができるし、さらに同島にわが飛行哨戒兵力を進出させることによって、ハワイからミッドウェー近海を経由して日本本土をうかがう米空母の機動を困難なものにすることができる。

ミッドウェーをたたくことは、一石二鳥にも四鳥にもなる効果絶大な作戦であった。しかも攻略が成功して艦隊決戦も勝利すれば、山本長官が念願している戦争の早期終結も不可能ではない。黒島は、全能力をミッドウェー作戦に傾注した。

はずせない攻略日

山本長官のキモ入りでミッドウェー作戦の計画案がすすめられたが、かならずしもスンナリと進行したわけではなかった。まず軍令部がこの案に反対した。むしろFS作戦を先行すべきだと主張したのである。

フィジー、サモア、ニューカレドニアなど南太平洋の戦略要地を攻略すれば、米豪間の交通路にクサビを打ち込むことになる。これによってオーストラリアとニュージーランドを孤立させ、戦線から脱落させることができる。そうすれば日本は南方戦線を有利に安定させることができる。そのあとでミッドウェー作戦をやっても遅くはないではないか、というのが軍令部の主張であった。

じつは米国をはじめ連合軍側では、このFS作戦をもっとも怖れていたのであった。しかし、日本側では気づいていなかった。

連合艦隊と軍令部とは、いずれを先に作戦するかで激しい議論となった。しかし結局、山本長官があくまでミッドウェー作戦に固執し、

「この作戦案が通らなければ、連合艦隊司令長官を辞任する」

との身を挺した発言が飛び出すにおよんで、とうとう軍令部も折れざるを得なかった。このとき軍令部は、ミッドウェーと同時にアリューシャン列島西部の攻略、とくにキスカとアッツの占領を提案した。いわば交換条件である。

これは重大なミスプランであったが、連合艦隊もかねてから北方防備の稀薄さを気にしていたところでもあり、その必要性を認めていたので、同時作戦を行なうことに同意したのであった。

つまり、アリューシャンとミッドウェーの南北両方面に哨戒兵力を進出させておけば、大きく開いている東方海面をふさぐことになり、米空母部隊はますます本土接近が困難になる

との考え方からである。また、アリューシャン作戦を加えれば、米艦隊の出撃をさらに強要することにもつながり、それは同時にミッドウェー作戦に対する戦術的牽制になると考えられた。

こうしてミッドウェー作戦のプランづくりの環境がととのった。いよいよ黒島参謀の腕の振るいどころである。

予想されるミッドウェー作戦は、情況からみても日本海軍はじまって以来の大作戦となるはずであった。この作戦が日米戦争最後の海戦になるかもしれない、との思いが黒島の胸をよぎっていた。それだけに彼は、大作戦にふさわしい、後世に残る完全無欠な戦術を編み上げようと念じていた。

かつて東郷長官が、日本海海戦で決定的な勝利をあげたように、ミッドウェーを連合艦隊永遠の栄光の地にしなければならないと黒島は考えた。

まず彼は、ミッドウェー島への上陸作戦日を、六月七日と設定した。上陸日をこの日に決めた理由は、ミッドウェー島での月の出が、当日は現地時間で午前零時ころにあたっていたからである。しかも月齢は二十二・九日で、しだいに新月に向かう闇夜期である。

上陸作戦は、環礁を越えたり、礁湖を渡ったりしなければならないので、上陸実施の前夜半には、月がないことが絶対の必要条件であった。

それにミッドウェー方面の風の状態と、六月がもっとも静穏で波が安定していること、また同時作戦を実施するアリューシャン方面でも、六月上旬はとくに霧の少ない気象条件にあった。

もし、この時期を逃したなら、同じ条件の月齢や気象条件を得るには、一年も待たなければならない。したがって六月七日という日は絶対にはずせない攻略日であった。

硬直した視野

黒島は、ミッドウェー作戦に連合艦隊のほとんどすべての艦艇を投入した。その数、二百隻を超える大部隊であった。

この大部隊を十二の群に分けて、それぞれの部隊を異なる日時、異なる場所から出撃させ、精密なスケジュールのもとにミッドウェー、およびアリューシャンに向かわせたのである。任務分担した各部隊が、精密機械の歯車のように一糸乱れず行動する。それはあたかもタコの足のごとく、目標の一点に向かって個々に正確に伸びていくようだった。

黒島が立案した作戦計画は、きわめて精緻で芸術的ともいえるものであった。

作戦の要領としては、ミッドウェー島の占領隊が上陸する前に、南雲機動部隊が同島を徹底的に空襲する。そのあと支援艦隊の艦砲射撃のもと、占領隊が上陸、攻略する。

ついでハワイ方面から出撃してくるであろう敵艦隊に対しては、途中に配備してある潜水艦部隊が攻撃。つづいて機動部隊、主力部隊などがミッドウェーの北方海面から襲いかかり、さらに重巡部隊、水雷戦隊などが南方海面から敵を突き上げるという、三重、四重の攻撃態勢となっていた。

しかし、周知のようにミッドウェー作戦は米軍が日本海軍の暗号通信を解読し、事前に作戦行動を逐一察知していた、という経緯がある。このため反撃の準備をあたえ、逆に米機動部隊の待ち伏せにあい、奇襲攻撃をうけて「赤城」「加賀」「蒼龍」「飛龍」の四大空母を一挙に失うという惨敗を喫した戦いであった。

この敗北は、暗号解読という情報戦の敗北がその原因をなしていることは言うまでもない。もし米軍が暗号を解読していなかったらどうだったろう。

戦後、判明している日米双方の軍備・作戦の情況から判断すると、ミッドウェー島は黒島のプランどおり、確実に攻略できたろうし、反撃に出てきた米艦隊はことごとく殲滅され、ハワイは風前の灯になっていたはずである。

それほどに黒島の作戦計画は完全なものであり、再評価を与えてもよいほどである。しかし、「上手の手から水がもれる」の諺どおり、痛恨の思いもあった。黒島は戦後、つぎのように回想している。

「六月三日ごろ、大本営からだったと思うが、敵機動部隊らしいものがミッドウェー方面に行動中の徴候がある、というような情報が入った。私は、これはしめた、かけた罠にかかってきたと思った。そのとき山本長官は、これをすぐに一航艦に転電する必要はないかと言われた。私は、あて名に一航艦も入っており、当然受信しておるだろうし、その搭載機の半数は艦船攻撃に備えているので、無線封止を破ってまで知らせる必要はなかろう、と申し上げて転電しなかった。もしあのとき、長官の御注意のように転電していれば、第一機動部隊も連合艦隊からの注意としてピンときたことであろう。私の大きな失敗の一つである」

黒島の頭の中には、自らつくり上げた「勝つためのシナリオ」がこびりついていたのであろう。しかもシナリオどおりに戦闘が進行するだろうとの盲信的な期待感に満ちていて、手直しをしなければならない情報がとびこんできてもすぐには反応できず、むしろ、見向きもできないほど視野が硬直していたものと思われる。

昭和十七年十一月のこと、トラック泊地の「大和」の作戦室で、作戦参謀の三和義勇《みわよしたけ》大佐と黒島が、今後の作戦について意見が対立し、激しい議論となった。このころになると強引な黒島のやり方に、幕僚たちから批判が吹き出していた。このとき、山本長官がヌッと入ってきた。

「何だい、何を喧嘩してるんだ」

言いながら山本はそばの椅子にかけた。三人で話をかわしているうち山本は言った。

「そりゃあ黒島だって人間だ。全智全能の神様ではない。欠点もあることはよく知っている。黒島君だって自分で知っているだろう。そこを三和君が補佐すればよい。

秋山真之提督という人は偉い人だったが、本当に偉いところは、あの日露戦争の一年半で心身ともにすりつぶされたところだ。むろん君たちも立身出世のことは考えていまい。幕僚はその職においてこの戦争に心身ともにすりつぶしてしまえばそれでよい。軍人はこれが本分だ。お互いにこの大戦争に心身をすりつぶすことのできるのは光栄だよ」

黒島は、両手で頭をかかえて泣いていた。万感胸に迫ったのであろう。その半年後、山本は命をぜんぶすりへらして戦死していったが、黒島も同様だった。

山本長官という主体を失った黒島は、その後、軍令部第二部長となり、やがて回天、震洋などの特攻兵器の推進者となった。戦争に対して奇策を生み出すことだけに執着していた黒島は、最終的には特攻攻撃という最終段階に突入せざるを得なかった。これも自然のなり行きといえよう。

黒島は少将に昇進し、戦後まで生きのびることができた。しかし、戦後の黒島は、ほとんど生きる屍同然だったという。黒島は山本五十六の知恵袋として、ハワイ奇襲作戦からガダルカナル争奪戦まで、連合艦隊の先任参謀として燃えつきたのであった。昭和四十年十月二十日、黒島はガンで他界した。

宇垣纏中将
——連合艦隊を救った黄金仮面

山本長官に忌避される

「万事オーケー、皆死ね、みな死ね、国の為、俺も死ぬ」

連合艦隊参謀長宇《う》垣《がき》纏《まとめ》中将は、昭和十六年十一月三日に軍令部から、対米開戦が決定したとの通知をうけて、日誌「戦藻録」にこう記した。この日はまた、明治天皇御生誕の記念日、明治節でもある。内海の柱島沖に集結している大小の艦艇は祝日にさいして礼装していた。そこで、

満艦飾仰ぎに来るか鯵《あじ》の群
いくさ前釣糸たれて無我無想

文才、詩才にめぐまれた宇垣は、得意の句をひねって書き加えた。開戦前の切迫した情況

下に、戦備をととのえて集合している連合艦隊の威容がしのばれよう。

宇垣が残したこの「戦藻録」は、太平洋戦争がはじまる直前の昭和十六年十月十六日から、終戦にさいし、自ら最後の特攻機に乗って沖縄に突入した二十年八月十五日まで、毎日の戦況を詳細に書きつづけた全十五巻からなる陣中日誌である。

宇垣は、当初からこの日誌を後世に残すことを目的としていた。それだけに克明な記録で、戦争研究の第一級の資料といえる。彼はその〝はしがき〟で、

「公文とならぬ公務上の事も、所見感想言動等、個人的の事も、一切構はず、その日その日にまかせて書き綴る事は、将来ナニガシかの為に必要と考える」

と述べている。

多くの海軍軍人の中で、これだけ詳細な日誌を残した人は他にいない。これによって戦史上の疑問や当時の状況が判明した例は枚挙にいとまがないほどである。これも幕僚精神から発したものであろうが、いまや稀有の歴史的遺産となっている。

参謀長という激職にありながら、よくも毎日これだけ詳細多量に書きつづけたものだと感服するが、これにはウラがある。

宇垣は連合艦隊司令部にあって、参謀長でありながらほとんど作戦の起案にはたずさわっていなかった。すべて先任(首席)参謀の黒島亀人大佐がひきうけていたからである。したがって比較的ヒマがあった。つまり司令部の幕僚の中で宇垣は、浮いた存在だったのである。

というのは宇垣は、それまで軍令部第一部長であったが、十六年四月に海軍省人事局が、

連合艦隊参謀長の福留繁の後任に宇垣を推した。ところが、山本五十六司令長官がこの人事を忌避したのである。

宇垣を断わった理由は、かつて山本が身命を賭して反対してきた日独伊三国同盟を、その後、軍令部第一部長となった宇垣がうけ入れて承認したという経緯があった。

さらにもう一つ、厄介な問題が介在していた。福留が転出する先は、軍令部第一部長で宇垣の後任である。両者は兵学校四十期の同期生でもあるが、このことについて福留は『海軍生活四十年』の自著の中で、山本長官からつぎのように打ち明けられたと述べている。

「及川海軍大臣がどうしても君を軍令部第一部長にしてくれという。それは時局もしだいに切迫してきたように思うので、航空兵力を急造する必要がある。ところが、財源の関係で四年も五年もかかるような、武蔵、大和級の第三艦以後をやめなければ飛行機が造れない。ところが軍令部第一部長の宇垣少将がどうしても承知しない。軍令部一部が艦船兵器の要求元であるから、宇垣一部長に交代してもらって君に再検討してもらいたい」

つまり、山本がひそかに軍令部の宇垣のクビをすげかえようとしているのに、その当の宇垣を人事局が、福留の後任に持ってきたのだから山本も困った。

宇垣は砲術を専攻した大艦巨砲主義者である。明治四十五年に海軍兵学校を九番の成績で卒業した。ちなみに一番は第三南遣艦隊司令長官の岡新《あらた》、二番がミッドウェーで海没した山口多聞、八番が福留、二十番が特攻の大西瀧治郎という顔ぶれだった。

海軍大学校甲種学生を経てドイツに駐在、第二艦隊参謀、海大教官、連合艦隊首席参謀を勤めたあと、「八雲」艦長、「日向」艦長を経験して十三年十二月に軍令部第一部長となった。

第一部長としての宇垣は、戦艦「大和」と「武蔵」を早く完成して就役させることと、三番艦の「信濃」を一日も早く竣工させることに力を注いでいた。山本にしてみれば、もはや戦艦の巨砲は無用の長物で、これからは飛行機だとの信念が強かったが、宇垣は飛行機に対して懐疑的だった。

山本は、宇垣を忌避する本当の理由を言うわけにもいかない。そこで宇垣がまだ戦隊司令官を経験していないことを理由に反対したのであった。

人事局は、そんなことならと、十六年四月十日付で宇垣を第八戦隊（重巡戦隊）の司令官に任命した。そして連合艦隊参謀長には、八戦隊司令官の伊藤整一少将を任命した。そして四ヵ月後の八月、臨戦準備に基づく人事異動で、人事局はふたたび宇垣を連合艦隊参謀長に推してきた。これにはさすがの山本も受けざるを得なかった。宇垣はこうして八月十一日、参謀長に着任したが、山本との間はしっくりいかなかった。

宇垣が第一部長時代に直面した三国同盟の件について、彼は「戦藻録」の〝はしがき〟にこう述べている。

「三国同盟の問題は、日米関係を今日に至らしむ事だけは予想していた。海軍省軍令部の連絡打合わせにおいて、二度とも反対したのは自分一人であった。軍務局長（阿部勝雄）も大臣（及川古志郎）も賛成である。次長（近藤信竹）に至りては、何等発言しない。豊田（貞次郎）次官は、慎重を期していた。大臣は、もう大体やることにしてはどうかね、と極めてアッサリ砕けて、腹の中を出した。ソコデ、おやりになるならやむを得ずとも、米参戦の場合、帝国が自主的に行動する事は絶対必要である、と答えた」

これで見ると、宇垣は最後まで三国同盟の承諾に抵抗していたことがわかる。しかし、彼はまた不本意ではあったが、三国同盟に承諾をあたえた責任者であることも告白している。このような経緯を、おそらく山本は知っていたものと思われるが、職を賭し、身を挺して反対してもらいたかった、というのが山本の気持ちの底にわだかまっていたものと思われる。

発揮された〝参謀長の判断〟

宇垣には「黄金仮面」というアダ名があった。どんなことがあっても泰然としていて、表情を動かさないところからつけられたものらしい。表情ばかりでなく、性格もきわめて強情である。

宇垣は明治二十三年二月十五日、岡山市郊外の瀬戸町に生まれた。家業は代々農業であったが、父善蔵は小学校の教師であった。生家の隣には、のちの陸軍大将宇垣一成の生家があったが、両家は同族ではあるが縁戚関係はない。

一成の甥の宇垣完爾は、終戦時、大湊警備府長官兼第十二航空艦隊長官で中将だが、宇垣纒の一年上で岡山一中（朝日高校）でも兵学校でも一期上であった。

少年時代の纒は体も大きく暴れん坊で、完爾と纒ともう一人加えて、土地ではガキ大将三羽鳥と呼ばれていた。

岡山一中では、のちの東京都知事安井誠一郎と、千鳥ヶ淵公園設計者の田村剛博士とともに秀才三羽鳥といわれた。

秀才ぶりは海軍内でも評判であった。海軍大学の教官時代に、海上戦闘のトラの巻といわれた軍機教科書の「海戦要務令」を改訂するなど、英才ぶりを発揮している。したがって、戦術の教官としての自負が人一倍高く、鼻っ柱も強かった。海大で学生が反論しても、

「俺は教官なのだから、俺の言うほうが正しいのである」

と言って撥ねつけ、一刀両断に斬って捨てるようなモノの言い方をした。その傲岸ぶりは態度にも現われていて、山本は部下からの敬礼に対して、相手の顔を見てきちんと答礼したが、宇垣は顔も見ずに、チョコンと手をあげて面倒くさそうに答礼していた。

しかも黄金仮面の表情だから、部下将兵からは、とっつきの悪い冷たい人物に思われたものだった。いわば秀才によく見られる自己中心的な冷やかさである。

しかし、宇垣は己れを見失うような人間ではない。むしろ透徹した眼をもっていた。開戦決定を知ったとたん、「死ぬ」と断定を下しているところなど、対米戦の無理を十分に承知しているものの見方である。

「これからの大戦争を考ふる時、弱気の者はまさに気絶するかも知れぬ。強気の者は、やってやれぬ事は無いと云ふ。何れにしても彼を完全に屈服せしむる事に於て、何等確信の手段なき事は同じである」

「作戦図に色付けして、壁に貼ってにらめっこする事にした。何れをみても赤色の敵ばかり、太平洋は広い……。兵力だけ並べて、何でもさう行くなら戦と云ふものは苦労はない……飛行機をいくら集中しても、天候が悪ければ使へぬのだ」

いずれも開戦前の感想だが、作戦に対してかなり批判的である。宇垣が参謀長になった八月ごろには、ハワイおよび南方攻略作戦のシナリオがかなり進行していた。

宇垣は、黒島参謀の作戦立案にはまったく口を出さずに見守っていた。山本が黒島を寵用していたということもあったが、参謀長になって日が浅いという事情もあった。

元来、参謀長の任務というのは、いろいろな性格をもった各種の参謀たちを円満に統轄し、一致団結させ、業務の統一をはかって万全の姿勢で長官を補佐することにある。

そこで、宇垣は、参謀たちの意見をできるだけ汲み上げて司令部内に一致和合の雰囲気を盛り立てることと、決定した作戦の指導を徹底することに精力を傾注した。

宇垣の参謀長ぶりは、まずハワイ作戦で発揮された。

南雲忠一中将の率いる機動部隊から二波の攻撃隊が発進、真珠湾奇襲は大成功だった。柱島沖の旗艦「長門」では、大戦果の報告に湧きかえった。ところが、いつまで待っても第二回攻撃の連絡が入電しない。参謀たちはイライラしはじめた。

「第一撃は成功したのだから、このうえは第二撃を行なって止どめを刺すべきだ」

との意見が出た。

「南雲長官に、再度の攻撃を命令すべし」

「反復攻撃して、手つかずの工廠や油槽など敵の施設を徹底的に破壊すべきだ」

「時機を失せぬうちに至急電命すべし」

幕僚たちは山本長官に、第二回攻撃を発令するように意見を具申した。山本は、

「もちろん、それをやれば満点だ。僕も希望するが、まだ被害状況が少しもわからないから、ここは現地指揮官にまかせておこう」

と言って傍観の態度をとった。そばにいた宇垣は、

「将棋の指しすぎということもありますからなあ。まず無理のない程度に収めておくのが上《じょう》というもんでしょう」

慰めるような口調で言った。このひと言で、血気にはやる幕僚たちも、それ以上、山本に食い下がることをやめた。結局、南雲長官は第二撃を中止して帰還の途についたのである。

ここでもし、第二撃を強行させていたらどうなったであろうか。真珠湾の重要施設を爆破することはできたかもしれないが、こんどは待ちかまえている敵陣に乗り込むこととなるので、攻撃隊は相当の損害をこうむることになったであろう。

さらにこのとき、米空母の「エンタープライズ」は、ウエーク島からの帰途、オアフ島の西方二百カイリの地点を行動中であった。また「レキシントン」はミッドウェーに向け航行中で、同島の南東四百二十カイリの地点を行動中であった。

もし南雲機動部隊が第二撃を実施していたなら、その攻撃は午後遅くなってからということになる。その間に、米空母機の奇襲をうける公算は十分にあったとみてよい。下手をする

と、機動部隊の空母二隻くらいは失うことになったかもしれない。

当時、敵空母の所在がわからなかったのだから、深追いは危険であった。宇垣の一言は幕僚たちの暴走を食い止めたのである。しかし、そうは言ったものの、宇垣は内心、第二撃中止がよほど残念だったとみえて、

「泥棒の逃げ足と小成に安んずるの弊なしとせず」

と「戦藻録」にうっぷんを吐いている。いわば罵倒にひとしい批判である。だが、さすがに参謀長の見識に立ちかえって、

「最も大切なるは精神的状態なり。本作戦の経緯を知るもの誰か之（第二撃のこと）を強要するの可を唱ふるものあらん」

と反省している。

そうかと思うと、やはり口惜しさはかくしきれずに、

「但し、自分が指揮官たりせば、此の際に於いて更に部下を鞭撻して戦果を拡大、真珠湾を壊滅する迄やる決心なり。自分は自分、人は人なり」

と、指揮官の場合の決意を述べるとともに慨嘆している。

傍若無人の統裁ぶり

ミッドウェー攻略作戦は、黒島参謀が精魂こめて練り上げた壮大な作戦である。

この作戦の狙いは、ミッドウェー島を攻略することによって、米空母をふくむ敵艦隊をさ

そい出し、これを撃滅することによって米機動部隊による日本本土空襲を防止することにあった。この作戦が実施されることになった一つの理由として十七年四月十八日、ハルゼー機動部隊による東京空襲が背景にあった。

　五月一日から四日間、ミッドウェー作戦の図上演習が、柱島沖の連合艦隊旗艦「大和」で行なわれた。図上演習には連合艦隊司令部の幕僚をはじめ、南雲機動部隊の司令部、近藤信竹中将の第二艦隊司令部、その他参加部隊の指揮官、幕僚たちが集まった。この図上演習で示された規模があまりに大きいので、参加者たちはアッケにとられたほどである。

　その作戦構想は、まずアリューシャンとミッドウェーを攻略した後、艦隊はトラック島に集結し、ついで七月上旬、フィジー、サモア、ニューカレドニアを占領し、機動部隊はシドニーを空襲してふたたびトラックに帰る。さらに九月にはハワイを攻撃するという景気のいいものであった。

　図上演習の統監は宇垣が行なった。ところが、ここで宇垣は傍若無人ともいえる指導を行なって参加者を驚かせたのであった。

　ミッドウェーに向かって南雲機動部隊の飛行機が攻撃に発進したあと、米陸上機がわが空母群を攻撃してきた。統監部員である第四航空戦隊航空参謀の奥宮正武少佐が、その爆撃命中率を定めるためにサイコロを振った。そして演習の審判規則にしたがって、空母「赤城」に命中弾九発と査定した。撃沈である。そばで見ていた宇垣は、奥宮を制して、

「いまの命中弾は三分の一の三発とする」

と宣言した。沈没すべき「赤城」は小破と判定された。これは日米の戦力係数を三対一として、日本側が米側の三倍の戦力をもっていると仮定したからである。

それはいいとして、こんどは「加賀」に攻撃が集中し、お手盛り審判にもかかわらず、「加賀」の沈没は確実となった。

図演が、ミッドウェー作戦につづいてフィジー作戦に移ると、驚いたことに、沈んだはずの「加賀」がふたたび浮かび上がって参加しているではないか。空中戦闘でも、撃墜された飛行機が生きかえって飛んでいるということが行なわれた。

このような統裁ぶりに、さすが心臓の強い飛行将校たちもアッケにとられるばかりだった。しかし、公然と、その矛盾に反発するものはいなかったが、宇垣の傍若無人ぶりに指揮官・幕僚たちは割り切れない印象を抱いたのであった。

だが、さすがに宇垣は照れ臭くなったのか図上演習の結果をふまえて、側背から敵機動部隊に襲われる危険性があることを指摘し、そういう場合の対策として、第二次攻撃隊には艦艇攻撃用の雷爆装を行なっておくよう、南雲機動部隊にとくに注意をうながした。

ところで、図上演習で見せた宇垣の一方的な統裁ぶりには理由があった。

一つの作戦が実施されているときは、指揮官たちは不安なものである。そのためとかく消極的となって長蛇を逸することにもなりかねない。ことに図上演習で消極的な対応を行なっていると、実戦にさいして不安が倍増するものである。図上演習で自信を持たせ、強引に勝利をかちとる決意を植えつけるための、心理的な演出だったのである。

だが、宇垣の注意にもかかわらず、南雲の二度にわたる兵装転換の命令がアダとなり、ミッドウェー作戦は四空母を一挙に失って敗北に終わった。黒島参謀はそのショックで半狂乱となり、山本は主力艦を投じて砲戦を計画した。だが、宇垣は冷静だった。「敗将棋のもう一番、もう一番を繰り返すは知恵なき愚者の策也」と言って山本を説得し、全軍に作戦中止を命じ内地に引き揚げさせた。もし怒り狂って突っ込んでいたら、さらに損害は増大したことであろう。混乱の中で、宇垣の冷えた頭が連合艦隊を救ったのであった。

神重徳大佐
——型破りの超人参謀

艦隊なぐり込みを提案

作戦参謀・神重徳《かみしげのり》大佐は、意表をつく強烈な作戦を起案し、実行したことで、戦史上、特異な存在として知られている人物である。

ミッドウェー作戦で大敗した日本軍は、次期作戦をどの方向に求めたらよいのか苦慮していたとき、十七年八月七日の朝、突然、米軍はソロモンのガダルカナルとツラギに進攻、上陸してきた。

南東方面で米軍が反攻作戦を展開してきたことは、日本軍にとって渡りに舟のチャンスであった。むしろ、戦局の打開策を米軍のほうでつくってくれたと、喜ぶ向きがあったほどだった。

連合艦隊ではミッドウェー以後、次期作戦にそなえて兵力を整備し、七月十四日付でラバウルに第八艦隊を新設。ソロモン方面および東部ニューギニア方面の作戦に当たらせることにしたばかりである。

司令長官三川軍一中将、参謀長大西新蔵少将、先任参謀神重徳大佐、作戦参謀大前敏一中佐ほかといった顔ぶれである。この司令部がラバウルに進出したのは七月二十九日のことである。兵力は重巡一隻、軽巡二隻、駆逐艦四隻、潜水艦五隻といったところで、艦隊としての戦力はまだ微弱であった。

司令部ができて、さてこれからというときの八月七日、午前四時二十五分、ツラギの通信基地から緊急信が司令部に入った。

「敵、猛爆中」「敵機動部隊見ゆ」

つづいて四時五十七分、

「敵機動部隊二十隻ツラギに来襲、敵、空爆中、上陸準備中、救援頼む」

悲鳴のような電報がつぎつぎと入電した。明らかに米軍は、ツラギとガダルカナルに反攻してきたと判断された。しかし、司令部ではまだ疑っていた。敵は単なる強行偵察にきただけで、現地の報告は敵兵力を過大に見ているのではないかと考えたのである。

「航空部隊で敵空母を攻撃し、第八艦隊で敵艦隊を撃攘して、一個大隊程度の陸戦隊を送りこめば奪回は可能でしょう」

との意見が司令部職員から出た。

「いや、そんなもんじゃないだろう、これは敵の本格反攻と見たほうがいいのではないかな」

大西参謀長は慎重に言う。神は参謀長の意見に同意してこう言った。

「ただちに主要艦艇をもって出撃すべきだと考えます。敵艦隊はこちらの少数戦力を軽視して油断しているでしょうから、そこを狙って明夜半、ツラギ泊地の敵艦船になぐり込みをかけましょう」

この戦策はいかにも無謀なものである。敵の兵力がどれだけのものなのか、どんな態勢をとっているのか何も分かっていないのである。いまただちに突っ込んでいくことは自殺行為にひとしい。少なくとも一両日、しっかりと敵情を偵察し、十分に作戦を練ってかからねば、いたずらに火中に飛び込んで大火傷を負うことになりかねない。当然、反対意見が出た。だが、神はガンとしてゆずらなかった。

「いや、明日やらねばだめだ。明夜、突っ込まなければ、いつやれるかわからない。あくまで決行すべきである。」

鼻下のチョビ髭をふるわせ、いくらか顔を紅潮させながら言い放った。この神の提案に対して、三川中将は大きくうなずきながら採用の断を下した。

「よかろう、『鳥海』以下の主要艦艇をもって出撃しよう。神君、すみやかに出撃準備をすすめてください」

かつて真珠湾攻撃の折り、南雲長官に第二回攻撃を進言したことがあったが、さすがに三川中将は猛将である。成算をたてるより、戦機をとらえることのほうを重視した判断であった。

第八艦隊の手持ちの艦艇では、戦力に期待がもてるのは「鳥海」だけである。二隻の軽巡はいずれも大正八年につくられた老朽艦である。

しかしこのころ、カビエン方面に第六戦隊の重巡四隻がいた。司令部はこの重巡戦隊にラバウル回航を指令するとともに、敵兵力の撃滅について研究した。その結果、即座に使用可能の「鳥海」と、第六戦隊の「青葉」「古鷹」「衣笠」「加古」、軽巡「天龍」「夕張」、駆逐艦「夕凪」の八隻をもって突入することにしたのである。

初め、神が選んだ兵力は重巡だけ五隻であった。軽巡や駆逐艦は艦齢も古いし、合同訓練をしていないので、夜戦にはかえって足手まといになると考え除外していた。しかし、それを参加させたいきさつを、戦後、三川中将はつぎのように証言している。

「第十八戦隊（『天龍』のこと）は訓練不十分で、夜戦にはかえって足手まといになるおそれがあるので連れて行かない予定であったが、第十八戦隊首席参謀篠原多磨夫中佐が司令部に座り込んで、どうしても連れて行ってくれと膝づめ談判だ。神、大前両参謀はいろいろなだめたが、どうしても承知しない。

そこで私も一緒にいるものを連れて行かないのは武士の情からも忍びないので、とうとう連れて行くことにした。ただし軽巡だから本来ならば露払いとして前方につけるのが定石だが、夜戦の邪魔にならぬよう後尾につけることにした」

長官が連れていくと言うのでは、いかに先任参謀の神大佐といえども反対はできない。さあ困ったと、神は頭をかかえた。

迅速果敢な断行の勝利

頭をかかえたのには理由がある。各艦は一度も合同訓練をしたことがないので、編隊航行に必要な各艦の〝回転整合〟が行なわれていないからであった。

艦艇が編隊を組んで航行するためには、各艦の推進器の回転数を測定しておかなくてはならない。各艦の指示速力を等しくする必要がある。この速力を等しくするためには、各艦の指示速力を等しくする必要がある。それにはあらかじめ、実際に編隊航行を行なって測定し、調整をとる必要があった。

この回転整合が行なわれていないと、速力を指定しても各艦のスピードがまちまちとなって一定せず、複雑な編隊行動がとれなくなるおそれがあった。

ことに戦闘中は一斉回頭や微妙な方向転換など、ひんぱんに艦隊斉動がくり返される。その動きに狂いがあると、戦闘に重大な支障が生じて戦機を逸したり、編隊がばらばらになって命取りになるおそれもある。いわば烏合の衆になりかねない。といって、いまから整合している余裕はまったくない。そこで神は、複雑な艦隊行動を避けるために、もっとも単純な攻撃法をとることにした。

一、第一目標を敵の輸送船とする。
二、複雑な運動を避け、単縦陣による一航過の襲撃とする。

三、翌朝、ミッドウェー海戦の二の舞とならぬよう敵空母の攻撃圏外に避退する。
との三点を強調、この三つの方針のもとに敵泊地になぐり込みをかけることとしたのである。

敵情がまったく不明で、敵兵力の情報も不確実、しかも行ったことも見たこともない未知の海面で艦隊による夜襲が行なわれたという例は、世界中の戦史にもいまだかつてなかった。それだけに神参謀の主張する作戦は、海戦の常道を無視した、常識外の型破りのものであった。

一方、米軍は海兵隊一個師団、約二万におよぶ上陸部隊が二十三隻の輸送船に分乗してガ島沖に進入。この船団に対して重巡六、軽巡二、駆逐艦二十の合計二十八隻からなる護衛部隊が警戒についていた。

さらにガ島の南方海上には、攻略部隊を支援する空母三、戦艦一、重巡五、軽巡一、駆逐艦十六からなる機動部隊が控えていたのである。

三川中将以下の第八艦隊司令部は「鳥海」に乗艦すると、「天龍」「夕張」「夕凪」を率いて午後二時三十分に出撃、ラバウル港外で第六戦隊と合同。八隻からなる三川艦隊は、ガ島めざして急速南下していった。

この間に基地航空部隊の偵察や攻撃によって敵情が少しずつ判明、かなりの大部隊がツラギとガ島に分泊していることを知り得たのである。ラバウルからガ島まで、二十ノットの速力で突っ走っても約三十五時間はかかる。艦隊はブーゲンビル島を右手にのぞみながら南太平洋の波を切って、急進した。

翌八日、ソロモン諸島中央航路を突破し、予定どおり深夜、三川艦隊はガ島に肉薄していった。

艦隊は速力二十六ノット、旗艦「鳥海」を先頭とする単縦陣で進撃した。やがてガ島の手前に浮かぶサボ島がボンヤリと見え出したころ、はるか前方のツラギ泊地の上空が赤く映えているのが認められた。これは前日にわが航空隊の攻撃によって被弾した、米輸送船「ジョージ・F・エリオット」の火災による明かりであった。

やがて午後十一時三十三分、三川長官は、「全軍突撃せよ」の命令を下した。前方には点々と敵艦の黒い影が浮かんでいる。まだ敵は気がついていない。全艦、増速すると魚雷戦、砲戦の号令が下るのをいまやおそしと待ちかまえていた。月のない暗夜の海面は緊迫した。

三川艦隊が遭遇したのは、敵攻略部隊の護衛艦隊であった。このとき米軍は泊地の西方に重巡六、駆逐艦六によるバリヤーを敷いていたのである。

目標は輸送船から敵巡洋艦に変換された。砲雷戦開始の号令が下った。まさに奇襲であった。寡兵の三川艦隊が、優勢な米艦隊のまっただ中に突入、右に左に砲撃、雷撃の火ぶたを切った。

戦うことわずか三十三分、奇襲は成功して敵重巡四隻を撃沈、駆逐艦二隻を大破するという大戦果をあげた。予定どおり一撃離脱した三川艦隊はほとんど損傷がなく、まったくの完勝であった。

この艦隊なぐり込みの大成功は、米軍の出鼻をとらえて迅速果敢の襲撃を断行したところにあった。それはまた神参謀の超人的なひらめきと、鋭意と、勇気とによってなしとげられたものでもあった。

米軍では、日本軍の拠点であるラバウルがガ島から直線距離で約一千キロもの遠方にあることから、早急の艦隊による反撃は少ないものと判断していた。その油断を見抜いた神参謀は炯眼だったといえよう。

「神参謀は戦術の神さまだ」

との称賛の声がたちまち起こった。いっせいに神に対する尊敬の目が注がれたものであった。しかし冷静に見ると、この成功の裏には重大な問題が残されていた。

敵艦隊の後方のガ島ルンガ沖には、兵力を満載した大輸送船団が在泊していた。この船団に三川艦隊は一指も触れていない。米軍は重巡四隻を失ったものの、必要な兵員と武器弾薬、軍需品の大部を揚陸することができたのである。敵のガ島攻略は成功し、目的とする戦略的な勝利を得たのであった。

これ以後、日本軍はガ島をめぐって塗炭の苦しみを味わうことになるのだが、この初戦の落ち度は、敵艦撃沈の歓声に打ち消されてかえりみられなかったのである。

親独から反戦思想へ

ここで、神重徳の人物についてのぞいてみよう。

神重徳は明治三十三年、鹿児島県出水《いずみ》郡の高尾野町に生まれた。生家は「神焼酎」の製造元である。神家は古くからこの地の郷士として定住していたが、西南の役以後、祖父がはじめた焼酎商法が成功、最盛期には百数十人の使用人が働いていたという。

長男として生まれた神は家業を継がねばならなかったが、川内《せんだい》中学の同級生であった鮫島素直に刺激され、二人はともに海軍兵学校を志望した。

鮫島と神の二人は、川内中学開校いらいの秀才としてもてはやされ、つねに首席を争っていたという。二人は四年修了の大正六年に兵学校を受験、ともに合格した。海兵四十八期生である。

俗に「薩摩名物は海軍大将とイモ焼酎」といわれるが、焼酎屋に生まれた神は、東郷平八郎や山本権兵衛、西郷従道に代表される鹿児島の海軍の伝統を受け継ぎ、ウタの文句どおりに海軍大将を目ざしたのであった。家業の焼酎屋は弟に継がせることにした。

大正九年、神は同期生二百七十二人のうち席次十番という好成績で兵学校を卒業、海軍士官の主流である砲術を専攻する。

その後、昭和六年に海軍大学校に入校、エリートコースを歩みはじめた。八年五月に海大を首席で卒業、恩賜の軍刀を拝領した。このころから神はめきめきと頭角を現わしはじめた。

神は青白い秀才型ではなく、スポーツ万能型の秀才であった。テニス、乗馬、合気道、弓道などをこなし、とくに弓には熱中して、新築した家の庭に矢場まで作っていた。海兵の同期生による神の人物評によると、

「明朗、陽性、生一本、万事に積極的で頭脳明敏、感覚鋭敏、努力型だが、あきらめが早すぎ、唯我独尊でわがまま」

と、美点と欠点が同居している評である。しかし、真珠湾攻撃の総指揮官となった淵田美津雄中佐の言うように、

「名は体をあらわすというが、神が徳を重ねるほどの信念の人」

と高く評価する向きもあった。総じて神の才気と優れた判断力が海軍部内で高く買われていた。海大を卒業した年の末、神少佐はドイツ駐在を下命され、昭和十一年二月までの約二年間、大使館付武官補佐官をつとめた。この間ミュンヘンに一年、ベルリンに一年駐在し、折りから驚異的な興隆をとげているヒトラーのナチス体制をつぶさに見聞、熱心な親独派となった。

そのころドイツを訪れた親友の鮫島素直とビールを飲みながら、神は熱っぽくヒトラー礼讃をぶった。また自ら三十五ミリのアイモを回して、ヒトラーの閲兵ぶりを撮影したというから、その熱中ぶりは大変なものであったようだ。

日本海軍は、その制度を英国海軍に範をとっていたことから、優秀な士官はもっぱら英国や米国に送りこんでいたものである。ところが、新興ドイツの目ざましい急伸ぶりに、このころから海大の卒業生を英米なみにドイツに送り込むようになっていた。その影響が、後年の三国同盟におよぶことになる。

帰国後、中佐に進級した神は、昭和十三年五月、海軍省軍務局第一課に勤務した。ちょう

ど、海軍は十二年から十五年にかけて、日独伊三国同盟を受け入れるかどうかで大揺れに揺れていた時期である。

周知のとおり米内光政海軍大臣、山本五十六海軍次官、井上成美軍務局長の海軍トリオは、身命を賭して同盟反対の論陣を張っていた。その渦中に神が飛び込んできた。ヒトラーに熱くなっていた神は、枢軸論者として舌鋒鋭く賛成論をぶち上げた。これには井上成美もほとほと困ったらしい。

「一課長は岡（敬純）、主務局員は神中佐、いずれも枢軸論者の急先鋒で……まことに仕事がやりにくい」

と井上は『思い出の記』に書いている。しかし、理路整然とした井上の冷静で明敏な議論には、さすがの果敢な神もかなわなかったようである。神は口惜しまぎれに、

「井上局長は座っているし、こっちは立ったままで議論をするのだから、どうしても議論に負けるんだ」

とうそぶいていた。これを耳にした井上は、その後、局長室にやってきた神に、

「神君、君は大学校の学生のときは、私が立っていて君のほうは座っていたが、やはり議論で負けていたではないか。今日は俺が立つから、君はそこへ座ってやれ」

と言った。さすがに神は閉口して、「いや、よろしゅうございます」と言って引き下がったという。

翌十四年五月、神は第五艦隊の参謀として海上に出たが、半年後の十一月十五日、軍令部

第一部第一課（作戦担当）の先任参謀として中央にもどってきた。この配置で神は開戦を迎えることになるのだが、対米戦に関して神は深刻に悩み苦しんだようである。

十六年十月末、第三航空戦隊の首席参謀を勤めている親友の鮫島が、開戦前の出撃の挨拶に軍令部に姿を見せた。このとき神は深刻な表情で、

「なあ、鮫島、日本はこのまま開戦していいのだろうか。最近になってどうも疑問を持ってきたのだ」

と言い出した。鮫島は日ごろの神らしくない態度をあやしんで、

「もう、どうしようもあるまい」

と答えると、

「うん、しかし、相当な不利な条件であっても、これを忍んで戦争だけは避けたほうが良くはなかろうか、と思いはじめたのだ」

とくり返し心中の苦悩を訴えたと、鮫島は戦後、回想して述べている。

このころ開戦前の日本海軍では、ドイツの目ざましい電撃作戦と、ヨーロッパ戦線での破竹の進撃ぶりに興奮し、まもなく英国は屈服するだろうとの観測が流れていた。日本もバスに乗りおくれるなと、若手士官の開戦論はますますボルテージを上げていたものである。そうした中で神のこのような疑問と判断は尊重すべきものであったろう。

完全に手づまりとなって逃げ場のなくなっていた日本が、神の言うとおり土壇場で忍耐の方向に舵取りをしたならば、切迫した世界情勢の中で、まさに狂瀾を既倒にめぐらすことが

できたかもしれない。

しかし、それにはあまりに遅すぎていた。

東條首相暗殺計画

第八艦隊の首席参謀として、第一次ソロモン海戦で大戦果をあげた神は、それ以後ガダルカナル島に兵力を送り込む補給作戦に日夜、ふり回されることになる。

この補給作戦に関連して、いくつかの海戦が生起することになるのだが、それらはいずれも遭遇戦なので、神の戦術手腕を発揮する余地はなかった。

ガダルカナルにおける血みどろの戦いは、十八年二月の全軍撤退によって終止符を打ったが、ソロモン諸島の争奪戦はますます激しさを加えていった。

そして四月、ソロモン航空戦がピークに達した直後の十八日、前線視察に飛び立った連合艦隊司令長官山本五十六大将が、ブーゲンビル島のブイン上空で乗機を撃墜され、無念の戦死をとげた。

連合艦隊司令長官は古賀峯一大将が引き継ぎ、連合艦隊司令部は一新された。これにともなって各艦隊でも人事異動が行なわれ、神は第八艦隊の参謀をお役御免となり、軽巡「多摩」の艦長として六月二十二日、大湊で着任した。

「多摩」は第五艦隊に所属しており、開戦以来もっぱら千島列島からアリューシャンなど北東方面で作戦していた。神が同艦に着任したときは、すでにアッツ島は玉砕して米軍に奪回されていた。つぎに奪回が懸念されるのはキスカ島である。

連合艦隊は第五艦隊にキスカ撤収作戦を下命した。木村昌福少将を指揮官とする水雷部隊は、七月二十九日、折りからの濃霧を利用して五千有余の将兵を無事に救出した。米軍がまったく気づかぬうちの早わざで、まさに〝奇蹟の撤収〟であった。

キスカ作戦から帰った「多摩」は、一転して南方に向かった。陸軍部隊や軍需品の輸送で、ポナペ、トラック、ラバウルへと駆けずり回った。

神にとっては不本意の任務であった。しかし十二月、神は艦長職を免ぜられ、海軍省教育局第一課長として久しぶりに中央にもどってきた。教育局の仕事は閑散としたもので、いわば戦場帰りの士官の骨休めの場といった感じであった。神にはものたりない配置であった。

彼は戦局の悪化にじりじりしながら、省内や軍令部を歩き回っては、情報を収集していた。

すでに十八年十一月にはギルバート諸島のマキン、タワラは玉砕し、十九年に入って間もない二月八日にはマーシャル諸島の要衝、クエゼリン、ルオットが玉砕。ついで同月十七日には、日本の真珠湾と呼ばれているトラック島が大空襲をうけて艦船五十隻以上に大損害をこうむった。

日本はまさに危急存亡のせとぎわに立たされたのである。こうした折り、東條英機首相兼陸相は、戦争遂行のためにはより強力な指導体制が必要であると論じ、政戦略の一本化という名目で二月二十一日、突如として参謀総長を兼任するという措置をとった。

同時に〝東條の副官〟と陰口された嶋田繁太郎海相もこれにならい、永野修身大将を退陣させて、みずから軍令部総長の椅子についてしまった。

元来、統帥権に関して明治の建軍以来、統帥は一般国務の外にあって独立したものとなっていた。それを陸海両大臣が兼任するというのは、軍令と軍政を独占するものであり、未曾有の無謀な人事である。

海軍部内では、嶋田海相の一人二役に対する批判は高く、さらに東條首相の憲兵と特高を背景にもった恐怖政治の増大に対する懸念が強まっていった。

心ある海軍士官は、嶋田海相の更迭、東條内閣の打倒をひそかに望んでいた。この戦争は太平洋上の海洋決戦にもかかわらず、嶋田の主張はつねに弱腰で、東條の意向に左右されていた。ことに戦争指導が陸軍の主導に陥っているため、海軍側では戦局打開の方針にも何かと支障が生じ、それが大きな不満となっていた。

そのうえ、この体制では戦局はますます不利に、戦争終結の目途は立たなくなり、日本は東條の狂気に引きずられて亡国への道をたどることになるとの危機感が、海軍の一部に生まれてきた。

当時、教育局の局長は海軍随一のインテリ高木惣吉少将であった。高木は同憂の士を集めて、憲兵の目を避けながらひそかに嶋田更迭、東條内閣打倒の運動を開始した。神もまたこの運動に参加し、機密情報の収集にかけまわったのである。内閣打倒運動にかかわる神の活動はめざましいものがあった。高木はこのことについて戦後、

「神大佐は勇敢、知謀、決断、実践力ともに抜群で、西郷隆盛の部将だった桐野利秋をしの

ばせるものがあった」

と述べている。

運動グループは、近衛文麿、岡田啓介など重臣たちに働きかけ、重臣による追及でまず嶋田に詰め腹を切らせ、それを突破口に倒閣へもちこもうと策を練った。ところが東條は、張りめぐらした情報網でそれと察し、一段と監視を強めるとともに延命策を講じてきた。重臣たちをおさえにかかってきたのである。

高木、神を中心とするグループは、重臣による倒閣は不可能と判断、最後の手段としてテロによる東條暗殺を決めたのであった。

神は五・一五事件の残党の三上卓や頭山満系、笹川良一系などの右翼から知恵を借りて暗殺計画を研究していた。そのさい、爆弾や手榴弾は不発のおそれがあるのと、罪もない警備員を巻きぞえにするので当初から避けられた。結局、アメリカのギャング方式を採用することにした。運転者と狙撃者を一組とする三台の車で、東條の乗用車に体当たりしてこれを停車し、拳銃を乱射するという方法である。

時期は七月二十日ごろ、場所は霞が関付近の交差点とし、時間的には東條が帰途につく時刻とする。この選定は、ちょうど一日の仕事を終えて疲労しておるだろうし、警備の連中も注意が散漫になっているだろうとの判断からである。

そのころには神は、連合艦隊司令部の首席参謀に転任しているので、職権を利用して飛行機を準備し、テロ実行者を厚木から台湾かフィリピンに高飛びさせるという手はずをとることになっていた。

海軍でこのような計画が進められているとき、期せずして陸軍でも東條暗殺のテロ計画が生まれていた。

陸軍側の首謀者は大本営参謀の津野田知重少佐である。津野田は、青酸ガスの入った手投弾を東條の車に投げ込むという方法を考えていた。このガス弾は、破裂すると直径三十メートル以内のものは即死するという凄まじいものである。実行者は津野田の親友で講堂館の柔道家、牛島辰熊七段がかって出た。彼もまた死を決意していた。

決行日は、宮中で開かれる閣議の日を選ぶことにした。閣議を終えて坂下門から出た東條の車が、祝田橋へ向かおうと右折するとき、スピードを落としたところを狙って投げ込むという計画である。そして決行の日は七月二十五日ごろと決めた。

結局、テロが決行される直前、東條内閣はサイパンが陥落したことの責任をとって、七月十八日に総辞職した。このためテロは不発に終わった。

神らがテロ決行を策謀していた七月二十日は、ドイツでシュタウフェンベルグ大佐らによるヒトラーの暗殺未遂事件が起きた日である。期せずして東西で枢軸国の指導者暗殺が計画されたのであった。

海軍では、このテロ未遂事件は暴露されることなく闇の中に葬り去ったが、陸軍では発覚し、津野田少佐は逮捕されて軍法会議にかけられ、免官処分となった。

サイパン玉砕と政変成就

東條暗殺計画をすすめているとき、米軍は六月十五日にサイパンに上陸した。日本軍はマリアナ方面邀撃《ようげき》決戦としての「あ」号作戦を発動、小沢機動部隊が出撃して六月十九、二十日の両日にわたり、米機動部隊に対して航空攻撃を実施したがことごとく失敗、機動部隊は空母三隻と飛行機の大部を喪失して大敗した。

この敗北によって、苦戦中のサイパンの陸上部隊を救援することができなくなり、このままでは同島は全滅して敵手に陥ちることになるのは明らかであった。

二十日の朝、軍令部の作戦室で行なわれた戦況説明を、陪席して聞いていた神大佐は思いあまって発言した。

「このまま見過ごすわけにはいかん。なんとか打つ手はないのか。もはや、なりふりかまっている場合ではないだろう。全海軍の艦艇をあげてサイパンに進撃し、戦艦は最後には海岸にのしあげて擱座し、砲台となって敵を乱撃するぐらいやったらどうか。どんな手段を講じてもよいから、ぜひともサイパンを守り抜かねばならん」

神の発言は、少なからず作戦室の参謀たちに感銘をあたえた。サイパンを失うことは、日本本土に直接敵が進攻してくることを意味していた。この島を奪われては戦争の継続はあり得ない。今こそサイパンを奪回する作戦に踏み切ることが急務であった。

軍令部では、ただちにサイパン奪回の具体案の研究に入った。しかし、全艦艇のなぐり込みを策しても、サイパンまでの二千三百キロの海上を、敵に発見されずに進撃することは不可能である。

サイパン到着までの上陸掩護と、兵力を逆上陸させるには約十日間の制空権の確保が必要だ。それには戦闘機だけでも毎日、少なくとも一千機の出動を必要とする計算である。それだけの飛行機は、陸海軍の総力をあげてもそろえることはできない。

それでも軍令部は、可能なかぎりの兵力を集めて奪回作戦を立案してみたが、弱いところだらけで確信はまったくもてなかった。それに陸軍も、連合艦隊も、戦力に自信がないことを伝えて、奪回作戦には否定的な意見を唱えてきた。

そうした中で神大佐は、当時、横須賀で機銃の増設工事をすすめていた戦艦「山城」に目をつけ、軍令部の第一部長の中沢佑《たすく》少将のところへ懇願にいった。

「部長、私を『山城』の艦長にしてください。私は『山城』を指揮してサイパンに乗りこみ、海上から陸戦を助けて米軍を撃破してみせます」

熱血漢らしい要請である。冷静な中沢は、

「神君、無茶なことを言うな、制空、制海権を失ったいま、『山城』が行けると思うか? かりにサイパンにのしあげても、被害をうけて電気系統が動かなければ主砲は撃てないじゃないか」

と言って拒否した。神は中沢部長の顔をにらみつけていたが、しぶしぶ引き退った。しかし、あきらめたわけではなかった。神はその足で岡田啓介大将を訪ねて自説を主張し、大将から軍令部に進言してほしいと頼んだ。

「サイパンをとられてはおしまいです。海軍がいつまでも『大和』『武蔵』のような大艦を保有していてもしようがありません。両艦を出動させ、サイパンに近接するまで護衛の傘をかぶせ、形勢の転換をはかるべきです。やむを得なければ、両艦を浅瀬に乗りあげて砲台がわりにして、ものすごい威力のある主砲を撃ちこむべきです。いまサイパンを守りとおせれば、少なくとも六ヵ月はゆとりが出ますから、その間にあとの作戦を練ることができます」

岡田大将はこの話を軍令部に取り次いだが、結局、にぎりつぶされてしまった。

サイパン奪回の方策は、陸海軍でさらに検討がつづけられたが成算なしと判断され、六月二十四日、東條参謀総長と嶋田軍令部総長の二人は宮中に参内し、サイパン奪回作戦の中止を奏上した。

天皇は両総長の奏上を承認せず、元帥会議を招集してこの問題を検討した。きわめて異例のことで天皇の立腹といえよう。しかし、元帥会議では両総長の奏上が承認され、ついにサイパンは放棄された。

神の奪回論は潰れたが、異常なほどの強硬論の裏には、嶋田総長の追い出しが画策されていたとみてよい。

サイパン奪回論は正論である。しかし、海軍は絶対に実行できない。実行できないことを声高に要求することで嶋田を追いつめる。奪回作戦が中止になれば、当然、両総長の責任が問われることになる。神はそこに突破口を見出して、テロ計画とともに車の両輪として推進したのであった。

七月七日、援軍を断たれたサイパンの陸上部隊は玉砕した。サイパン陥落は各方面に大きな衝撃をあたえ、東條の責任を問う声が起こりはじめた。

倒閣を企図していた岡田大将は、次期海軍首脳に米内光政海相、末次信正軍令部総長の案を立てて伏見宮や木戸内大臣に働きかけたのである。和平への転換を望んでいた一部重臣と、反東條のおもわくを抱く政財界上層部では、急速にこの気運に乗って同調する意見を唱えだした。

木戸内大臣も海相の交代を決意し、東條に内閣改造と陸海両総長を分離して従来の統帥権を確立することを強く迫った。これに対して東條はしぶしぶ一部の内閣改造を決意し、海軍大臣に野村直邦大将を据え、嶋田は軍令部総長専任ということになった。

東條打倒の突破口が開かれたところで、打倒派は一気に押しまくった。重臣たちは一致して、この重大な時局を乗り切るためには、内閣の一部だけ改造しても何の効果もない、といって大幅な改造を要求した。

改造案のなかには、反東條が明白な人物がはいっていた。ここにいたって東條は七月十八日、ついに政権を投げ出し、総辞職したのである。

こうして神は〝蟻の一穴〟をつくることで東條内閣を崩壊に導いたわけだが、それは綿密な重臣たちへの根回しと、「あ」号作戦という戦機を微妙にからみ合わせた神の戦略の勝利であった。

とはいえ、神が主張した全艦艇の突入作戦は、けっして偶然の思いつきや無責任な意見ではなかった。神は、まもなく連合艦隊司令部の作戦参謀として転任して、栗田艦隊のレイテ湾突入を計画し、ついで「大和」の沖縄特攻出撃など、自らの主張を実現してゆくのである。

「大和」特攻は滅びの美

栗田艦隊のレイテ湾突入を主作戦とした比島沖海戦が終わったとき、軍令部では、

「今後、味方航空兵力がいちじるしく劣勢な場合は、局地の攻防戦に戦艦、巡洋艦を参加させることはつつしむべきである」

という方針を定めて連合艦隊司令部に伝えた。これに対して神は強く反発した。

「たとえわが航空兵力が劣勢であっても、艦隊をもって敵の上陸泊地に突入することができぬことはない」

これに対して軍令部一課長の山本親雄少将が反問した。

「過去の実績は、そのような意見をぜんぶ否定しているではないか」

「いや、それは実施者に勇気が足らなかったためである。断じて行なえば鬼神もこれを避く、決行の勇気さえあれば戦艦はまだまだ使える」

と言ってゆずらなかった。

二十年四月一日、米軍は沖縄に上陸してきた。これに対し連合艦隊は、四月六日から航空総攻撃をかけることにした。この攻撃作戦の中には体当たりの神風特別攻撃隊の参加も含まれていた。

これにともなって、水上部隊も突入すべきであるとの意見を神参謀が唱え出した。まず神は、連合艦隊司令長官豊田副武大将を説得した。

「急迫したこの戦局に、まだ働けるものを使わずに残しておいて、現地の将兵を見殺しにするということは忍び得ないことである。水上部隊の出撃に確たる成算はないが、多少でも成功の算があれば、できることは何でもしなければなるまい」

との主張で、「大和」以下第二艦隊の特攻出撃を求めたのであった。「大和」を沖縄の陸岸に乗り上げて、四十六センチ巨砲で来攻する敵艦を射ちまくり、上陸米軍を破砕しようという計画であった。まさにサイパン奪回作戦の「山城」の用法と同じ発想であった。

豊田は、成功の算は五十パーセントもないだろう、うまくいったら奇蹟だと判断しつつも、連合艦隊と日本海軍の栄光のために出撃を決断したのであった。

「大和」に制空権のない洋上を進撃させるのは、奇蹟でも起きないかぎり突破できるものではない。当然、第二艦隊司令長官伊藤整一中将は反対した。しかし、

「一億総特攻の先駆けになってほしい」

との草鹿龍之介参謀長の一言に、やっと伊藤は了承した。

四月六日、「大和」は軽巡一、駆逐艦八とともに出撃した。しかし翌七日、米機動部隊の艦上機に反復攻撃されて、「大和」は坊の岬沖に沈没した。こう見てくると、神が「大和」に求めたものは、日本の古典的な「滅びの美」であったのかもしれない。

終戦になって一ヵ月後の九月十四日、神は指揮下の部隊へ連絡のため、部下四名とともに

北海道に飛んだ。そして翌十五日、乗機は千歳飛行場を離陸して帰途についた。ところが、青森県の三沢沖付近でエンジンが故障し、機は海上に不時着水した。海岸が近いこともあって、搭乗者たちは一団となって泳ぎだした。意外に波が荒く泳ぐのも困難だったが、まもなく米軍の駆逐艦が駆けつけて五名の同乗者は救助された。しかし、神だけはいなかった。自ら沖に向かって泳いでいって沈んだのか、不測の事故で海没したのかはいまだに不明である。四十五歳の生涯であった。

高木惣吉少将
——内閣を覆した反骨幕僚

噴出した海軍部内の不満

高木惣吉少将は兵学校四十三期（大正四年十二月十六日卒業）、海軍大学二十五期を優等で卒業した海軍部内きっての知性派である。とりわけ冷静かつ理知的な士官として知られていた。

戦時中は第一線の戦闘配置についたことはなく、もっぱら中央にあって活躍していた。舞鶴鎮守府参謀長から軍令部出仕となって十八年九月下旬に中央にもどってからは、東條内閣打倒を策してひそかに活動、ついに東條を追い込んで目的を達した隠れたる闘士である。

高木少将が中央にもどってきたときは、すでにガダルカナル戦は敗退し、山本五十六は戦死して古賀峯一が連合艦隊司令長官になっていた。

古賀は、これまでの積極的攻勢作戦をとっていた山本式戦策から一転し、現戦線を保持する守勢作戦に方針を転換した。

ソロモン方面での大消耗戦に、海軍の軍戦備が息切れして、これ以上攻勢をつづけられないというのが作戦方針転換の本音の理由であった。

守りに入った日本軍に対して、米軍は十八年十一月、中部太平洋方面に大機動部隊を投入して反攻してきた。

まずギルバート諸島のマキン、タラワが奪回された。ついで翌十九年二月にはマーシャル諸島のルオット、クエゼリンの守備隊が玉砕して両島は奪取された。

日本の真珠湾といわれたトラックももはや安全ではなくなった。連合艦隊の主力はパラオに後退し、今後の決戦海域をマリアナおよび西カロリンの線に設定して、これを絶対国防圏と称し最後の防衛線とした。

そうした激動の中で高木少将が見た海軍首脳部の戦争指導は、つねにドロ縄式で、無為無策であった。ことに〝東條幕府〟と陰口されるほど、東條の専横ぶりは見かねるものがあり、それに唯々諾々としたがう嶋田繁太郎海相の無能さには憤激を覚えるばかりであった。

十九年二月、急迫した戦局を前にして、陸軍と海軍とが航空機の資材の配分をめぐって激しい争いを起こした。当時の鋼材などの枠からみて、年間生産量はどう見積もっても最大限四万三千機が限界であった。（同年度の米国の生産量は約九万六千機）

この少ない航空機のとりあいで、二月十日に陸軍から東條陸相、杉山参謀総長、海軍から嶋田海相、永野軍令部総長の四首脳があつまって談合を開いた。その結果、陸軍は二万七千百二十機、海軍は二万五千百三十機ということに決定した。この配分協定は明らかに水増しの机上計画で、実現不能の数字である。何のための首脳協議なのか、不信を招くばかりであった。

それでなくても海軍部内ではこの決定に憤激した。

「これからの決戦正面で戦うのは海軍機である。それなのにロクに海上も飛べず、輸送船の攻撃もできない陸軍機に、なけなしの資材を半分以上もとられるとは何事か。戦争遂行の目的はそっちのけで、陸軍優位の資材強奪劇を演ずるとはもってのほかである。東條の言いなりになっている政治力欠除の海相と軍令部総長では頼りにならん。これでは連合艦隊が命運を賭して決戦にのぞんでも、米艦隊を撃攘することはおぼつかない」

との声が噴き出した。首脳部への不信と、戦局への絶望感が強まる一方であった。

この情況に接して高木少将は、無気力な大臣と総長を更迭して海軍を立て直さねばならないと考えた。

高木は二月十五日、重臣の一人である岡田啓介大将を淀橋角筈の私邸にたずねると、東條、嶋田では、この難局を救うことはとても不可能と思うと、航空資材の配分のしかたを例にあげて訴えるとともに、このさい米内光政大将を現役に復帰して擁立すべきであると唱えた。

「米内大将の現役復帰はおおいに賛成だが、その前提として嶋田を支持しておられる伏見宮を説得する必要があるね」

と岡田は根回しの要点を指摘した。高木の意見を熱心に聞いた岡田は、これ以後、東條と激しく対決することになり、打倒東條に向けて活動するのである。

高木の暗躍がはじまって間もない二月二十一日、その機先を制するかのように、東條と嶋田が、永野、杉山の両総長を追い出し、二人で大臣と総長をそれぞれ兼任するという意表を衝いた行動に出たのである。

政戦略の一致をはかるため、国務と統帥の統合調和が必要であるというのがその理由であった。

海軍部内では、航空戦備は期待はずれとなり、東條の腰ぎんちゃくとなった最低の海軍大臣が総長兼任では、何をか言わんやとばかりみんな口を閉ざしてしまったが、高木はむしろ、暴挙にひとしい軍令軍政の独占こそ東條内閣の末期的症状だとみていた。

苦学力行の貧農の倅

高木惣吉は明治二十六年、熊本県人吉市に生まれた。父は四反歩（約千二百坪）ばかりの小作人で貧農であった。

小学校高等科を首席で卒業したが、中学校に進学することができない。当時の熊本は、ハワイ移民が盛んであった。そこで高木少年もハワイか、アメリカ本土に渡り、皿洗いでもしながら運命を開拓してみようと考えた。

そのころ、建設中の肥薩線鉄道工事事務所の事務見習いとなった高木少年は、日給二十五銭で学費をかせぎ、尾崎行雄を会長とした通信教育の講座を受講した。成績が抜群ならアメリカに留学させるというふれこみが魅力だったのである。

刻苦勉励すること三年、ようやく規定の成績を収めた。あとは東京で最終審査にパスしたら渡米できるというので、希望に胸ふくらませて上京してみると、留学させるとは真っ赤なウソで、インチキ宣伝であった。

路頭にまよった高木少年はさんざんな目にあいながら、神田の製本屋の裁断工に雇ってもらったりしているうち、日本力行会の紹介で帝大教授で東京天文台長の寺尾寿博士の玄関番として住みこむことになった。

書生をしながら東京理科大学の前身である物理学校の夜間部に通った。やはり夢はアメリカ渡航であった。しかし、父親が重病となり母を一人残して海外へ行くこともならず、そこで海軍兵学校を志願することにしたのであった。

このような苦学力行の人であり、通信教育で資格を得て兵学校を受験しただけに、その反骨ぶりはクラスでも名高く、海軍士官となってからも剛直なほどであった。気にくわない上官が怒り出すと、ソッポを向いて聞こえないふりをしたものだった。

大正九年、中尉のとき、肝臓と腎臓を悪くして体調をくずしたとき、てっきり進路をまちがえたと考え込んでしまった。人生を出なおすとすれば、二十七歳のいまが思い切りをつける最後の時機ではないかと、海軍をやめることを真剣に考えた。

しかし、せっかく海軍士官になったと喜んでいる母のことを思うと決心がつきかねた。迷

いに迷ったすえに、当時日本一と評判された観相の大家をたずねた。彼の訴えを聞いて穴のあくほど顔をにらんでいた大家は、

「イカン、君はそれが欠点だ！　人生に波も風もない一生なんてあるもんじゃない。冬の次に春がくる、夜明け前は一番暗いぞ。バカなことを考えないで帰ったほうがいい！」

射るような眼光で、司令官のような威厳をもって叱りつけた。度胆を抜かれた高木はすごすご帰るしかなかった。

しかし後年、高木少将が海軍のため、日本のために果たした役割を考えると、この叱声はまさに運命の一喝であった。

嶋田海相の更迭をはかる

十九年二月二十六日、高木少将は人事局長から、海軍省教育局長の内示をうけた。三月一日に着任する。友人の一人が高木に手紙を送って曰く、

「局長の辞令は、行動封じにあらざるや。部内の骨抜き運動に警戒を要すべし」

これより前、高木は、海軍大学の教頭に内定していたのである。比較的自由に行動ができる教頭の予定を変更したのは、とかく動き回っている高木を、海軍省内に縛りつけておこうという東條の要望があったようである。高木はただちに返事を送った。

「御明察どおりにして、座敷牢の突破策につき愚案を重ねおり候、呵々」

ところが教育局には、高木にとって大きな味方となる人物がいた。神重徳大佐である。か

の第一次ソロモン海戦で、三川艦隊を大勝利に導いた先任参謀である。高木と同じ九州の出身で、海軍大学三十一期を首席で卒業した俊英である。

二人はたちまち意気投合した。高木の嶋田更迭論には神は共鳴した。しかし、神はさらに一歩すすめて、東條内閣そのものを倒し、真に戦争を完遂できる強力内閣をつくろうと考えたのである。

高木の考えはあくまで嶋田を更迭するのが目標であり、それは海軍自身の問題であると考えていた。かりに嶋田更迭が引き金となって東條内閣が崩壊するなら、それは内閣の問題であって海軍のあずかり知らぬことであると判断していた。

嶋田を辞任に追い込むには、伏見宮博恭王を説得しなければならないが、それは岡田大将にやってもらうしかない。そして嶋田の後任には、横須賀鎮守府長官の豊田副武大将が適任と見込んでいた。この線で高木は同志とともに隠密裏に活動していた。

ところが、ここに予期せぬ大事件が起こったのである。三月三十一日、古賀長官がパラオからダバオに向かって飛んだところ、台風に遭遇して飛行機は遭難、行方不明となって長官は殉職したものと判定された。

これに対して嶋田海相は、後任の連合艦隊長官に豊田大将を指名し、古賀長官殉職の報が海軍部内でもまだ極秘にされているうちにテキパキと取り決めてしまったのである。

高木が古賀長官の悲報を探知したときは、すでに豊田の長官就任が決定しており、高木が描いていた豊田海相の構図があっけなく崩壊してしまった。

アプローチした重臣たちは、伏見宮、高松宮、近衛文磨、木戸幸一内大臣、岡田大将らであったが、これら重臣たちはほとんど動きが目立たず効果は皆無であった。高木はしだいに、皇族や政治力を頼りにしていては、何も解決することができないのではないかと考えるようになった。神大佐は、

「東條、嶋田があくまで政権を離さないばあい、最後の決め手があるのか？」

と問いつめてきた。最後の手段として、テロもまたやむを得ないのではないかというのである。ついに高木は、

「私のなっとくできる確実な具体的方法を研究してみよ」

と、神にテロ方策を命じたのである。

岡田大将との連携プレー

六月に入ると、米軍はマリアナに進攻を開始し、十五日にはついにサイパンに上陸してきた。連合艦隊は「あ」号作戦を発動し、機動部隊はサイパン沖に出撃して決戦を求めたが、結果は日本側の敗北に終わった。

サイパン奪回作戦が叫ばれ、その方法が研究されたが、軍令部に熱意が足らず、陸軍は尻ごみして消極的であった。

六月二十四日、高木は岡田大将をたずねて海軍部内の空気が悪化している現状を述べ、はっきりとこう明言した。

「このままで推移したら、先輩のかたがたの目から、遺憾千万といわれる事態も起こりかねませんが、それはお許し願いたいのです」

テロ決行の事前通告である。さすがに岡田はあわてて軽挙を戒めたが、

「やむを得ず何かやるときは、かならず私に連絡するように」

と、炯々たる眼光でにらみつけながらくり返し言った。

当時、憲兵の尾行や監視、電話の盗聴などが重臣たちにも行なわれ、高木少将もつとににらまれて監視されていた。

六月二十七日、高木は次官の沢本頼雄中将から本省に呼び出された。ついにテロ計画が発覚したかと、覚悟をきめて次官室に入っていった。すると次官は、猫なで声で世間話をしばらくつづけたあと、

「最近、岡田大将のところに、教育局の少将がよく出入りするとの話を聞くが、少将といえば君のほかないが……」

と、やっと本題にふれてきた。

高木は持ち前の反骨ぶりを発揮して、

「それは最近に限りません。東京に勤務していたら始終、大将を訪ねています」

すると次官は、挑発しない用心深い態度で、

「政局に関していろいろ流言が飛ぶこのさいだから、君がもし岡田さんのところに行ってるのなら、李下《りか》の冠、瓜田《かでん》の履《くつ》ということもあるから往復せぬようにしたらいいと思う」

と、核心にふれてきた。

「ご注意、感謝します。しかし、お言葉が東條に好意的に行動しろという意味でしたら、ご注意に沿いかねます。私も海軍に身をおく以上、決して海軍に弓は引きませんが、東條内閣を支持する気には、ここでクビにされてもなれません」

「それはどういうわけかネ」

次官は意外そうに反問した。高木はこのさいとばかり、滔々と論じたてた。

「東條総理の努力なり、勉強ぶりは認めるにやぶさかではありませんが、今日天下の民心みな東條を離れ、努むればつとむるほど逆効果です。戦争指導に重点形成もできず、難問は妥協とゴマ化しで一つとして解決の緒につかぬことは実績の示すとおり、安価な人気とりで戦局は好転せず、諫言する者は軍民を問わず死地に追われています。このままでは東條は、皇室を背負って亡国の道行きの恐れがあり、世間では幕府政治と言っています。次官が私に注意されたのは、根拠あってのことと思いますから、大臣、次官にご迷惑がかかるのでしたら、どうぞ存分に処置していただきます」

と言い放った。沢本次官は苦虫をかみつぶしたような顔で口ごもりながら言った。

「そんなに神経質に考える必要はない、時局が時局だから注意するように」

このとき高木は気づかなかったが、この日、東條首相は岡田大将を首相官邸に呼んで詰問をしていたのである。

「海軍の若い者どもが、嶋田海相のことをかれこれ言うのはけしからぬことではありませんか。閣下は、それらの若い者を押さえてくださることこそ至当ではありませんか」

憲兵司令官のような言い方である。これに対して岡田は、

「海軍の若い者が、上司のことをかれこれ言ったら、それはけしからんことで、お言葉通りだが、しかし、嶋田ではいかんと考えたのは私である。いまの海軍の状況を見たり、聞いたりして、これではいかん、これは嶋田では収まらぬと考えたので、若い者には罪はない」

と軽くイナしてしまった。

ことのついでに岡田大将は、

「海軍大臣は代えたほうがよい。このままでは海軍は収まらないし、戦さもうまくいかないだろう。結局は東條内閣のためにもならないことだ」

と、はっきり言い切ったのであった。

もはや宣戦布告である。

岡田大将を総理官邸に呼び出したのと、高木教育局長を次官が呼びつけたのは同じ日の午後である。偶然の一致とは思えないことだった。

また一日前の二十六日、岡田大将の進言をいれてわざわざ熱海の別荘から上京してきた伏見宮は、嶋田に対して海相を辞任して軍令部総長一本にしぼるように勧告したが、嶋田はそれを断わったばかりでなく、

「ただいま、海軍の一角から倒閣運動が行なわれています。殿下が東京におられると、この策動の渦中に巻きこまれることになりますから、しばらく東京からお離れになったがよろし

いかと存じます」

と、脅迫まがいに言ってのけた。これを聞いた伏見宮は驚いて、ほうほうのていで熱海に帰っていったのである。

崩壊した東條内閣

一方、神大佐を中心としたグループによる東條暗殺計画は着々と準備が進んでいた。この海軍の手によるテロ計画は、記録がほとんどないので正確なことはわかっていない。わずかに高木が、往時を回想してつぎのように記述している。

「護衛をもたぬ個人ならばべつだが、ボディガードとか警備車をつけた総理や閣僚に対するテロ、それも一発で決めなければ繰り返しのつかぬテロは、口でいうほどかんたんではない。私怨を晴らす行為でないのに、寝こみを襲ったりして家族や、婦女子まで巻き添えにすることは許されない。

また機銃や、爆弾をもちだすことも不可能ではないが、保管責任者に無実の罪をきせることになる。結局、自動車事故プラス拳銃使用の方法が一番いいということになった。

時期は七月中旬、場所は三差路か四差路の交差点がつごうがよく、総理の行動予定（できれば帰路が、疲労その他で行列の連中は注意が散漫になる）に応じて選ぶ。現場から脱出できた者は、連合艦隊司令部の作戦参謀に転任した神大佐にたのみ、厚木から台湾かフィリピンに高飛びさせると、だいたいの腹案を定めた」（『自伝的日本海軍始末記』）

ところが七月七日、サイパンの陸海軍守備隊四万余は玉砕し、同島は敵手に陥ちた。東條は責任上、内閣改造で生き延びようとはかったが、天皇の拒否と重臣たちの反対にあい、七月十八日、ついに内閣を投げ出した。高木、神によるテロは、この二日後に予定されていたのである。結局、最後に重臣たちが立ち上がったのであった。

源田実中佐
——不死身の鳥人参謀

人選で成功したハワイ作戦

太平洋戦争の幕を衝撃的に切って落とした真珠湾奇襲攻撃は、連合艦隊の作戦のなかでも特筆すべき名作戦の一つである。

航空母艦を主力とする機動部隊をもって、日本から長駆ハワイへなぐり込みをかけるということは、世界の列強海軍でも夢想だにしなかった奇想天外な作戦であった。

およそ不可能と考えられていた渡洋攻撃をやってのけて、そのうえほとんど無傷で目的を達したことは、かの日露戦争の日本海海戦にも匹敵する華麗なる成功であった。

この大作戦の成功により、連合艦隊司令長官山本五十六大将は、天才的な海上作戦のリーダーとして英雄視されたものである。

ハワイ作戦は、山本長官の戦略的発想のなかから生まれたものではあるが、それを実行可能な戦術的作戦に構成していくのは幕僚の仕事である。

開戦を目前にして、多くの幕僚たちが死にもの狂いで作戦を練りあげていったが、なかでも攻撃の主役となる航空幕僚の苦心は並みたいていのものではなかった。

山本長官が、ハワイ攻撃の具体的な作戦プランの作成を、昭和十六年一月末ごろ大西瀧治郎少将と源田実中佐の二人に極秘裏に依頼していたことはあまりにも有名な話である。その後、源田が案出したプランをタタキ台にして煮つめられ、連合艦隊の正式作戦として実現段階にはいったとき、源田参謀がハタと困惑した重大問題があった。

それは、空母を集中使用するために、各空母から飛び上がった全飛行機隊を統一指揮する指揮官にだれを選ぶかという問題である。

一見、平凡な人事問題のようにみえるが、異なる機種、異なる攻撃法の各飛行機隊を空中で統轄する総指揮官には、よほどの人物をあてなければならない。

当時、編制されたばかりの第一航空艦隊というのは、第一航空戦隊の「加賀」「赤城」、第二航空戦隊の「蒼龍」「飛龍」の四隻の航空母艦を一堂に集めて、一つの編制の艦隊として誕生させたものである。

空母を何隻も集中した航空艦隊は、それまで世界のどこの海軍にもない、独創的な機動部隊であった。それだけに運用面において、これまでにないまったく新しい方法を開拓していかねばならなかった。

従来、航空母艦というものは、第一艦隊とか、第二艦隊とか、戦艦や巡洋艦を中心戦力とした水上部隊に一〜二隻ずつ付属させ、索敵攻撃を主な任務とするものであった。つまり、艦隊主力の目となり足となって、先制攻撃を行なう先兵的存在であった。

したがって母艦飛行機隊は、各航空戦隊ごとに独立した存在で、一航戦と二航戦との間には交流も協調もなく、指揮系統の異なる部隊だから協同訓練もなかった。

海軍では、空中にある飛行機隊は、その局面での最高指揮官の直接指揮下にはいることになっていた。母艦が単独行動をとっているときは艦長の指揮をうけ、戦隊編制のときは令なくして航空戦隊司令官の直接指揮下にはいった。

しかし、新たに創設された航空艦隊の場合では、空中部隊は戦隊司令官も艦長もすべて飛びこえて、航空艦隊司令長官の直接指揮下にはいることになっていた。

これを言いかえるなら、一航艦長官の命令をうけた全飛行機隊の統一指揮官が麾下の部隊を指揮し、この統一指揮官の命令をうけて各編隊群指揮官（戦闘機隊、爆撃隊、雷撃隊の隊長たち）、各編隊指揮官（中隊長、小隊長など）、そして各機などが、それぞれの指揮系統にしたがって行動するというものである。

命令系統が航空艦隊司令長官と攻撃隊指揮官との間で直接一本化されたことは、官僚的な軍隊システムの中ではラジカルな改革であった。

しかし、母艦の飛行機隊というものは、本来その母艦の直属の上司を中心に結束しているものである。自分の艦の飛行長や飛行隊長の言うことは聞いても、他艦の指揮官の指図はうけないという風潮があった。いわゆる〝赤城一家〟とか〝蒼龍一家〟といった家族的連帯意識が強く、いわば仲間うちの〝仁義〟といったものがはびこっていた。

ここに、源田の苦心があった。統一指揮官たるものは、各航空戦隊の飛行機隊指揮官との間に、円満な気脈が通じあっていなければならない。さらに、各飛行隊長から列機にいたる全搭乗員に対して、戦闘の意味、目的、行動などの兵術思想を、一貫して統一指導できる人物であること。また部下となるものは、何らの疑いも抱かず、全幅の信頼を置いて、どんな無理なことでも誠心誠意、ついて行くことができるという指揮官でなければならない。このような条件を満たしてくれる有能な人物はそういるものではない。

人選にあたって源田は、自分がハワイ作戦の起案者であり、なおかつ出撃すれば一航戦の航空参謀として戦術プランを練り、戦闘指導を行なう立場から、自分にとっても好都合の人物でなければならないと考えた。そこで源田は、さらにつぎの条件を加えた。

一、優れた統率者であると同時に、十分な戦術眼をもっていること。

二、できる限り偵察者であること。

三、自分と兵学校の同期生であること。

これらの条件のうち、一については説明を要しないだろう。二の偵察者とした理由は、操縦者では大編隊を見渡しながら指揮をとることは困難だからである。三の同期生としたのは、命令を出すものと受けるものとが、ツーといえばカーと響く緊密な間柄であることを望んだからであった。

こうして源田は同期生の偵察者のなかから、淵田美津雄中佐を選んだ。

淵田中佐は、源田より一年おくれて昭和十三年九月に海軍大学を卒業し、十四年十一月に一航戦の「赤城」の飛行隊長となった。このときの一航戦司令官は小沢治三郎少将で、淵田は小沢から貴重な薫陶を得た。十五年十一月の人事異動で第三航空戦隊の参謀として空母「龍驤」に着任、主力部隊の対空、対潜直衛が任務で、不遇をかこっていた。

その淵田を、源田は海軍省人事局にかけあい、十六年八月に「赤城」の飛行隊長に転補させた。定期異動外の異例の異動であった。いわば源田が、無理やり引き抜いた人事であった。だが、この人事は大成功であった。

真珠湾攻撃隊の総指揮官として、第一次攻撃隊百八十三機の大編隊を率いて突入した手腕は、まさにみごとなものであった。

ハワイ作戦成功の裏には、知られざる源田の苦心の人員配置があったのである。

熱狂ゲンの研究

源田は明治三十七年八月十六日、広島県加計《かけ》町に生まれた。彼が広島一中から海軍兵学校に進んだのは大正十年八月、満十七歳のときである。

源田の兄弟たちはみな優秀で、高等学校から帝国大学へのコースをたどっているのに、彼だけは帝大へのコースを選ばなかった。

生来、天邪鬼なところがあり、自我の強い性格であったせいもあろうが、ちょうどこのころ脚光を浴びだした飛行機へのあこがれが強く、海軍のパイロットになることが夢でもあったからである。

源田の長兄の源田松三は、大蔵官僚の出身だが、弟の実と性格が似たところがある。彼は大蔵省から満州国政府に移って、総務庁の次長、奉天省次長などの要職を歴任したが、戦後はモロゾフ酒造の社長となり、引退後は郷里の加計町にもどり町長に推された。

町長になった松三は、折りから地方公務員の高給が問題になったところから、率先して加計町役場の職員の給与を引き下げてしまった。これが大問題となって松三は自治労と対決することになったが、断固としてゆずらず、老町長の気骨を天下に示して喝采を博したものであった。

弟の源田実も、戦後、みごとに参議院議員に当選しつづけたが、源田兄弟はこうした華麗なスター性を共通してもっており、これは天性の素質といってよいだろう。

兵学校は第五十二期で、同期生は二百三十六名である。この中に学習院中等科から入校した高松宮宣仁《のぶひと》親王がいた。

大正十三年七月、兵学校を卒業して四年後の昭和三年に、霞ヶ浦の練習航空隊飛行学生を拝命した。それも第一志望の戦闘機専修である。彼はこのときほど嬉しかったことはなかったと述懐している。

源田は、視力には抜群の自信があったが、運動神経のほうは兄弟のなかでも一番鈍いほうだと自任していた。それだけに戦闘機搭乗員としての適性にきわめて悲観的な観測をしていたのである。

操縦訓練をつづけていくうちに、源田は自分が決して天才型パイロットではないことを自覚した。同僚学生のなかには、飛行機乗りになるために生まれてきたような腕の冴えを見せる天才的なのがいたが、源田のほうは呑み込みは悪いし、単独飛行に移れるようになったのも遅いほうであった。そこで源田は、一に精進、二に節制を守って、地道にコツコツと操縦技術を確実に身につけていくことにした。つまり努力型に徹したのである。

天才型の搭乗員は、とかく自分の腕を過信しているところがあり、腕にまかせて無茶な操縦をしがちである。そのために事故を招く確率が大きくなる。しかし、努力型の源田は無謀なことはやらないから、事故らしい事故にあうことがなかった。

結局、一年間の基礎教育を終えた源田は、首席で飛行学生を卒業した。

昭和五年二月、源田は空母「赤城」の乗組を命ぜられた。これは異例の処置である。基礎教育を終えた飛行学生は、各基地航空部隊に数ヵ月ずつ順番に配属されて、一つずつ高度な戦技訓練を積んで一人前に育てられるというコースがあった。

ことに航空母艦勤務は、飛行甲板からの発進や着艦がもっとも難しいので、あらかじめ陸上訓練を終えた優秀者のみを選抜して母艦に乗せていた。

ところが、源田のときからテストケースとして、いっさいの陸上訓練を飛びこえて、いきなり母艦に乗せて水上訓練を行なうことにしたのであった。これがうまくいけば、搭乗員養成の速成法として定着させようというわけである。

「赤城」で、八ヵ月間の訓練を行なってまずまずの成果をあげた源田中尉は、このあと軽空母「龍驤」に移乗してさらに各種の戦技をみがき、翌六年末には古巣の霞ヶ浦航空隊に移って教官となった。

ついで昭和七年末、海軍航空隊の総本山ともいうべき横須賀航空隊に教官として着任する。このとき大尉に進級。

横須賀航空隊での三年間の源田は、魚が水を得たようにさまざまな活躍をした。戦闘機の格闘戦技術、つまり空中戦の技術開発だけにとどまらず、戦闘機が爆弾を抱いて急降下爆撃するという新戦法まで編み出したのである。

急降下爆撃機という機種がなかった当時としては、これは驚異的な着想であった。源田大尉の破天荒な研究開発を見て、周囲のものは「熱狂ゲン」と呼んだほどである。しかし、源田のこの試みがキッカケとなって急降下爆撃機の研究が行なわれ、昭和九年に日本海軍にとって最初の急降下爆撃機「九四式艦爆」(複葉機)が製造された。

同機は改良されて十一年に「九六式艦爆」に発達したが、十四年に初めて低翼単葉の傑作機「九九式艦爆」が出現した。これをもって太平洋戦争に突入し、戦争初期には大活躍をした。

しかし、戦争末期には時代おくれの旧式機となり、同機の低速では攻撃もできず、ついに零戦に爆弾を装着した戦闘爆撃機が考案されたのである。

源田が最初に着想した戦法が、改めて復活したことになる。しかし、これもやがて戦局の要求から、体当たりの特攻用法に発展していった。戦術の邪道である。

源田の名が一躍有名になったのは「源田サーカス」である。これは満州事変後の軍国的気運から、一般国民の献金によって作られた飛行機の献納式があるたびに、海軍航空隊のPRをかねたサービスとして、戦闘機の三機編隊によるアクロバット飛行を行ない、観衆をおおいに沸かせたものである。いくつかの編隊が交代で出場していたが、源田編隊の出番が多く、新聞が「源田サーカス」と書き立てたのがはじまりだった。

このとき使用されていた飛行機は、昭和七年に制式となった「九〇式艦上戦闘機」で、複葉機だがすぐれた機体である。「源田サーカス」の飛行機ということでかえって有名になり、「報国」機としてもっぱら献納の対象となった。

苦悩の航空母艦配備

昭和十年当時、横須賀航空隊では、教頭の大西瀧治郎大佐の主宰でたびたび兵術研究が行なわれていた。

その主要研究項目の中に、母艦の運用方法として集中配備をとるのがよいか、分散配備をとるのがよいか、いずれをとるべきかという問題があった。この問題は、日米開戦がさし迫るころまで源田を悩ませるテーマになったのである。

兵術家をもって自任する海軍大学校出の教官たちは、「兵力は集中して使用しなければ効果があがらない。集中配備で、先制攻撃をやらなければならない」

と主張した。これに対して大西は、

「お前たちは原則ばかり盾にとるが、もっと考えを広くしたらどうだ！　航空などというものはヤネ、先制のほうが集中よりはるかに重要なのだ」

と、飛行機の運用法から分散配備のほうが機動性が高いと判定していた。

当時、昭和九、十年ごろまでの連合艦隊では、わずかに二隻の航空母艦が配備されていただけだから、実際に母艦を集中したり分散したりしてためすことができなかった。したがってこの種の研究は主として図上で行なうしかない。

源田は昭和十年十一月に海軍大学校の甲種学生として勤務したが、ここでも母艦配備の図上演習をくり返し行なった。そのときの結論は、分散配備のほうがよいとの意見が圧倒的であった。

この図上演習は、米国を仮想敵として行なわれたものだが、軍縮条約によって米日の戦力比が十対六であるのをそのまま用いての研究である。このときの研究成果から源田は、つぎのように悲観的な判定を述べている。

「図上演習において、日本軍が敵母艦の先制攻撃を企図して、母艦の分散配備をとれば、アメリカ軍のほうも同じく分散する。そうすると演習の勝敗については、やはり十対六の比率がそのままで作用するのである。だから分散配備をとったからといって、それで十対六の兵力差をひっくり返せるものではないのだが、これをやらなければ、比率はさらに悪くなって十対四とか、十対三とかになることを覚悟しなければならない」
ということで、航空母艦は分散配備をとるべきである、との判定がひろく行なわれ、その方針で一応決着したのだった。だがこの問題は、その後さらにくすぶりつづけることになるのである。

源田が海大に入った昭和十年ごろから、日本海軍では航空主兵論が華やかに主張されるようになった。海大でも当然、この問題の研究が行なわれた。

「対米作戦の遂行上、最良と思われる海軍軍備の方式に関して論述せよ」

という課題が学生たちに与えられた。源田はかなり過激な論旨を展開した。彼は、

「海軍軍備を再編制して、空母と最小限の補助兵力、および基地航空部隊で構成し、現有の戦艦はスクラップにするか、係留して桟橋の代用にせよ」

と書いた。当然のことながら教官は反発し、同僚学生は強烈に批判した。

「源田少佐は頭が少し変になったのではないか?」

との声も出た。さらに、同じ航空畑の中から、反感を買うようなことを源田は言い出した。航空主兵論の勢いがあまって、戦闘機無用論まで言ってのけたからである。

当時、航空本部長だった山本五十六少将の原案によって、洋上遠く魚雷と爆弾を抱いて飛ぶ双発長距離の陸上攻撃機の開発が進められ、その第一号機が十年七月に完成した。のちの「九六式陸攻」である。

岐阜の各務ヶ原で試験飛行が行なわれたが、このとき同機は高度千五百メートルで、最大

速力三百十四キロを出した。当時としては驚異的なスピードである。

このころ常用されていた九〇式戦闘機の速力が二百九十キロであるから、戦闘機の迎撃を振り切って敵艦隊を攻撃できると判定された。そうなれば掩護に随伴する戦闘機は不要ということになる。ちょうど太平洋戦争末期に日本本土に来襲したB－29爆撃機のようなものである。

戦闘機無用論は陸攻隊指揮官の強気の発言であったが、源田はこの主張を支持したのであった。このため批判の袋だたきにあうこととなった。

しかし間もなく源田は、戦闘機無用論は短見であったことを悟ることになる。十二年七月に日中戦争が勃発し、九六式陸攻は渡洋爆撃に出撃した。ところが、さして練度の高くない中国軍の戦闘機に迎撃され、予想以上の損害をこうむったのであった。やはり掩護の戦闘機は必要なのであった。源田はいさぎよく戦闘機無用論を撤回した。

日中戦争と零戦開発

昭和十二年七月二十八日、源田は海軍大学校第三十五期をトップで卒業した。同期の卒業者は総員三十名である。

海大の本来の卒業日は十一月末日だが、七月七日に北京郊外の蘆溝橋付近で日中両軍が衝突し、戦火が拡大するきざしがあったため急遽、くりあげ卒業となったのである。このことは、海軍に中堅将校が不足していたことを示すものといえよう。

卒業者のほとんどは各実施部隊の幕僚として配置されたが、源田も第二連合航空隊の参謀を命ぜられ、第一線の配置となった。二連空は第十二航空隊と第十三航空隊を基幹とする部隊で、司令部は九州の大村基地にあった。

八月七日、同部隊は満州の大連郊外にある周水子基地に移動した。ついで戦況の進展にともなって九月九日、上海の公太《クンダ》基地に進出し、同地で本格的な作戦を開始した。

当時、二連空の兵力は艦戦二十四機、艦爆三十機、艦攻十二機の合計六十六機で、ほとんどが二枚翼の複葉機である。戦闘機は九〇式と九五式で、近代的な低翼単葉機は、一年前に制式となった九六式艦戦がわずかに六機だけ配備されていた。

源田はこの兵力を駆使して、上海を包囲している中国軍への攻撃、および戦略要地である南京に対して制圧作戦を展開した。また、陸軍の杭州湾上陸作戦や、南京にほどちかい揚子江岸への上陸作戦などに協力し、上空直衛や敵陣地への航空攻撃など掩護作戦を実施して大きな成果をあげた。

約四ヵ月間の実戦を経験したところで、源田は内地に呼びもどされることになり、十二月三日付で横須賀航空隊の教官の辞令が交付された。

ところがちょうどこのころは、南京を陥落する寸前で手の抜けない情況だった。十二月十二日、二連空の艦攻隊が、南京から敗走する中国輸送船を攻撃しているとき、あやまって米砲艦の「パネー号」を撃沈した。

このパネー号誤爆事件は、一時的に日米関係を険悪化させたが、日本政府のすばやい陳謝と補償など、適切な対応が効を奏してコトなきを得たが、危ういところで源田は責任問題にまきこまれるところだった。

源田のこれまでの生涯を観察してみると、なんども生死にかかわるような事件や戦闘に遭遇するのだが、なぜかイザというときにするりと身をかわす運の強さがある。これもまた天性のものなのだろう。

源田が内地に帰ってみると、ちょうど次期戦闘機〝十二試艦上戦闘機〟(零戦)の研究がはじめられたところだった。この新戦闘機に対して海軍航空本部が三菱に提示した性能要求はきわめて苛酷なものであった。それは、

「掩護戦闘機として、敵の軽戦闘機より優秀な空戦性能を備え、かつ邀撃戦闘機として敵の攻撃機を捕捉撃滅しうるもの」

との要求である。これは難問である。

つまり、敵戦闘機との空中戦を主目的とする運動性を重視した軽戦闘機の性能を要求すると同時に、敵爆撃機に対して邀撃ができるように速力と上昇力を重視した重戦闘機の性能をあわせもたせること、というのである。この二つの性能は相互に矛盾するものであるうえに、さらに航続力六時間以上という要求が加わっていた。

主な要求性能はつぎのとおりである。

①最大速力＝高度四千メートルで二百七十ノット以上(時速五百キロ以上)。

②上昇力＝高度三千メートルまで三分三十秒以内。

③航続力＝落下増槽をつけて高度三千メートル、巡航速力で六時間以上。
④銃装＝二十ミリ二梃、七・七ミリ二梃。
これらの要求は、世界の戦闘機の水準を抜いた最高の性能であった。
十三年一月十七日のこと、次期戦闘機の計画要求書に対する官民合同研究会が、横須賀の海軍航空技術廠の会議室で開かれた。この研究会に、つい数日前、上海から帰ったばかりの源田少佐が出席した。

試作機の計画や実験などに関して、操縦将校の発言は非常に重んじられるものである。源田の本国帰還の目的は、じつは次期戦闘機の開発のためだった。

席上、源田は上海・南京方面の戦線で、飛行機隊の集団使用や、それまで主として防御用と見られていた戦闘機を、積極的に遠距離に進出させて新境地を開拓した経験などを説明し、航空本部が求めている、より高い性能を次期戦闘機に要求した。

実戦の体験から語る源田の論旨は、確固たる見識をそなえたもので、聞くものに感銘を与えるものではあったが、集まった技術者たちは当時の技術水準からみて、どんなに努力しても、①速力、②航続力、③格闘性能の三つの要素を同時に満足させることは不可能だろうと考えるのであった。

軽戦闘機か、重戦闘機か

堀越二郎技師を主任とする三菱の設計班は、要求された難問と取り組んだすえ、四月十三日にこれまでの研究成果を説明する会議を開いた。

ここで堀越技師は、性能を平均的に要求に近づけようとすると、速力が要求性能より落ちることになり、格闘性能は九六式艦戦より劣ることになるとの設計事情を説明したうえで、

「航続力、速力、格闘力の三性能の重要順序につき、いかに考えておられるか、おうかがい致したい」

と質《ただ》し、三要素に優先順位をつけてもらったほうが設計しやすいことを述べた。三要素が互いに矛盾しあうことは専門家たちにも常識であったので、もっともな要求であるとされた。

これに対し源田は、中国戦線の経験に照らして、

「戦闘機、とくに艦上戦闘機は、対戦闘機格闘戦性能を第一義とし、これを確保するために、速力、航続力を多少犠牲にするのも止むをえない」

と主張し、空中戦のドッグファイトに、より強力な戦闘機を求めたのであった。

その裏には、当時の中国空軍は、ソ連を主として米英からも補給をうけており、とくに米陸軍の最新鋭機である、低翼単葉全金属製のセバスキーP‐35が現われてきた事情があった。この戦闘機は最大速力四百五十三キロで七・七ミリ、十二・七ミリの機銃を各一梃もっており、日本海軍のどの戦闘機よりも強力であった。

つまり源田の発言は、中国上空で日本軍は米・英・ソの飛行機と戦わねばならず、これらをしのぐ優秀機を必要とする現実論から出たものであった。

これに反して、航空廠飛行実験部の主務者で、源田と兵学校同期の柴田武雄少佐が反対論

を唱えた。

「中国戦線の戦訓が示すとおり、敵の戦闘機によるわが攻撃機の被害は予想外に多い。したがってどうしても戦闘機でこれを掩護する必要がある。そのためには大なる航続力と、高速力をあわせもつ戦闘機がいる。また逃げる敵機を捕捉するためには、一ノットでも速いほうがよい。格闘性能の不足は操縦技量でおぎなえばよいと思う。

私をしてその指揮官とするならば、わが海軍操縦者の技量を、かならずこのような要求に応ずるまでに訓練することができるであろうことを確信する。いくら攻撃精神が旺盛でも、技量が優秀でも、各飛行機に定められた最高速力以上を出すことはできない。よって、航空廠の主務者としては、速力、航続力を格闘性能より重く見ることを主張する」

真っこうから源田の主張をはねつけたのであった。

源田の主張は、単機で戦闘するドッグファイト中心のもので、格闘性能を重視する「軽戦闘機」である。一方、柴田の主張は編隊戦闘中心で、高速力で一撃離脱戦法をとる速度重視の「重戦闘機」である。

軽戦闘機をとるか、重戦闘機をとるかの論争となったわけだが、この問題は源田と柴田の対立だけではなく世界的な議論になっていたもので、まだ決着のついていない問題であった。

重戦闘機を主張する柴田は、昭和九年ごろは格闘性能の重視論者であった。そのころ堀越技師が、まだ世界で実用戦闘機に採用されていない、支柱のない低翼単葉機の「七試艦戦」を試作したが、これは失敗作であった。そのとき横空のパイロットだった柴田（当時大尉）

は、

「戦闘機は、格闘力を重んじなければならない。ところが、単葉機、とくに低翼単葉機は複葉機におよばないのではないだろうか。これからの新しい戦闘機は、複葉機を近代化して速度向上をはかるほうが得策ではないのか」

と言って低翼単葉の将来に疑問を投じ、複葉機がよいと主張した。

ところが昭和十年の秋、堀越技師は性能面や技術面など、あらゆる点でそれまでの戦闘機を大きくひきはなした低翼単葉の九六式艦戦を完成した。同機の試験立ち会いのために横須賀航空隊に出向いた堀越は、ここでふたたび柴田に会った。柴田はていねいに一礼すると、

「前に私は、自分の短見からあなたに大変失礼なことを申し、自分の無知を暴露してしまいました。私は、このような立派な戦闘機をつくってくれたあなたに感謝するとともに、あの言葉を思い出して、ぜひおわびをしたいと思っていました」

と率直に言って不明を詫びたというエピソードが残っている。

柴田は私心のない誠実な男で、率直かつ研究熱心な名パイロットであった。終始一貫、第一線の飛行機隊でたたきあげてきた人で、優れた着眼と豊富な体験から、源田とはまた違った意味で異彩を放っていた。

その柴田が重戦闘機主義に宗旨がえをしたのは、今後の航空機の急速な発展を見越した先見性によるものであった。

それに軽戦闘機主義をとると、搭乗員養成に名人芸的な操縦術が要求される。したがって

精鋭ぞろいにはなるが、養成に時間がかかるという欠点がある。しかし、一撃離脱の重戦闘機では、高度なテクニックを使う機会が少ないので、搭乗員の急速大量養成が可能となる。

源田と柴田は激しく対立して、一歩も退かず、一片の妥協もしなかった。その論争の白熱ぶりを、会議に同席していた奥宮正武大尉はこう述べている。

「そこにはうぬぼれや、自己宣伝や、セクショナリズムの如きものは、微塵も見られなかった。ただあるものは、常に祖国の安全を念じて、その第一線を承るべき海軍航空、なかでも空中戦闘の主力となるべき戦闘機にその半生を捧げ、さらに将来を案ずる人々の至情のみであった。参会の人々は、官民を問わず、空に身を挺して来た人々の真剣な言葉を聞き、偽りのない姿を目のあたりに見て、等しく心を打たれたのであった」

両者の激論ぶりがうかがわれるが、ついに決着はつかなかった。

いずれにも言い分があったが、この相反する二つの意見を調整できる操縦畑の先輩がいなかったために、議論は衝突したままとなった。まさに〝両雄並び立たず〟といったところだが、日本海軍に外国の戦闘機の傾向や情報を正確につかんで、技術的にしっかりと説明できる技術者がいなかったことにも問題があった。

そこへ間もなく中国戦線の第十二航空隊から、戦闘機を主とする戦訓に基づいた所見が送られてきた。それによると、艦戦に対して航続力や重兵装に力を入れるよりも、軽快性こそが至上要求であるとしたもので、期せずして源田の主張を裏書きしたような意見であった。

この所見は航空本部を動かし、三菱の設計陣にも影響をあたえた。結局、源田と柴田の論争は、源田の主張に軍配があがった形となった。しかし、柴田が力説した航続力の延伸だけは実現した。

こうして源田の主張と柴田の卓見とが組み合わされて名機「零戦」が誕生、長大な航続力と優れた格闘性能で、太平洋戦争初期の大空を制覇したのであった。

だが、今日になってみると、航空戦となった太平洋戦争の経過からみて、柴田の主張した重戦闘機採用のほうが正解であったことがはっきりしている。

英・独空軍から得た戦訓

昭和十三年末、源田は駐英国大使館付武官補佐官としてロンドン派遣を拝命した。当時の日英関係はアメリカと同じできわめて悪く、いまさら出かけていっても空軍や海軍関係の視察など、ほとんどできるわけではない。源田は乗り気ではなかったが、命令とあればしかたがない。彼は十四年一月に日本を出発して三月初めに英国に着いた。

源田が英国でもっとも知りたかったことは、英空軍の実力であった。とくに戦闘機隊の空戦能力を見きわめておきたかった。

しかし、視察など許可されるわけがない。そこで情報員よろしく、飛行場のある郊外にドライブにいったり、ゴルフをしながら、空中戦闘訓練を仰ぎ見るのである。

戦闘機の動きを見ているだけで、源田にはその操縦者の腕前がどの程度のものか判断できた。そこから英空軍のレベルを類推することは危険なことだったが、源田は観察を積み重ねることによって見当をつけるしか方法がなかった。

そんな折り、ロンドンに着いて半年たったところで、九月一日、ドイツ軍がポーランドに進撃を開始した。これに応じて英・仏両国がドイツに宣戦を布告、ここに第二次世界大戦がはじまった。このことは源田にとって好都合なことであった。英国の戦闘機と、ドイツの戦闘機との空中戦闘の成果が、ニュースやその他の情報によってかなり正確に推定できた。

源田の判断によれば、当時の英国空軍の戦闘機隊の実力は、日本海軍の戦闘機隊よりそうとう低いものであり、ドイツ空軍の戦闘機隊は英国空軍よりさらにレベルが低いと結論づけていた。

源田が帰朝命令を受けて英国を去ったのは十五年九月で、ちょうどドイツ空軍によるロンドン大空襲がはじまったときである。彼は欧州戦争の一年間を直接見聞することで、航空戦に関する貴重な戦訓を得たのであった。そしてそれらは、日本が日米戦に突入したさいには、十分に役に立つ情報であった。

東京に帰った源田は、これらの貴重な戦訓をまとめて、軍令部と海軍省で報告した。そのなかで彼は、つぎの重要なポイントを指摘している。

一、ドイツ軍は圧倒的多数の航空機を利用しているので、今までのところ爆撃成果はあがっている。日本が中国で行なった航空撃滅戦のように、「荒ごなし」するとか、「網をかぶせる」とかいう性質のものとはおよそ違った爆撃法である。敵の航空基地を攻撃する場合、その基地の所在飛行機や格納庫のみならず、一切の施設を徹底的に破壊する性質のものである。極端な表現をもってすれば、格納庫の基礎をなすコンクリートおよびその上のボルト類まで爆撃破壊するのであって、かかる徹底した爆撃をうけた基地は、再建困難というほかはない。陸上戦闘に対する協力も徹底したもので、約百機程度の大編隊が、連続かつ間断なく充当せられ、砲兵隊の代用以上のものである。

（ここに述べているのは、いわゆる絨緞爆撃だが、大編隊群による爆撃がいかに効果があるかを源田は強調している）

二、私の見解をもってすれば、この航空戦で英国が悲鳴をあげることにはならないと思う。何となれば、圧倒的多数のドイツ空軍が充当せられているが、英国本土上空の空軍戦闘は、英軍に有利に展開している。両国戦闘機隊の力が制空権帰すうの鍵となるが、その実力は英国のほうが優れている。したがってドイツ空軍の英本土空襲は、中途で挫折するかもしれない。

三、英国の飛行機は防御がほどこしてないため、わずかの被弾で火災を起こしたり搭乗員を失ったりしているが、ドイツの飛行機は相当の防御が乗員ならびに燃料タンクにほどこしてある。このため、たとえ不利な戦闘の場合でも、ドイツの飛行機には強靱性がある。日本海軍もこの点に関して反省し、防御の問題を考慮すべきである。

同様に、航空母艦も甲板防御をすべきである。英国のアークロイヤル型は相当の水平装甲をほどこしてある。戦闘機や対空砲火によって母艦を防御することは当然であるが、航空攻撃に対しては百パーセント完全であることは不可能である。ところが、母艦はその性質上、一発飛行甲板に命中弾をくらえば、たちまちにして母艦の全戦闘力をマヒせしむるものである。したがって母艦の対空防御は、敵の飛行機に対するもののほかに、命中した爆弾や魚雷の効果を最小ならしむることが必要である。このため母艦の飛行甲板に、水平装甲をほどこすことを考慮すべきである。


以上の報告内容は、日本海軍にとって切実な問題ばかりである。ところが、源田のせっかくの報告も、当時、日独伊の三国同盟を締結した直後のことでもあり、高揚した日本人の感覚には合わない課題であった。

「飛行機に防御をほどこすくらいなら、性能を向上して攻撃力を増すべきであろう」

という意見が航空関係者から飛び出すほど源田の意見は冷淡視された。

この報告があってから日米開戦まで、たっぷりと一年間の余裕があった。その間にせめて飛行機の燃料タンクの防御や、母艦の被弾防御の研究を行なうべきであった。

その必要性が叫ばれだしたのは、ミッドウェー海戦で四空母を失ってからであり、燃料タンクにいたってはすでに資材がないために防御は不能となった。源田の卓見が、あらためて惜しまれるのである。

ミッドウェー作戦の疑問

真珠湾作戦を筆頭に、これにつづく南方作戦でのポートモレスビー空襲、インド洋作戦など、機動部隊が進出し実施した作戦はすべてヒットし、大成功であった。

そしてこれらの成功はとりもなおさず、航空攻撃の戦法戦術を演出した、源田の大手柄でもあった。

第一航空艦隊司令部での源田の発言権は高まった。彼が起案する戦策、戦術など、あらゆる献策はほぼそのまま採用され、実施にうつされた。それは源田自身が、

「長官や参謀長が適切にチェックしてくれる安心感があって、はじめて幕僚は自由奔放な策案も出せる。ところが、自分の案がすべてそのまま実行に移されるので、ときには空恐ろしい思いにとらわれた」

というほど、艦隊司令部は源田の発想に負っていた。それほど信頼され、頼りにされていたわけだが、口さがない連中は、「南雲艦隊ではなく源田艦隊だ」と呼んでいたものである。

インド洋作戦が終わって、源田は十七年四月十九日に、内海西部の柱島沖泊地にいた、戦艦「大和」をたずねた。連合艦隊司令部に、インド洋作戦に関する報告を行なうためである。

このとき源田は、ミッドウェー作戦の構想をはじめて聞かされたのである。そのさい源田は、つぎの三点について連合艦隊航空参謀の佐々木彰中佐に申し入れた。

㈠連合艦隊の作戦計画は、従来の戦艦主兵主義に沿うものであり、当面の戦略情勢から見れば、当を得たものではない。

㈡ポートモレスビー攻略作戦に派遣した第五航空戦隊（「翔鶴」「瑞鶴」）が帰ってきて、これがフルに使える時機までミッドウェー作戦を延期すべきである。

㈢四月以降の第二段作戦にはいる前に、飛行機搭乗員の大幅入れ替えが計画されているが、新搭乗員の練度向上、機動部隊への慣熟が終わるまで、少なくとも三ヵ月は延期すべきである。（源田実『海軍航空隊始末記』）

この見解は源田だけではなく、機動部隊トップ職員の南雲忠一長官、二航戦の山口多聞司令官、草鹿龍之介参謀長なども同意見であった。

これまで連戦連勝のベテラン兵力だからといって、安易に右から左に使うのではなく、機動部隊の編制にもこれまでの経験を活かして大改革を加え、威容を立てなおして敵機動部隊と正々堂々、決戦を求めるべきであろう。要地の攻略というのは、それからでもよいではないか、との意見である。

これは正論であり、戦後の今日、ふり返ってミッドウェー海戦を検証しても同じことが言える。しかし、当時の連合艦隊司令部、とくに山本五十六長官には、ここで威容を立てなおすなどと、のんきなことは言っておれなかったのである。

さしあたりミッドウェーを占領して東方海面を押さえておき、ついでフィジー、サモアを攻略して南太平洋にクサビを打ち込み、米豪を遮断し、最後にハワイを締め上げて、戦争の早期終結をはかろうとの計画だったからである。これはまことに遠大にして壮大な大作戦である。太平洋のすべてを、あとわずか半年たらずで制圧してしまおうというのだ。

それならば、なおさらのことではないかとばかり、その後の作戦会議などで山口司令官や源田参謀は、口角泡をとばして作戦の延期を提言した。

しかし、これは陸軍とも合意のうえで、すでに大本営でも決まったことであるとして、連合艦隊司令部には馬耳東風であった。

頑迷一徹、口出し無用とばかりの連合艦隊司令部の態度に、機動部隊司令部もとうとうあきらめざるを得なかった。この点について草鹿参謀長は、戦後、つぎのように自責の念を述べている。

「しかし、このあきらめたところに私の失策の第一歩があった。それは連合艦隊の計画がいかにまずくとも、いちど機動部隊が出陣すれば、それこそ鎧袖一触《がいしゅういっしょく》、なにほどのことかあるという、口には出さないが自惚《うぬぼれ》と驕慢《きょうまん》心があった」

草鹿は、このちょっとした驕慢心が、すべての原因の、そのまた原因をなしていると深く自責するのである。

不安定な作戦計画

連合艦隊司令部は、強引ともいえる論調でミッドウェー作戦の実施を押し進めた。

行動を起こす前に、この作戦の図上演習がおこなわれた。源田は、機動部隊に関する作戦計画の立案にあたった。

しかし、源田はどうにも自信のない計画案になってしまうことに、いらだちを覚えるのであった。その原因はいろいろあった。

まず第一に、五月八日に生起した珊瑚海海戦のために「翔鶴」「瑞鶴」の二空母を使用することができなくなったことである。この戦闘で「翔鶴」は大破し、「瑞鶴」は無傷ではあったが、搭乗員の大半を失って戦力を喪失していた。

これまで大きな作戦には、一航戦（「赤城」「加賀」）、二航戦（「蒼龍」「飛龍」）、五航戦（「翔鶴」「瑞鶴」）の三個航空戦隊を充当していた。したがって機数も豊富であり、索敵をするにしても、攻撃にしても、必要な兵力をさし向けることができた。ところが、今回はきわめて窮屈なものとなった。

第二に、主目的がミッドウェー島の攻略であるために、機動部隊が独自の都合で空襲の日時や目標を決めることができないことである。初めから行動に制約があった。

第三に、機動部隊の本来の使命は、全力をあげて敵の機動部隊と戦うことにある。ミッドウェー基地を空襲するということは二次的なものである。その二次の敵を第一目標として、主敵である敵機動部隊は、臨機応変の処置によって攻撃せよとの要望であった。これははなはだ不安定な作戦である。

飛行機隊の半数がミッドウェー空襲に出かけた後に、敵の機動部隊に発見され、横あいからなぐり込みをかけられた場合などを想像すると不安きわまりない。（事実は源田が抱いていた不安どおりの展開となった）

源田は作戦の立案にさいして、これらの不安をとりのぞく方法として、つぎの作戦行動を案出した。

機動部隊は、まずミッドウェー島の東北方海面（米国寄り）に出て、同島の東半円に対する索敵を行なう。東正面の洋上に敵機動部隊がいないことを確認したうえで、急速南西方に進撃し、ミッドウェーを空襲するという案である。

この案は慎重さを期するうえで当然のものであったが、それだけ遠方海域に進出するため、大幅な時間増となる。これは大きな難点で、出撃が決められている日時と、予定された攻撃日とから計算すると、東方海面へ進出する時間的余裕はまったくなかった。

結局、落ち着いたのが、ミッドウェーの西北（日本寄り）から予定の日に空襲を実施するという、きわめてありきたりな平凡な作戦になってしまった。

源田の作戦案は、連合艦隊司令部に承認された。しかし源田本人は、自信が持てなかった。といって、自分が立案しておきながら、

「攻撃計画に自信がない」

とは言えない。内心の不安を押さえながら、源田は、これまでの一連の成功を思い浮かべて、

「こんども成功するだろう。真珠湾やセイロンの攻撃のときだって、やっぱり不安はあったのだから」

と自分に言いきかせ、自己満足的な思い入れを生み出して納得していた。後年、源田はこのときのことを回想して、

「不安の根源に対して、徹底的なメスを入れることをしなかった。私としては、もっともっと、たとえ〝臆病者〟とののしられても、この点についてさらに深い検討を加えると同時に、

必要な意見具申も、さらに強くすべきであったと思う」

と述べている。幕僚というものは知恵の勝負師であり、プランナーであり、そして〝合戦〟をテーマとする創作者でもある。人の意見に左右されず、独創的な作戦プランを立てなければならない。それは孤独の戦いでもある。一点でも不安があれば、それを除去するのが幕僚の任務である。

ところがミッドウェー作戦では、連合艦隊司令部の方針に迎合したために、その一点の不安に目をつぶってしまった。そのことに源田は、幕僚の責任を感じているのである。

基本的な判断の誤り

ミッドウェー海戦は、米機動部隊の発見に遅れをとった南雲機動部隊が、攻撃隊の発進に手間どっているうちに敵艦爆の奇襲攻撃をうけ、空母三隻を一瞬のうちに失い、残った一隻による反撃も空しく、後刻これも喪失するという大敗北戦である。

この海戦の敗因について見ると、源田の幕僚としての判断に、かずかずの問題が認められるのである。しかし、だからといって源田にその責任を問うものではない。源田は一幕僚であって、指揮官ではないからである。

ミッドウェー作戦の計画にたずさわった源田は、当初からその判断において基本的な誤解を犯していた。それは〝制海権〟にかかわる判断である。

太平洋とかインド洋など、その海洋の支配権を掌握することが、戦いに勝つ不可欠の条件である。そのためにもっとも必要なことは、陸地の支配権をにぎることではなく、敵の海上部隊を撃滅して大洋の支配権を掌握することである。

ところが今度の作戦は、ミッドウェー島という陸地を占領することがその主目的で、それによって日本の東方海域の制海権を得ようとしているのである。ここが問題とすべきポイントであった。

元来、兵術では「権利」というものは存在しない。制海というのは武力をもって特定海域を制圧する状態である。したがって制海権をとるというのは、制海の実を持続することで、一度とったから権利が発生するといったものではない。持続することが必要なのだ。

そうなると、まず第一に考えるべきことは、敵艦隊の捕捉撃滅ということである。敵の海上部隊を完全に一掃して、反撃するのに必要な戦力をなくしてしまえば、それだけで制海権を握ることができる。制海権下の敵の島を攻略することは容易なことだし、いつでも自分の思うときに攻略作戦を実施できるわけである。

ことに航空機の発達した時代にあっては、制海の実を得るには、その海域を完全に味方の制空下におけばよいことである。そうすれば、水上艦艇などをその海域に置く必要もないということになる。源田が海軍大学校の学生のころから唱えていた航空主力論が、ここで現実性を発揮することになるのである。

こう考えていくと、陸軍の攻略部隊を乗せた船団と、機動部隊の行動をリンクさせる必要性はなくなる。船団は制海権が保持されたころを見はからってやってくればよいし、機動部隊は日時の制限をうけずに、のびのびと作戦を展開することができることになる。

制海権に対する判断のしかたによって、作戦の立て方も、これだけ変わったものになるのである。このことは連合艦隊司令部もいささか狭視的で、気がついていなかった。

さて、作戦下の機動部隊の戦闘指導ではどうであったか。

源田は昭和十七年六月五日、ミッドウェー海戦が開始された当日の黎明索敵に関して、これは私の痛恨の失策だった、と一身に責任を取るような発言をしている。

ミッドウェー島の北西から南下していた機動部隊は、第一次攻撃隊百八機を発進させると同時に、同島の北東海面から南方海面にかけて、扇形状に水上偵察機七機による一段索敵を実施した。

この索敵法については源田は、二段索敵をすべきであったと後悔している。

二段索敵というのは、まず第一段の索敵機が、黎明時に予定索敵範囲の先端に達したころ、つぎの第二段索敵機を発進させ、先の第一段索敵機が、暗いうちに素通りした手近の範囲を重点的に捜索するという、重複索敵法のことである。

黎明索敵を行なう場合、この二段索敵を採用するのは常識である。では、なぜこんなわかりきったことをミスしたのか。源田はこの件について、先入観を抱くことの恐ろしさを、つぎのように述べている。

「私たちが受けとっていた情報を基礎にして判断していたために、敵の機動部隊がミッドウェー近海に出撃しているだろうという公算は、はなはだ少ないものと考えていた。この先入的判断がいよいよ会敵するまで、頭のどこかにこびりついていたために、一段索敵という手抜かりをやったのである。母艦の数もいままでにくらべて少ないし、基地攻撃も単なる破壊作戦とは違って、攻略というものを直後にひかえているだけに、艦上機は極力攻撃に振り向けたいという考えもあった。また、従来この一段索敵で成功していたということもあった。これらの諸因が重なりあって、一段索敵をやったために、敵の発見が一時間半以上も遅れてしまったのである」

もし二段索敵を実施していたなら、明らかに一時間は早く敵空母群を発見できたであろうことは、米機動部隊の航路から見て確かなことである。そうなれば、各空母の格納庫内に準備されていた第二次攻撃隊の全力が発進して、おそらくは米空母の三隻のすべてを撃沈することができたであろう。

「索敵の不備は、その計画に当たった私の犯した大きな失敗であった」

と、源田はいさぎよく失敗を認めている。だが、この飛行索敵計画というのは、ふつう航空乙参謀が立案するもので甲参謀の源田が立案するものではない。当時の乙参謀は吉岡忠一少佐である。

また一方、草鹿参謀長も、この一段索敵にたいし、責任を述べている。

「偵察が大事であるということは、上杉謙信が重要な作戦には自ら偵察にあたったという故事もあるし、また私自身もこれを痛感し、昭和二、三年ごろ、はじめて航空界に身を投じたとき、第一に選んだ研究課題が〝航空機による敵情偵知〟であって、各種索敵法というものを考え出した元祖が私であったといっても過言ではないと思う。その私が、この重要な一点を黙過したということは、当時の参謀長として一言の申し開きもできないことである」（同氏著『連合艦隊』）

こうして幕僚一同の連帯責任ということになったわけだが、この戦訓は紀元前五〇〇年ころの孫子によって、

「彼を知り、己れを知らば、百戦して危うからず」

と喝破されているところである。

にがい経験

よく問題にされるのは、「兵装転換」の命令をうけたときのことである。

各空母の格納庫内では、艦爆や艦攻に装着した陸用の瞬発爆弾を、艦艇攻撃用の通常爆弾や魚雷に変換するのでごった返していた。そのとき二航戦の山口司令官が、いち早く兵装転換を終えた自隊の艦爆三十六機の発進可能を報告して、

「ただちに攻撃隊発進の要ありと認む」

と南雲長官に要請した。これに対して源田は、護衛の戦闘機がついていかなければ、いたずらに敵機の好餌になるばかりだと、この進言をしりぞけたのである。

ちょうどこのときミッドウェーを空襲した第一次攻撃隊が上空に帰ってきたところでもあった。いまここで二航戦に発進命令を下すと、艦爆隊を丸裸で送り込むことになり、そのう

え上空で待機している第一次攻撃隊が着艦できずに、燃料切れで海上に不時着することになる。

源田は、両者を失いたくなかった。結局、攻撃をあと回しにして、第一次攻撃隊を収容し、これらを再武装して戦爆雷連合の堂々たる攻撃隊を送り出すことにしたのである。

しかし、この決断について源田は反省し、やはり艦爆隊の発進を先にすべきであったと述べている。

「戦闘指導にあたって犠牲の多少とか、戦闘員の心情とかについて考慮を払うべきは当然でもあるが、他の要素とのかねあいについて、さらに深く考えるべきであった。

深く考えるといっても、転瞬の間に事を決しなければならない最前線においては、ゆっくり沈思黙考などできるものではない。やはり平生から、〝右するか左するか〟判断に迷うような問題をとらえて、自分としての判断基準を定めておく必要がある。たとえば山口司令官の、〝いつでも困難なる道を選ぶ〟とか、あるいは英国海軍の伝統たる、〝見敵必戦〟などのものである。

私は、この海戦におけるにがい経験から、〝見敵必戦主義〟を忠実に守ることとした。この主義を奉じても、結果がつねに良いものとはかぎらないが、多くの場合を通算すれば、成功するほうの率がはるかに大であり、たとえうまくいかなかった場合でも、いわゆる、〝後味〟が悪くないのである」

この源田の反省と自戒は、たぶんに精神主義的で、禅の境地を思わせるものであるが、問題は三十六機の艦爆隊を攻撃発進させた場合、果たして成果が期待できたかどうかということである。

その後の第二次ソロモン海戦や、南太平洋海戦などの事例から考えても、おそらく十分な戦果をあげることはできなかったろうと判定せざるを得ない。

草鹿龍之介中将

——最後の連合艦隊参謀長

戦略的価値の再発見

海軍参謀、草鹿《くさか》龍之介は、太平洋戦争の重大な節目となる戦局にはかならず登場してくる人物である。連合艦隊の作戦は、いわば草鹿の知略によって組み立てられ、動かされてきたと言っても過言ではない。

草鹿は開戦劈頭《へきとう》、第一航空艦隊参謀長としてハワイ作戦を成功に導いたことで有名である。その後、連戦連勝の常勝期を築いたが、ミッドウェー海戦で挫折を味わう。

しかし、新たに改編された機動部隊第三艦隊の参謀長としてふたたび南雲忠一長官をサポートし、ソロモン方面の新戦場に敵を求め、南太平洋海戦で米空母「ホーネット」を討ち取った。

開戦以来一年間の機動部隊勤務を離れ、昭和十七年十一月二十三日、横須賀航空隊司令に着任する。これまでの激務ご苦労さまということで、内地の地上勤務で骨休めをしてくれとの海軍のボーナスである。

ところが、このころからソロモン方面の戦局は悪化し、十八年二月初旬にガダルカナル島から全軍撤退。ついで四月十八日に山本五十六長官が戦死するという〝まさか〟の事態が起こった。山本長官の戦死が象徴するかのように、それ以後のソロモン方面の日本軍は敗退をかさね、ラバウルを基地とする水上部隊、基地航空部隊は窮迫の一途をたどるのであった。

ここでふたたび草鹿の出番となる。十八年十一月二十九日、南東方面艦隊兼第十一航空艦隊参謀長に補職され、草鹿はラバウルに飛んだ。

南東方面艦隊兼第十一航空艦隊司令長官は龍之介の従兄の草鹿任一《じんいち》である。四歳上の任一は中学生時代に龍之介の家に寄宿し、二人は兄弟のように暮らした間柄である。その参謀長という親族同士のコンビは、前例のない人事異動である。本来なら避けるべき人事行政であろう。

これまでの前任者は、龍之介と兵学校同期の中原義正中将であった。中原は最近、敵戦闘機の機銃掃射を足にうけて重傷を負い、その後任というわけであったが、龍之介が指名されたのは、任一が前例を無視して海軍省人事局に懇望したためであった。

従兄弟同士ということになれば、私情でコトが決せられるおそれも考えられるが、厳正な任一の人格が買われたことと、航空作戦の随一のエキスパートである龍之介の能力を必要としたところから、この異例の人事となった。

「よし、ラバウルは草鹿一家でまもりとおすぞ！」

龍之介は堅く決心した。そしてまた、そこを墳墓の地とも決意したのであった。

草鹿龍之介がラバウルに着任したときは、ブーゲンビル島のタロキナに米軍が上陸を敢行しており、この敵艦船を攻撃するために十一月五日から十二月三日まで、六次にわたって苛烈なるブーゲンビル島沖航空戦を展開、多くの飛行機と搭乗員を喪失していた。

当時、南東方面の海軍航空部隊を指揮していた草鹿任一中将と中原参謀長は、いずれも航空の専門家でなかったところにも問題があったといえる。

新参謀長として着任した草鹿龍之介少将がまず最初に手がけねばならないことは、ラバウル方面の基地航空部隊の兵力の再建であった。

草鹿はラバウルの戦略的位置から考えて、ラバウルの防備を固くして敵の攻略から守り抜き、トラック島との連絡を確保しておれば、連合軍のニューギニア伝いによる北上をくい止めることが可能であると判定した。これには日本軍の航空兵力の強化が絶対に必要である。

「いまや倒れんとする大樹を支えることができるのは、ラバウル航空隊である。ほかの局面は一時がまんしてでも、ラバウルには全力をあげてその補充を行なうべきである」

と言って草鹿は、連合艦隊や大本営に、飛行機の機材と搭乗員の充足を強く要求した。

これに対して補充には努力してくれたものの、昭和十九年一月十九日の状況では、

戦闘機　八十機

艦爆　十五機
艦攻　十一機
陸攻　三十二機
合計　百三十八機

これがラバウルを拠点とする南東方面部隊の飛行機の全力であった。

このころラバウルに対する敵の空襲が一段と激しさを加えてきた。毎日、二百機前後の戦闘機や軽爆撃機が来襲し、ときには大型機による夜間爆撃を加えてきた。

これを迎え撃つ零戦隊の反撃はものすごかったが、そのたびに二機、三機と損害が出てしまう。補充の少ない日本軍にとっては、この損耗は大きな痛手であった。

どうかすると、故障機や被弾機の続出で、二百機以上の敵襲に対し、わずか三十機ほどで邀《よう》撃することもたびたびであった。

これでは作戦を立てようにも、その余裕もなかった。連日いたずらに空襲の相手ばかりしていたのでは、いずれ近いうちに兵力はすり切れてしまう。

二月四日、草鹿は長官の命をうけて連合艦隊と大本営にこの実情を報告し、あらためてラバウルに航空兵力の増勢を要請するために東京に向かった。

七日、羽田に着いた草鹿は、ただちに軍令部に折衝したが、だれも反対するものはいなかった。嶋田繁太郎海軍大臣は、

「君の要求には極力そうよう努力する」

と約束してくれた。

具体的に示された増勢力案は十分に満足できるものではなかったが、一応、二五三航空隊と二〇一航空隊を南東方面に充当するとの決定をみたのである。十九年にはいってからのラバウルの防空戦闘機隊は、二五三空（旧鹿屋航空隊戦闘機隊）と二航戦（「隼鷹」「飛鷹」）の派遣隊だけであったので、二〇一空の増勢は心強いものであった。

草鹿は、交渉が一段落したので、二月十七日の朝、ラバウルに帰任すべく乗機が出発する横須賀航空隊に行ったところ、トラック島が早朝から敵機動部隊の大空襲をうけていると知らされた。これは一大事とばかり、草鹿は出発を延期した。

トラックは十七日、十八日の両日にわたって徹底的に空襲され、沈没艦艇十隻、沈没船舶三十一隻、損傷艦艇十一隻、座礁船舶二隻。飛行機の損耗は、地上破壊もふくめてじつに二百七十機という大被害であった。

トラックの航空兵力の壊滅を知った連合艦隊司令部は、ラバウルから一挙に全航空兵力を引き揚げることを決定し、移動可能な全力をトラックに派遣するよう下令した。

これを聞いて草鹿は驚いた。彼はおおいに抗議したが、トラック防衛のためには止むを得ない処置であり、ラバウルは今後、飛行機なしで自力で敵にあたれと、きのうまでとは百八十度の方針転換を指令されたのである。

見捨てられたラバウル

連合艦隊司令部の、手のひらをかえすような情勢判断の迅速な転換は、つぎのような判断が基礎となったものである。

一、これまで敵が来攻する経路として、南東方面（ラバウル）からするものと、中部太平洋方面（トラック、マリアナ諸島）からとの両面が考えられていた。この二方面の比重判断では、南東が主であろうとされ、これに対して備えることは兵力集中の原則にもかなない、中部太平洋方面からの敵の来攻をも間接的にけん制するものと判断していた。

二、ところが現実にトラックが空襲され、絶対国防圏の脆弱性が暴露されてしまった。これは放置できない最重要事である。トラックの防御態勢を強化するためには、いま可能なかぎりの全航空兵力のトラック集中以外にとれる対策はなかった。

三、もし中部太平洋方面が敵手に渡ると、南東方面も自然に孤立化することになる。したがってラバウル方面に航空兵力を置いておく意義は少ないものとなる。つまり今や、南東方面の持久の意味はなくなったと判断せざるを得ない。

というわけである。トラックの防衛力のもろさに、連合艦隊は意表をつかれたかたちとなった。早急にトラックを強化しなければならないことから、ついにラバウルは海軍作戦のメニューから放棄された。

二月二十日、ラバウルの可動機は、二航戦司令官城島《じょうじま》高次少将に率いられて全機トラックに引き揚げた。一式陸攻二機、零戦三十七機、九九艦爆四機、九七艦攻五機の合計四十八機であった。

「ここまで敢闘してきたラバウルに対して、これが与えられた結論なのか」

と草鹿は憤慨したが、いかんともなしがたいことであった。今後の日本軍の防衛拠点は、トラック、パラオ、マリアナに移されたのである。これによりラバウルからは、飛行機だけではなく、艦船にいたるまで後方配備に切りかえられた。

もはやラバウルの海軍は、艦艇はなく、飛行機はなく、いまや陸軍と同じかそれ以下となった。草鹿は、腕をふるう余地をまったく失なったことを悟った。

「それでもよろしい。あらゆる工夫をこらしてラバウルを守りとおそう」

草鹿はただちに発想を転換した。当時、神奈川県の辻堂の海岸で、六十キロ爆弾をロケットで飛ばす実験をしていたので、さっそくこれを見にいった。ラバウル防衛の有力な兵器になりうると考えたからである。この機敏さが、草鹿の頭脳の特徴である。

悲壮な覚悟でラバウルに帰ったものの、飛行機のなくなったラバウルは、作戦上無意味なものであった。味方から捨てられたラバウルは、また敵からも見捨てられた。

二月二十九日、敵はラバウルを素通りして北西三百カイリ（約五百五十キロメートル）に浮かぶアドミラルティ諸島に上陸を開始した。米軍の攻略部隊は、陸海空あわせて約四万五千の大兵力であった。このときマッカーサー大将が、はじめて日本軍の占領地に第一歩を踏み入れたのである。

反撃する日本軍は海軍警備隊千百四十名、陸軍部隊二千六百十五名の合計三千七百五十五名であった。旬日を経ずしてアドミラルティは米軍に制圧され、島内ジャングルに潜伏した日本兵もつぎつぎと掃討されて玉砕した。やがてアドミラルティのシーアドラー港は、米軍のフィリピン反攻の大拠点となるのである。

草鹿は、友軍の悲報を聞きながら涙をのむしかなかった。そして大きく移動する戦線を眺めて、情けない思いにふけった。

周到緻密な性格

このころ連合艦隊司令部は、これまでのトラック泊地からフィリピン南部のミンダナオ島ダバオに移転することを決めていた。

三月三十一日の午後十時、古賀峯一連合艦隊司令長官以下司令部職員は、二機の二式大艇に分乗してパラオを出発した。

ところが、フィリピン海には折りから台風が発生していた。一番機の長官機は悪天候下を無理に前進し、低気圧にまき込まれて遭難、行方不明となった。参謀長福留繁中将以下の二番機は、航路を大きく迂回してセブ島沖に不時着したが、一行はゲリラに捕えられるという不祥事となった。

山本長官の戦死後、ひきつづいて一年後に古賀長官が殉職するということは、日本の前途に大きな暗影を投げかけたものであった。

四月五日の早朝、ラバウルの南東方面艦隊司令部に一通の暗号電報がとどいた。この電報はなぜか、「長官自ら翻訳すべし」との指示がついていた。草鹿は、従兄の任一長官とふたりで暗号書を繰った。第一語は「草」である。なおも翻訳をすすめていくと、「草鹿龍之介連合艦隊参謀長は、至急、東京に赴任せしめられたし」となった。古賀長官遭難の知らせがあったとき、任一は龍之介に、こんどの連合艦隊参謀長のあと釜は貴様よりほかにない、と言っていた矢先である。

「それ見ろ」

と任一は言った。

「こうと決まったら、さっそく出発しろよ」

とは言うものの、さすがに従兄の顔には一抹の淋しさがただよっていた。

草鹿が参謀長に発令されたのは、連合艦隊司令長官の後任として指名された豊田副武大将の強い要望で決まったものであった。

豊田としては、自分は航空関係の職務についたことがなく、航空のことは何も知らないので、航空に体験をもった者を右腕にしたいとの考えから草鹿を指名したのである。

しかし、それだけの理由ではない、草鹿の性格が豊田のきちょうめんな性格とよく似ているところがあって、それが豊田を安心させたからである。

草鹿が起案する作戦にしても、あくまで強引さを排除して、万全の周到さを備えた緻密なものであることが特徴であった。しかもそのうえ、実際に戦闘が展開されると、その情況に応じて融通無碍な戦闘指導が実施できる余裕をそなえていた。つまり、ふところの深い作戦を立てるところが草鹿の長所であり、それが豊田の好みにあっていた。

四月六日の未明、草鹿はラバウルの西飛行場（ブナカナウ飛行場）から陸攻で飛び立ち、内地に向かった。

トラックに立ち寄って燃料を補給し、その日のうちにサイパンに飛んだ。サイパンには中部太平洋方面艦隊司令長官として南雲中将が在任していた。草鹿は司令部に南雲をたずねた。その折り、一べつしたところ、サイパンの防備状況が薄弱であることに気がつき、南雲に防備ののんきさを指摘して注意をうながした。しかし南雲は、

「サイパンなんぞには、敵はとても上陸して来やせんよ」

と言う。

「いや、そうとも言えません。いつ何が起こるかわかりませんよ」

と草鹿は慎重な防備態勢をとることを進言した。こんなところに、草鹿の細心にして緻密な性格があらわれているといえよう。

熱心に説く草鹿の話を聞いていた南雲は、ようやく理解を示して、麾下の各部隊の幹部に講演するよう頼んだ。草鹿は快諾すると、帰京を一日延期して翌日、講演をした。

集まったものたちはみな熱心に聴講していたが、草鹿には会場の雰囲気のなかに何か割り切れないものを感じていた。陸軍の将校も聴講していたが、陸上の防備は自分たちのほうが本家本元である、といったような冷ややかな態度が感じられるのであった。こうした空気は、サイパンには敵は来ないとの誤った先入観が強く流布していたからであった。

米軍進攻の分析

古賀長官一行の遭難後、ほぼ一ヵ月を置いた五月三日に、これまで横須賀鎮守府司令長官だった豊田副武大将が連合艦隊司令長官に親補され、新司令部が発足した。草鹿は中将に進級した。

司令部の新しい主要メンバーは、草鹿がツーカーで話しあえる親しい顔ぶればかりで、彼にはまことに好都合であった。

首席参謀の高田利種大佐は、草鹿がミッドウェー後の第三艦隊参謀長のときの首席参謀であったし、作戦参謀の長井純隆大佐も同じく第三艦隊の参謀であった。また、航空甲参謀に着任したのはハワイ作戦のときの攻撃隊総指揮官の淵田美津雄中佐である。

いずれも気ごころの知れたなつかしい顔ぶれであった。草鹿は、これらのメンバーを揃えたのは、高田が黒幕となって画策したのであろうと推察した。作戦をスムーズに進行させるには、司令部の人間関係がしっくりと調和していることが、何よりも大事なことである。

すでに長井作戦参謀は、作戦図ととり組んで具体的計画の作成に余念がなかった。また軍令部では、源田実中佐が作戦部員となって知恵をしぼり、東奔西走していた。草鹿にとっては心強いかぎりで、彼は心おきなく次期作戦の案出に没頭することができた。

草鹿がまず判定しなければならないことは、敵がどの方面に進攻の手をつけてくるかということであった。

アリューシャンから千島列島を伝って北海道になだれ込んでくることも一つの方法であろ

うが、しかしこれは天候、気象の関係から見ると下策である。この方面は考慮の外においてよいと考えた。

つぎに、かつてドーリットル空襲を実施したように、太平洋を西進していきなり九十九里浜に上陸してくることも考えられるが、これも一時的に上陸には成功しても、太平洋上の長い補給線を維持することは不可能である。したがって奇襲的本土上陸はあり得ないとみてよい。

結局、敵が来る道はマリアナ諸島から小笠原諸島を北上して、直接東京へやってくる道と、西カロリン諸島に地歩を築いて、フィリピンを奪回し、台湾、沖縄を経て南九州に上陸する道の二つが有力であった。

マリアナ諸島は、サイパンにアスリート飛行場が完成しており、テニアン、グアムにも飛行場があって一つの飛行場群を構成している。これらを攻略してつぎは硫黄島飛行場、小笠原飛行場とたどっていくと、一直線に日本本土に達することになる。

また西カロリン諸島も、パラオ本島の飛行場、ペリリュー飛行場、ヤップ飛行場と、やはり一つの飛行場群を構成している。これらの要地からフィリピンのミンダナオ島やレイテ島に、攻略のレールを敷くことは容易である。

問題は、この両者のうちどちらを先に攻略してくるかである。敵が、日本本土を最終的な攻略目標とするなら、まず、マリアナと西カロリンを制圧して、両者を手中に収めることが先決問題であるはずだ、と草鹿は分析した。

日本側の都合の誘致作戦

敵の次期進攻はマリアナが先か、パラオが先かということで、軍令部はもとより連合艦隊司令部も、その判断に苦しんでいた。

日本軍としては、艦隊への燃料補給に同行するタンカー不足から、マリアナ方面に決戦海面を求めるのに無理があった。

当時、新編成された第一機動艦隊は、シンガポールの南方、リンガ泊地で訓練をしているので、もし敵がマリアナのサイパン、グアムに上陸してきたのでは、機動部隊は遠路はるばるとマリアナまで出撃して行かねばならないことになる。

かりにマリアナ戦がはじまると、艦隊が必要とする燃料は八万トン以上となる。ところが、現在保有している行動可能なタンカーでは、五万トン分の燃料しか運べない。

このことから、マリアナ方面が決戦海面になると、有効な反撃を加えるという作戦計画がどうしても立たないのであった。

そこで軍令部は、パラオ方面に敵を誘い込むように兵力を配備し、パラオ近海で決戦が行なえるように情勢を作成することにした。そのためには、マリアナに大防衛軍を配備して、連合軍が進攻しにくいような態勢をつくっておく必要がある。

この目的のために、サイパン、テニアン、グアムに強力な陸上防衛軍と、基地航空部隊を投入することにした。防備が強化されていると、連合軍は損害を避けてパラオ方面に進攻目標を選択するであろうとの思惑と期待がこめられていた。

連合軍が、日本側の予期どおりにパラオ方面に進攻してきた場合、あらかじめ配備してお いた潜水艦と哨戒機の捜索網で早期に敵艦隊を捕捉し、第一機動部隊と基地航空部隊の攻撃力を集中して一挙に米機動部隊を撃破、ついで上陸船団の敵攻略部隊を撃滅するとの方針を立てた。いわば日本側の都合による誘致作戦である。

この計画は「あ」号作戦と呼称され、五月三日、大本営はこの作戦方針を陸海軍に指示した。また、この日、連合艦隊司令長官に親補された豊田副武大将は、即日、木更津沖に停泊中の連合艦隊旗艦「大淀」に将旗を掲げると、「あ」号作戦に関する連合艦隊命令を全軍に発令した。

この連合艦隊命令は、草鹿が苦心してつくり上げた作戦配備であった。

発令された作戦方針は、まず機動部隊はフィリピンの中南部付近に待機することとし、基地航空部隊の第一航空艦隊は、三個攻撃集団を編成して、①ペリリュー、②サイパン、テニアン、③ヤップの主要基地に配備し、敵が出現したら機動部隊と一航艦の航空兵力が決戦海面に機動集中し、敵艦隊を一挙にたたきつぶすという作戦である。

この作戦方針にしたがって、第一機動艦隊の各艦は、これまでの訓練地のリンガ泊地から五月十六日までに、ボルネオ北東沖のタウイタウイ泊地に進出した。

また、基地航空部隊は五月中旬から六月初めまでに第一攻撃集団約百機がペリリューに、第二攻撃集団約二百機がサイパン、テニアンに、第三攻撃集団約五十機がヤップに、それぞれ増援配備された。このような兵力の移動が行なわれたのは、草鹿の冷徹な作戦眼によるものであった。

機動部隊が、燃料をふんだんに使えるリンガ泊地（パレンバン油田が近かった）で訓練しているのはよいのだが、マリアナかパラオか、つぎに起こる大決戦を予期するときにリンガ泊地にいるのでは位置があまりに悪い。

リンガからパラオまでは約二千カイリあるし、サイパンになると約三千カイリちかくもある。これでは敵機動部隊が出現しても、すぐには間に合わない。

作戦を考案するさい、まっ先に草鹿の念頭に浮かんだのは、孫子の兵法『勢篇』の中に説かれている『短節《たんせつ》』という語であった。

「善《よ》く戦う者は、其の勢《せい》は険《けん》にしてその節《せつ》は短なり。勢《せい》は弩《ど》を引くが如く、節《せつ》は機《き》を発するが如し」

節は、時節とか機会の意で、ここではタイミングと考えてよいだろう。したがってこの一節を翻訳すると、

「戦いに巧みな人は、その勢いに緊迫していて、タイミングを瞬時のうちにとらえるものである。勢いは石弓をひきしぼるように、タイミングは引鉄《ひきがね》を引くときのように、その好機をとらえることである」

という意味になる。

〝その節は短なり〟とは、敵との間合いをあるところまでつめておいて、敵が出てきたら、

間髪を入れずに一挙に思い切った戦争をやるということである。つまり、疾風迅雷の攻撃を加える態勢になければならない、ということである。

草鹿は情況から推測して、決戦時機が決して遠くはないと考え、機動部隊の移動を案出したのであった。だが、問題は距離をつめるにしても、どこまでつめるかである。要するに決戦に向かうにさいしてのジャンプの踏み切り場所をどこにおくかである。

いろいろ候補地が考えられたが、パラオに近く、かつまたマリアナに近いところとなると、フィリピンということになる。しかし、当時のフィリピンは日本の占領下にあるとはいえ、そうとう組織化されたゲリラが潜伏しており、立派な無線電信所もあって決して軽視できないものがあった。その中で泊地を求めることは、敵の情況から考えてきわめて危険である。といって沖縄とか、奄美諸島、さらに日本内地に艦隊を集合していたのでは、タンカーが少ないからとても無理なことである。そこで不便ではあるが、ミンダナオ島の西南、ボルネオの北東沖にあるタウイタウイを選んだのであった。

タウイタウイという島は長さが約五十キロメートルほどで、その南側にリーフに囲まれた広島湾ほどの泊地があった。大艦隊が停泊するのには十分の広さがあったが、この泊地内で訓練することはできない。

訓練をするには外洋に出なければならないことと、近くの陸地に適当な飛行場がないということが欠点であった。飛行機の訓練のために、空母が毎日外洋に出ていたのでは、いくら燃料を運んでも間に合うものではない。離着艦訓練以外の戦闘訓練は、陸上飛行場を使ってやってもらわなければたまったものではないのだが、それができない。

そのうえ悪いことに、外洋に敵潜水艦が集まってきており、うっかり出ていくと雷撃されるしまつである。このため空母はほとんど外洋に出ることができず、母艦機はまったく飛行訓練ができなかった。泊地の選定については草鹿の失敗であり、連合艦隊司令部の指導は不適切であった。

見抜けなかったマリアナ攻略

この間、米軍は北部ニューギニアに進攻して、アイタペ、ホランジア、サルミ、ワクデと日本軍の拠点をつぎつぎと攻略し、五月十七日にはニューギニア北西部のビアク島に上陸してきた。

このビアク島には日本軍の飛行場があり、さらに重爆撃機用の滑走路をつくる適地があった。この地を航空基地として造成すれば、フィリピンへの反攻の重大な足がかりになることは、間違いない。

草鹿は、ビアク島作戦こそが、「あ」号作戦を完成させる前哨戦であると考えた。連合軍にとってビアク島は、南西方面に対する攻略作戦の要衝であると同時に、日本軍にとっても、ビアク付近は第二のラバウルといったところで、どうしても守り抜かなければならない地点であった。

ビアクを抜かれると、敵は一気にフィリピンに駆けのぼってくるであろうから、日本軍としてはどうしても守りたい。反面、敵からいえば、ここで失敗したらフィリピン攻略の出鼻をくじかれることになるので、どうしても取らなければならない。したがってビアク戦を有利に展開すれば、敵はどうしても機動部隊を投入せざるを得なくなるだろう。

そのときこそ、小沢機動部隊の出番で、まさに会心の一戦を交えることになる、との目算をたてた連合艦隊司令部は、ビアクに陸兵の増援部隊を送り込むための「渾《こん》作戦」を計画した。

しかし、渾作戦は敵の妨害にあって一度ならず二度までも失敗し、陸兵を揚陸することができなかった。そこで輸送部隊の護衛に、戦艦「大和」「武蔵」に水雷戦隊をつけるという、思い切った輸送作戦をとることになった。草鹿としては、この渾作戦をくりかえすことによって、敵の機動部隊は、かならずこれに向かって動いてくるとにらんでいた。

しかし、この判断はいささか我田引水である。草鹿としては、とにかくビアクの敵をたたくことによって、うまくいけば敵機動部隊をパラオのほうに引っ張ってやろうとの思い入れがあまりに強かった。

ところが、敵はその手に乗らなかった。スプルアンス大将の率いる機動部隊と攻略部隊は、マーシャルの占領基地から一直線にサイパンに向かったのである。

これより前の五月三十日、米軍の泊地となっているマーシャル諸島のメジュロ環礁を偵察したとき、空母機動部隊が停泊しているのを確認していた。ついで六月五日に第二回目の飛行偵察をしたところ、いぜんとして敵機動部隊は在泊していた。

そして六月九日の朝、三度目の偵察をしたところ、メジュロ泊地は裳抜けのカラになっていた。この報告を受けたものの、連合艦隊司令部では米機動部隊がどの方面に出動したのか、かいもく見当がつかなかった。ただちに基地航空部隊に警戒の指令を発する。

このとき連合艦隊司令部は、徹底的な索敵を指示すべきであった。もちろん各基地でも索敵機は発進したが、熱心さにやや欠けていたように思われる。ビアク戦で飛行機がかなり消耗していたこともあって、索敵に出す飛行機に限度があったことは認められるが、それよりも、

「敵はいよいよパラオ方面に食いついた」

との先入観が強かったのであろう。待っておれば、敵は黙っていても飛び込んでくる、こっちは待ち伏せしておればよい、との考えが強かったようである。

九日、十日はついに敵を発見することができなかった。ようやく十一日の昼近く、それもグアム島にほど近く接近したところではじめて発見したのである。

そしてその一時間後には、サイパン、テニアン、グアムが敵艦上機によって猛烈に空襲された。しかし、現地の各司令部は、これが米軍のマリアナ進攻の序幕だとは考えず、単なる機動部隊の空襲であろうと判断していたのである。

草鹿をはじめ連合艦隊司令部の幕僚たちも同様に考えており、この攻撃は一過性のもので二日以上は策動しないだろうと判断していた。その理由は、敵は輸送船団をともなっていないからということにあった。

ところが、ともなっていないどころか、その後方二日航程に、護衛艦艇と輸送船団あわせて五百三十五隻にのぼる大船団が後続していたのである。参加攻略部隊の総人数は、じつに十二万七千五百七十一名という大軍団である。索敵の不徹底から敵の攻略目標を誤判断するという、きわめて初歩的なミスを犯してしまったのである。

前線の指揮官にとって、戦闘指揮は初動判断がもっとも重要である。その判断材料を提供するのが参謀の役割である。不確実な情報しか得られていないのに、なぜ敵は一過性のものだと判断できるのか。草鹿の二つ目のミスである。

しかし、ミスをミスと感じさせないほど、決戦海面を想定した「あ」号作戦のシナリオがあまりにもみごとに仕上がっていたのである。シナリオに浮かんでいる幻想にふり回され、狭視的となって、自縄自縛に陥っていたといえよう。

手遅れの機動部隊出撃

翌十二日、早朝から米機はマリアナの各島に攻撃を加え、飛行場や港湾を徹底的に破壊した。そして十三日には艦上機の猛爆がくりかえされたあと、戦艦、巡洋艦、駆逐艦がサイパンとテニアンを包囲し、すさまじい艦砲射撃を七時間にわたって行なった。

この時点で、敵上陸近しと判断してもよいはずだが、それでも連合艦隊司令部は米軍のマリアナ攻略を疑問視していた。

しかし、米軍の攻撃の執拗さから、あるいはサイパン上陸の気配もあるとして、十三日の夕方、豊田長官は「あ号作戦決戦用意」を発令した。ここでようやく決戦海面をマリアナ方面に指示したのである。

しかし、まだ決定したわけではない。

決戦用意の指令をうけた小沢機動部隊は、タウイタウイからフィリピン中部のギマラス島泊地に移動し、補給を開始した。

十四日のサイパン、テニアンは、前日以上の艦砲射撃でずたずたにされていた。ようやく連合艦隊司令部は、サイパンに敵攻略部隊の来攻が切迫したものと判断した。しかし、判断しただけでとくに何も手を打っていない。

そして十五日朝、ついにサイパン沖に輸送船団が現われた。ここにおいて豊田長官は、はじめて「あ号作戦決戦発動」を発令したのである。米軍が来攻してから、じつに五日目になって、それも上陸を開始したのを見て、はじめて敵の攻略目標がサイパンであると認識したのである。これでは後手もいいところと言わねばなるまい。

小沢機動部隊は、サイパンに敵が上陸したとの報を聞いてからギマラスを出撃した。せめて六月十一日の敵の来攻時に下令されていたらどうだろうか。これについて草鹿は、自著『連合艦隊』でつぎのように述べている。

「敵はサイパンに空襲をかけているが、本格的に上陸するかしないか決定していないときに、過早に小沢部隊が進出すると、敵は上陸をやめてしまうだろう。場合によっては小沢部隊をみて引き揚げてしまうかもしれない。

そうなればケチな話であるが、燃料がないものだから爾後の作戦ができなくなるということが、われわれの頭のなかに強くこびりついていた。だから、敵が空襲をかけ、そのつぎに艦砲射撃をして、一部の兵力が上陸するまで見とどけねばならない。

ここまでやると、敵としては抜きさしならぬことになり、陸上ですでに戦闘を展開している味方の兵力を救わなければならない。そのためには、どうしても艦隊を海岸にくっつけて砲撃しなければならない。これをまた救うために、敵の機動部隊はその付近を離れることはできない。ここまで抜きさしならないようになるのを見さだめておいて、そこへ小沢部隊をもっていけばよいというので、小沢部隊の出動をしばらく躊躇した」

こう説明されると、なるほどそうかと思わないわけではないが、この意見はあとからつけた〝後知恵〟ではないだろうか。

早ばやと小沢部隊が出動したことで、米軍上陸部隊を戦わずして引き揚げるのなら、それこそ最上の攻撃であり牽制策である。これまでの米軍の上陸作戦の例を見ても、こちらが出撃したことで一時避退することはあっても、引き揚げてしまった例はまずない。

まして艦砲射撃を実施して上陸した場合の米軍はことさらに強く、強固な橋頭堡を築いてゆるぎない。上陸させてしまったら、これを追い落とすことは不可能である。

掩護する護衛部隊や機動部隊は、つねに日本軍水上部隊よりその兵力は上回っていて、これを突き崩すことに成功した例はほとんどなかった。それでも小沢部隊を、敵が確実に上陸したのを見とどけてから出動させたほうが勝ち目があると判断する理由がどこにあるというのだろうか。

やはり連合艦隊司令部としては、マリアナへの米軍の攻撃はかなり手荒いものではあるけれど、これはあくまで牽制攻撃であって、やはり本格反攻の攻略地はパラオであろうと最後まで〝希望〟を捨て切れなかったのが本音なのである。その本音のよって来たる理由は、本来の作戦のかけひきからではなく、艦隊を動かす燃料にあった。燃料が作戦を拘束していたのである。

いくら草鹿参謀長が知恵をしぼってうまい作戦計画を立て、敵の意表に出るような戦策を抱いていても、燃料がなくて艦隊が動けないのではどうにもならない。

だから一日、二日と敵の動きをよく見定めて、もっとも効果的に相手に打撃をあたえ得ると判定がついたところで、省力行動に徹しながら最大限の一撃を加える戦法をとらざるを得なかったのである。

草鹿が立てた作戦方針は、まずトラックやパラオの基地航空部隊から、陸攻など大型機による長駆挺身の奇襲攻撃に重点を置いて敵の漸減をはかり、小沢部隊の来着を待ってサイパン周辺に基地を進め、十九日を期してマリアナ沖に達する小沢部隊に策応し、全力を集中して短節果敢な本攻撃を加えるということにあった。

この作戦は、このとき取り得る最大限の方策であった。しかし日本軍には、いまや勢いというものがなかった。孫子の兵法にはこうも説かれている。

「善く戦う者は、これを勢に求めて人に責《もと》めず。故に能《よ》く人を択《えら》びて、而《しか》して勢に任ず」

戦いに巧みな人は、自軍の勢いから勝利を得ようとするのであって、人の能力には期待しないものである。したがって適材適所に人を配置さえしておけば、あとはただ勢いのままにまかせておけばよい。

勢いがあれば戦術はいらないというのだが、いまの米軍こそその勢いに満ちていた。草鹿には、日本海軍にどのようにして勢いを持たせるかが最大の問題であった。

レーダーに負けたアウトレンジ戦法

サイパンへ向けて進撃する小沢機動部隊がとり得る唯一の戦法は、敵機動部隊に対して超遠距離から発進させた攻撃隊の先制攻撃による〝アウトレンジ戦法〟であった。

両軍が互いに遠距離にあって、飛行機が到達できない距離にあると米軍が考えているときに、航続力の大きい新鋭の天山艦攻と彗星艦爆を発進させ、敵の油断をついて奇襲攻撃を加えようという戦法である。

当時の米軍の艦上機は、被弾しても簡単に落ちないように重防御がほどこされており、そのために機体の重量が増加して片道の攻撃距離が二百五十カイリくらいと短かった。これに対して日本海軍の天山、彗星などの新鋭機は、重い魚雷や爆弾をかかえながら、片道約三百五十カイリもの攻撃距離をもっていた。この百カイリの優勢な差を利用しようというのが、アウトレンジ戦法の眼目なのである。

三百五十カイリという攻撃距離は、当時としては破天荒の長距離であった。もちろんこの性能は極秘である。日米両軍の艦隊が三百五十カイリの距離にあるとき、米軍では攻撃隊を発進することができないが、小沢部隊は発進が可能である。

米軍が発進可能な地点に達するには、さらに百カイリの距離を縮めなければならない。それには二十五ノットの高速で走っても四時間はかかる。一方、日本軍の攻撃隊は、速力百八十ノットで進撃しても、約二時間後には敵艦隊の上空に達する。敵がまだ攻撃隊を発進できないでいるときに、こちらは敵を捕捉し、奇襲することができるというわけである。これがアウトレンジ戦法である。

このアウトレンジ戦法で首尾よく奇襲が成功したなら、日本軍は〝勢い〟に乗ることができる。かりに味方に相当の損害があったとしても、敵の空母もまた相当の被害をうけているであろうから、敵機は飛びたつことができない。飛行機のいない機動部隊を攻撃することくらい易しいものはない。

味方の全艦隊が全速で敵に突進しながら、飛行機隊の反復攻撃をつづけ、最後には「大和」「武蔵」の巨砲によって、敵艦隊にとどめを刺すという寸法である。

敵機動部隊を殲滅したあとは、勢いに乗じてサイパン沖に達し、敵攻略部隊になぐり込みをかけて一掃し、上陸部隊を、陸の守備隊と海とからはさみ撃ちにして白旗を掲げさせることも可能である。

いったん日本軍が〝勢い〟に乗れば、サイパン決戦が有利に展開して戦局を大転換させることになる。連合艦隊の狙いは戦局の転換にあった。

六月十九日、いよいよ決戦の日である。この日、小沢部隊は敵機動部隊を約三百八十カイリの位置に発見した。アウトレンジ戦法をとるには理想的な距離である。しかし、敵はまだこっちを発見していない。ますます有利な情況であった。小沢長官は午前七時半ころから攻撃隊を発進させた。

ここまでは連合艦隊司令部の計算どおりの進行であった。これ以後の戦闘ぶりは、実施部隊の指揮官の権限で、連合艦隊司令部は、ひたすら戦況を見まもっているしかない。

だが、ここに予期せぬ変事が起こった。敵方に向かって攻撃隊を発進していた「大鳳」が、米潜「アルバコア」の雷撃をうけ、魚雷一本が命中した。このたった一本の魚雷が、その後になって大誘爆の原因となり、「大鳳」の命取りとなるのである。またつづいて不運が日本軍を襲った。「翔鶴」が米潜「カバラ」の魚雷三本をうけて沈没したのである。

たちまち大型空母二隻を失った小沢機動部隊は、その立ち上がりにおいて早くも気勢をそがれてしまったのである。そのうえ奇襲が期待されていた攻撃隊は、進撃の途上で敵哨戒駆逐艦のレーダーに探知され、その通報で後方に待機していた空母群から戦闘機の大群が飛び出し、これに阻止されたのであった。かろうじて敵戦闘機群の防御幕を突破して敵艦隊の上空に達した攻撃機は、こんどは恐るべき威力をもつＶＴ信管（近接感応装置）つきの高角砲弾によって撃墜されていった。

こうして、アウトレンジ戦法は失敗に終わった。草鹿がひそかに期待していた〝勢い〟も得られなかったばかりか、小沢機動部隊は翌日、米艦上機の追撃をうけて軽空母「飛鷹」を失ってしまったのである。

「あ」号作戦は日本軍の敗北に終わったが、では、この作戦は失敗だったのかというと決して、そうとはいえない。敗因は作戦の失敗ではなく、むしろ米軍の圧倒的な兵力差、兵器の性能とレーダーによる知敵手段の優劣が勝敗を決定したといえるからである。

しかし、米軍側から見ると、日本軍攻撃隊を撃墜し、「マリアナの七面鳥撃ち」と称するほどの戦果をあげて艦隊の防衛に成功したものの、なかなか日本機動部隊を発見することができず、翌日の夕方になってようやく捕捉攻撃することができた。しかし結果は、拙劣な攻撃で日本艦隊を撃ちもらしてしまった。このため、第五艦隊司令長官スプルアンス大将の指揮は消極的であるとして不評をかったのである。

「世紀のチャンスを逸した」

「この戦闘の結果は、すべての者にとっていちじるしい失望であった」

「航空の専門家でないものを、空母部隊の総指揮官にしたからだ」

と悪評が乱れ飛んだ。

スプルアンスは機関、通信の技術士官から水上勤務に移り、駆逐艦、巡洋艦の艦長を経て巡洋艦戦隊の司令官で開戦を迎えた。ミッドウェー海戦のとき、機動部隊の指揮官として戦功をあげ、それ以来トントン拍子で出世してきた人物である。

たしかにこれらの不評どおり、米機動部隊は小沢艦隊を撃滅することができなかった。しかし、米軍は日本軍を捕捉できなかったために防御に専念することとなり、それが勝利に結びついたという皮肉な結果になったのである。

マリアナ沖海戦の敗北は、必然的にサイパン、テニアン、グアムの失陥を招くことになり、戦略的要地を失ったことで絶対国防圏の一角が崩れ、日本はいちじるしく不利な状況に追い込まれたのである。連合艦隊司令部は、いよいよ最終段階の防御方針を立案しなければならなくなった。

最後の決戦プラン

草鹿は、米軍がどこへ攻撃の矛先を向けてくるかを思案した。

第一に考えられるのは、フィリピン方面である。これはマッカーサーが狙っているラインであることがはっきりしていた。もしフィリピンが敵の勢力圏に入ると、南方からの補給線が断たれることになり、日本の生命線は寸断されることになる。

第二に、マリアナの失陥により、敵機動部隊が硫黄島、小笠原諸島、八丈島、伊豆大島と順番に攻撃してこれを攻略し、直接、東京に迫ってくるというニミッツ・ラインが考えられる。

第三には、小笠原――伊豆――東京のラインには手をつけず、台湾か沖縄を攻略して、フィリピン攻略のマッカーサー軍と合流して九州を衝いてくる線が考えられる。

このいずれの場合でも日本軍には、進攻してくる敵を洋上遠くで迎え撃つという戦力はない。したがって島に上陸してきた敵は、そこの守備隊の兵力だけで守りとおしてもらうしかなかった。

できるだけ頑強に抵抗して敵に出血を強要し、時をかせいでもらっている間に、日本本土では海上部隊、航空部隊の再建強化をいそいで決戦の戦力をつくりあげていく。その間に島では玉砕があいつぐであろうことを覚悟しなければならない。草鹿は、土壇場に立たされて悲愴な覚悟で次期作戦の計画を練ったのである。

作戦計画といっても、もはや計画らしい計画の立てようがなかった。敵の攻撃の手が、いよいよ日本の最後の一線に迫ろうとしているのであるから、それから先の戦いは出たとこ勝負ということになる。

敵が進攻を開始してきたその地点に対し、所在の陸海軍の全兵力が結集して反撃を加える。その間に、日本全国に展開している航空部隊を急速移動して敵進攻地点に注入し、情況によっては水上艦艇の全力をそこへ投入、できることなら敵機動部隊を捕捉撃滅する。ついで敵の攻略部隊を殲滅する、という計画であった。

これは最後の決戦プランであった。当時、再建しつつあった基地航空部隊の第一航空艦隊をフィリピンにおき、もう一つ建設中の第二航空艦隊を九州の南部におく。また、搭乗員養成の第三航空艦隊を関東において日本本土に敵が来襲したときに備える、という配備をとった。

こうして南のほうから予期される決戦地域を四つに区分し、これを「捷号作戦」と呼んだ。まずフィリピンに来攻した場合を「捷一号」、台湾、沖縄方面に来攻するのを「捷二号」、日本本土に来た場合を「捷三号」、北海道、千島方面を「捷四号」と区分した。

この四つのうち、当時の状況から見てフィリピンを中心とする「捷一号作戦」がもっとも重視されたのである。

一方、水上部隊は、来たるべき捷号作戦に備えて再建と訓練に余念がなかった。小沢中将麾下の空母群を主とする第三艦隊は、内海西部にあって訓練に従事していた。

また、戦艦、巡洋艦を主とする栗田中将麾下の第二艦隊は、シンガポール南方のリンガ泊地に集結、豊富な燃料をふんだんに使って日夜、猛訓練を行なっていた。

さらに大湊を根拠地として北方の防備についていた志摩清英中将麾下の第五艦隊は、内海西部に移動して改めて小沢中将の指揮下に編入されていた。

これらの戦闘部隊は、これまでと違って積極的に自主的な作戦に使うということはできない。あくまで自重して待機し、進攻してきた敵の出鼻を砕いて大打撃をあたえることに用いなければならなかった。

しかし草鹿としては、できることなら敵の機動部隊を捕捉撃滅したいものだ、との考えは捨てていなかった。そうすることにより、全体の戦勢が多少なりとも、挽回されてくるだろうことに一縷の望みを託していたのである。当時のことを回想して草鹿は、つぎのように苦衷を述べている。

「連合艦隊司令部では、毎日分担に従って各幕僚の戦況説明があり、つづいて作戦会議が行なわれるのであるが、図上で示される輸送船の飛行機または潜水艦の攻撃による被害の情況、きのうはここで何隻、きょうはかしこで何隻と、日々繰り返される報告を聞いていると、あたかも、きのうはあちらの肉を切られ、きょうはこちらの皮を切られる思いで、それがだんだん骨にくいこんでくるような前途暗澹たる状況であった。……（中略）

しかし、だいたいの感じとしては、まさに没していく太陽を呼びかえすようなもので、どうにもしようがないとは思っていたが、やはりどんなに苦しくなっても、一縷の望みをもって戦争をしていた、というのが実際であった」

作戦は完成し得ないもの

草鹿が渾身の力をふりしぼって作戦の指導をしたのが、台湾沖航空戦からつづくレイテ沖海戦であった。この海空戦が、実際的に連合艦隊の最後の組織的作戦であった。

十九年十月十日、突然、敵の機動部隊が沖縄本島に来襲した。草鹿は、これはただごとではないとピンと感じるものがあった。

これまで敵の機動部隊はほうぼうを空襲しているが、沖縄に来たのは初めてである。それもじつに執拗に、一日中反復空襲をかけてきた。従来、敵がやった作戦の手口からみても、こんどはどこかに上陸してくるだろうと思われた。

米軍は上陸地点を設定すると、そこを救援することのできる日本軍の航空基地をまずたたいて、無力化しておいてから攻略してくるのが定石であった。それから考えると、敵の上陸目標地は、フィリピンか沖縄か台湾のどれかであると考えられた。

十月十二日、敵の機動部隊は一転して台湾方面に痛烈な空襲をかけてきた。この台湾空襲は十三日、十四日とひきつづき、十五日にはマニラを空襲、十六日にはふたたび台湾を空襲するというしつこさである。

この敵機動部隊はハルゼー大将の率いる第三艦隊で、四群の機動部隊からなる空母十七隻を基幹とする総艦艇百九十四隻の大艦隊であった。基地航空部隊は連日、この敵を攻撃し、空母十三隻、戦艦三隻など、合計三十五隻を撃沈破したと大戦果を発表した。

しかし、その実は、重巡「キャンベラ」と軽巡「ヒューストン」の二隻が大破しただけで沈没艦はなかった。米艦上機の喪失は八十九機である。ところが、これにたいして日本軍機の損害は絶大で、四百三十機以上を失っていた。この損害は致命的であった。

大消耗の台湾沖航空戦が終わってホッとする間もなく、翌十月十七日の朝、敵はレイテ湾口に浮かぶ小さなスルアン島を艦砲射撃すると、レンジャー歩兵大隊が上陸してきた。この島には海軍見張所があり、一個小隊三十二名が駐留していたが、たちまち制圧されて全員が玉砕した。

敵上陸の報告電をうけた連合艦隊司令部では、これが本格的な上陸かどうか判断をつけかねていたが、草鹿は即座に、これは米軍のレイテに対する本格的攻略の前ぶれであると感じとった。その理由を、草鹿は、こう述べている。

「このときの上陸の仕方は、マリアナとかビアクなどのときと比較してちがっている。上陸地点に全然攻撃を加えずに、小部隊がひょうひょうとあがってきた。しかし私は、アドミラルティ島への上陸方法によく似ていることに気がついた。というのは、私がラバウルにいたとき、アドミラルティに上陸してきたのが印象に深かったからである。これはやはり本格的攻略の先駆けだと思った」

米軍の上陸作戦にはパターンがあった。守備兵力が強力である場合は、徹底的に水際付近を艦砲射撃したうえで上陸してくる。反対に弱小守備兵力の場合は、はじめから飲んでかかってくる。ことに湾の場合は、機雷などの掃海を先行してくることが多かった。

草鹿は、スルアン島に上陸した米軍は、湾内掃海の先発隊であろうと考えた。そうだとすると、あとから攻略部隊の船団がぞくぞくと入港してくるはずである。

草鹿は米機動部隊の沖縄、台湾、マニラ空襲と、スルアン島上陸とは一連の作戦行動であるとにらんだ。そこで意を決して全軍に対し、「捷一号作戦警戒」を発令した。

ついで栗田部隊にはブルネーに進出を、潜水艦部隊にはフィリピンの中・南部方面への急速出撃準備を、小沢機動部隊には出撃準備をそれぞれ下令した。この草鹿の判断と指示はきわめて適切なものといえよう。

十八日、敵の機動部隊は、レイテとセブに空襲をかけてきた。と同時に、レイテ湾に面したタクロバンとドラグに向かって上陸作戦の準備行動を開始してきた。これで、敵の企図が完全につかめた。草鹿はこの日、全部隊に対して「捷一号作戦発動」を発令した。

目標はレイテ湾である。「捷一号作戦」の重点は、栗田部隊をレイテ湾になぐり込ませることであった。そして敵の輸送船団や上陸部隊を砲撃して壊滅することであった。

この栗田部隊の作戦行動を容易にするために、小沢機動部隊は内海から南下し、敵機動部隊の目を引きつけて北方へ誘致するというオトリ任務があたえられていた。

小沢部隊の空母四隻には、約百機の飛行機があったが、搭乗員はほとんど技量未熟で実戦に投入できない。そこでフィリピンの基地に移動させて、機体を基地航空部隊で使ってもらおうとの計画が立てられていた。

たとえ母艦に飛行機がなくても、米軍はそうとは思わないであろう。とうぜん食いついてくるはずである。つまり作戦の構想としては、小沢部隊に対して犠牲を求めるものであり、一種の捨て身の戦争を強要するものであった。

また、陸上の基地航空部隊は、栗田部隊の援護のために積極的に敵機動部隊を攻撃すること。潜水艦もその時期にはフィリピンの東方海面に進出して敵艦隊の攻撃にあたる。そして目的を達成すれば、レイテ湾に突入して上陸部隊を攻撃する、というのがその構想であった。

この作戦に呼応して、大西瀧治郎中将指揮の一航艦から、はじめて体当たり攻撃を目的とした神風特別攻撃隊が出現した。これは特殊な戦法なので、作戦の中には採用されていなかった。あくまで現地部隊の自発的な攻撃法とされ、強要されるものではなかった。しかし現地部隊も、連合艦隊も、命中確度の高い〝特攻〟に期待をかけていた。

「その当時の状況として、非常な難計画であり、また、このような計画をたてなければならないことは、むしろ悲壮であった。だから計画をたてるほうはむろんのこと、この命令を受けて死地に投じる各部隊の作戦指導は、これまた難事中の難事で、悲壮そのものであった……」

と草鹿は述懐している。

捷一号作戦は、その規模といい、作戦のアイデアといい、また戦闘そのものの激しさといい、史上にその類を見ない壮大な大海戦であった。しかし、草鹿が練り上げた捷一号作戦も、実施部隊の歯車の狂いから、レイテ湾突入という大目的が果たせなかったことは周知のとおりである。

作戦の立案がいかに精緻をきわめ、完全に計画されていても、現実に戦闘を行なってみると大きな違いが出てくるものである。この差を埋めることはきわめて難しいし、予測のつかないものである。草鹿は栗田に、

「状況ゆるすなら、レイテ湾に突入せよ」

との電報を打ったが、すでに栗田部隊は引きあげていたあとだった。作戦とは、完成を求め得ないものであることを、草鹿はしみじみと悟るのであった。

あとがき

日本が、国の浮沈を賭して戦った太平洋戦争は、歴史上、かつて経験したことのない大敗北を喫して終わった。それだけに、あの大戦争のなかから、われわれ日本人はじつに多くのことを学ぶことができた。

太平洋戦争を学ぶ場合、手っとり早い方法は、開戦の口火を切ったハワイ作戦（真珠湾奇襲攻撃）をはじめとして、終戦にいたるまでの四十数合にわたる主な海戦を順番にひもといていくことである。太平洋戦争は海軍の戦争だったと言われるほど、日米両海軍がガップリと四つに組み合った戦争であった。しかもこれらの海戦の一つ一つが、戦局を順送りに送る役割を果たしつつ、最終段階へと達していく。したがってこれらの海戦を眺めることで、太平洋戦争の全体像が理解できるというわけである。

「太平洋海戦」を研究していると、その海戦にたずさわった指揮官や参謀などが重要なファクターとしてしばしば顔を出してくる。さらに太平洋戦争に関する文献や資料を読んでいると、彼らの名前がひんぴんと出てきてますます親しいものになってきた。そんなところから、指揮官と参謀の人物に焦点を置いてまとめたのが本書である。

本書は海戦の研究から飛び出してきた副産物だが、これらの人物像を通すことによって太平洋戦争の理解をいっそう深める助けになるものと思う。

戦争の渦中にいる彼らのすがたを追っていくと、そこには不思議な宿命的な「運」がつきまとっていることに気がつく。そこで指揮官がもっている「運」がどのように作用しているのかを具体的な行動の中で発見しようと試みたのが第一章の指揮官の「運」である。

これが「運」だ、と指摘することはなかなかできないものだが、人はその人生の中で、一つの勢いに乗ることがあるものだ。その勢いに乗ったときがその人の「運」ということであろう。戦争は生死を賭した勝負である。それだけに「運」の発現の輪郭が比較的はっきり現われる。そのへんを読みとっていただきたいものと思う。

第二章の参謀の「戦術」は、事態を切り開くための人間の知恵の戦いを追求したものである。戦術には知謀も必要だが、むしろタイミングをいかにとるかということのほうが、より重要なファクターであることを、ここでは教えてくれる。

また、戦術はそれを編み出す人物の人格に大きく左右されるものだけに、参謀の人選がきわめて大事であることに気がつくであろう。日本海軍の人事は、果たして適材適所であったといえるだろうか。ことに山本長官が固執した黒島亀人にその問題を感じるだろう。参謀の起用も、戦局のタイミングをはかって人選に慎重を期する必要があったと思う。

なお、本書の初出は、月刊誌「小説宝石」（光文社）に連載したものだが、これに加筆訂正してまとめたものである。

①指揮官の「運」は、同誌に〝名将に学ぶ「運」の研究〟との通しタイトルで、昭和六十二年一月号から十二月号まで掲載したものである。つづいて、②参謀の「戦術」は、同じく〝企業に活かす参謀の戦術〟との通しタイトルで、昭和六十三年一月号から十二月号まで掲載したものである。

一九八八年十一月

佐藤和正

単行本　昭和六十三年十二月「運と戦術」改題　光人社刊

太平洋戦争の決定的瞬間

二〇一六年五月十四日　印刷
二〇一六年五月二十日　発行

著　者　佐藤和正
発行者　高城直一
発行所　株式会社潮書房光人社
〒102-0073　東京都千代田区九段北一-九-十一
振替／〇〇一七〇-六-五四六九三
電話／〇三-三二六五-一八六四(代)
印刷所　慶昌堂印刷株式会社
製本所　東　京　美　術　紙　工

定価はカバーに表示してあります
乱丁・落丁のものはお取りかえ
致します。本文は中性紙を使用

NF文庫

ISBN978-4-7698-2947-8　C0195
http://www.kojinsha.co.jp

NF文庫

刊行のことば

第二次世界大戦の戦火が熄《や》んで五〇年——その間、小社は夥しい数の戦争の記録を渉猟し、発掘し、常に公正なる立場を貫いて書誌とし、大方の絶讃を博して今日に及ぶが、その源は、散華された世代への熱き思い入れであり、同時に、その記録を誌して平和の礎とし、後世に伝えんとするにある。

小社の出版物は、戦記、伝記、文学、エッセイ、写真集、その他、すでに一、〇〇〇点を越え、加えて戦後五〇年になんなんとするを契機として、「光人社NF（ノンフィクション）文庫」を創刊して、読者諸賢の熱烈要望におこたえする次第である。人生のバイブルとして、心弱きときの活性の糧として、散華の世代からの感動の肉声に、あなたもぜひ、耳を傾けて下さい。